Cada suspiro

Cada suspiro

Nicholas Sparks

Traducción de Ana Duque

Rocaeditorial

Título original: *Every Breath*

© Willow Holdings, Inc., 2018
www.nicholassparks.com

Primera edición en este formato: octubre de 2018

© de la traducción: 2018, Ana Duque
© de esta edición: 2018, Roca Editorial de Libros, S. L.
Av. Marquès de l'Argentera, 17, pral.
08003 Barcelona
actulidad@rocaeditorial.com
www.rocalibros.com

Impreso por Liberdúplex
Sant Llorenç d'Hortons (Barcelona)

ISBN: 978-84-16867-94-3
Código IBIC: FA
Depósito legal: B 22707-2018

A Victoria Vodar

Kindred Spirit

*H*ay historias que surgen de lugares misteriosos y desconocidos, y otras que hay que descubrir y que son un regalo de otra persona. Es el caso de este relato. En un día fresco y tempestuoso de finales de la primavera de 2016, conduje hasta Sunset Beach (Carolina del Norte), una de las muchas islas diminutas que hay entre Wilmington y la frontera con Carolina del Sur. Aparqué la furgoneta cerca del embarcadero y caminé hasta la playa en dirección a Bird Island, una reserva costera deshabitada. Algunos lugareños me habían dicho que allí había algo que merecía la pena ver; quizás, habían comentado, el lugar acabaría apareciendo en alguna de mis novelas. Me dijeron que buscara una bandera de Estados Unidos. Al verla en la distancia, supe que me estaba acercando.

Mantuve los ojos bien abiertos después de vislumbrar la bandera. Se suponía que debía encontrar un buzón, llamado Kindred Spirit, situado cerca de las dunas. El buzón, erguido sobre un poste de madera deteriorada, clavado cerca de una duna salpicada de vegetación, lleva allí desde 1983 y no pertenece a nadie. Es de todo el mundo. Cualquiera puede dejar una carta o una postal. Sus visitantes pueden leer lo que sea que contenga. Miles de personas lo hacen cada año. Con el tiempo, Kindred Spirit se ha convertido en un depositario de esperanzas y sueños en forma escrita..., y siempre hay alguna historia de amor.

La playa estaba desierta. Al acercarme al buzón aislado, en aquella solitaria franja costera, solo pude ver un banco de madera dispuesto al lado. Era un sitio perfecto para descansar y reflexionar un rato.

Introduje la mano en el buzón y encontré dos postales, varias cartas ya abiertas, una receta de estofado Brunswick, un diario que me pareció que estaba escrito en alemán y un grueso sobre de papel manila. Había algunos bolígrafos, un cuaderno con papel en blanco y sobres, supongo que para aquellos que se sintieran inspirados y quisieran añadir su propia historia al contenido del buzón. Tomé asiento en el banco y leí las postales y la receta antes de empezar con las cartas. Casi de inmediato advertí que nadie indicaba sus apellidos. En algunas de las cartas se mencionaban los nombres de pila; en otras solo figuraban las iniciales, e incluso había algunas totalmente anónimas, lo cual acrecentaba aún más la sensación de misterio.

El anonimato permite sincerarse. Leí la de una mujer que, tras su batalla contra el cáncer, había conocido al hombre de sus sueños en una librería cristiana, pero le angustiaba la idea de no ser lo bastante buena para él. Otra era de un niño que deseaba convertirse en astronauta. También había una de un joven que planeaba pedir a su amante que se casara con él en un globo aerostático, y otra de un hombre que quería pedirle a su vecina una cita, pero que temía que le rechazara. Alguien que acababa de salir de la cárcel escribía que lo que más deseaba era empezar de cero. La última del montón era de un hombre cuyo perro, Teddy, había tenido que ser sacrificado recientemente. Todavía sentía el duelo, y al acabar la carta, examiné la fotografía que había incluido en el sobre: un labrador retriever negro de ojos amables y hocico canoso. El hombre firmaba con sus iniciales: A. K. Me sorprendí deseando que encontrara la manera de llenar el vacío que la ausencia de Teddy había dejado.

Para entonces, la brisa era incesante y las nubes se habían tornado oscuras. Se estaba formando una tormenta. Devolví la receta, las postales y las cartas al buzón, y tuve dudas sobre si debía proseguir con el sobre de papel manila. Por su grosor, debía de contener una cantidad nada despreciable de folios, y lo que menos me apetecía era que me sorprendiera la lluvia, de regreso a mi furgoneta. Mientras me decidía si abrirlo o dejarlo, di la vuelta al sobre y vi que alguien había escrito: «¡La historia más increíble del mundo!».

¿Un deseo de ser reconocido? ¿Un desafío? ¿Lo habría escrito el autor, o alguien que había leído su contenido? No podía estar seguro, pero ¿cómo habría podido resistirme?

Abrí el cierre. Dentro del sobre había más o menos una docena de páginas: fotocopias de tres cartas y de algunos dibujos de un hombre y una mujer que obviamente parecían estar enamorados. Dejé los dibujos a un lado y me dispuse a leer la historia. La primera línea me obligó a hacer una pausa: «El destino más importante en la vida es el que concierne al amor».

El tono era distinto al de las cartas que había leído previamente. Me pareció que prometía algo grandioso. Me concentré en la lectura. Después de una página, mi curiosidad se convirtió en interés; tras unas cuantas más, no pude prestar atención a otra cosa que no fuera aquella historia. Durante la siguiente media hora, de forma alternativa, reí y sentí que se me hacía un nudo en la garganta; ignoré la brisa, con rachas de mayor intensidad, y las nubes, ahora de color carbón. Los destellos de los relámpagos y los truenos ya alcanzaban el extremo de la isla cuando leí las últimas palabras con una sensación de asombro.

Debería haberlo dejado. Podía ver las cortinas de lluvia avanzando sobre las olas hacia el lugar en el que me encontraba, pero, en lugar de irme, leí de nuevo la historia. Durante aquella segunda lectura, pude oír las voces de los protagonistas con gran claridad. Cuando acabé de releer las cartas y examinar los dibujos, noté que una idea empezaba a formarse en mi mente: tal vez, de algún modo, podría dar con el autor y comentarle la posibilidad de convertir su historia en un libro.

Sin embargo, encontrar a esa persona no sería fácil. La mayoría de los acontecimientos habían tenido lugar en el pasado, hacía más de un cuarto de siglo. Además, en vez de nombres, solo aparecían las iniciales. Incluso en las cartas, los nombres originales habían sido eliminados antes de fotocopiarlas. No había nada que pudiera indicar quién era el autor y artista.

Pero sí tenía alguna pista. En la parte de la historia que se remontaba a la década de los noventa, se mencionaba un restaurante con una terraza y una chimenea en el interior, sobre cuya repisa había una bola de cañón, supuestamente procedente de uno de los barcos de Barba Negra. También se hablaba de una casa situada en una isla de la costa de Carolina del Norte, a poca distancia a pie del restaurante. En las páginas que parecían más recientes, además, el escritor hablaba de un proyecto en construcción en una casa de la playa, aunque en otra isla. No podía saber si el proyecto ya estaba acabado, pero por algo tenía que empezar. Aunque habían pasado años, tenía la esperanza de que los dibujos me ayudaran a identificar a los protagonistas. Y, por supuesto, el buzón de Kindred Spirit en la playa, donde me encontraba, desempeñaba un papel decisivo en la historia.

El cielo se había tornado más que amenazador para entonces: no me quedaba tiempo. Deslicé de nuevo los folios en el sobre de papel manila, lo devolví al buzón y me apresuré a regresar a la furgoneta. Apenas pude eludir el aguacero. De haber tardado unos cuantos minutos más, me habría empapado. A pesar de que los limpiaparabrisas iban a toda velocidad, casi no podía ver nada a través del cristal. Conduje hacia casa. Una vez allí me preparé algo de comer, aunque era tarde. Luego me quedé con la mirada fija en la ventana, sin dejar de pensar en la pareja sobre cuya vida había leído en aquellas páginas. Al caer la tarde, supe que volvería a Kindred Spirit para leer de nuevo la historia, pero el mal tiempo y un viaje de trabajo me impidieron hacerlo hasta casi una semana después.

Cuando por fin pude regresar al buzón, las demás cartas, la receta y el diario seguían allí, pero no el sobre de papel manila. ¿Qué habría sido de él? Sentía curiosidad por saber si tal vez algún transeúnte se había emocionado con aquellas cartas tanto como yo, y por eso se las había llevado; o tal vez había alguien que se encargaba de vaciar el buzón de vez en cuando. Pero, sobre todo, me planteé la posibilidad de que el autor se hubiera arrepentido de revelar su historia y hubiese regresado allí para recuperar el sobre.

Aquello espoleó aún más mi deseo de contactar con él, pero la familia y el trabajo me tuvieron ocupado durante otro mes, por lo que no pude empezar a investigar hasta junio. No deseo aburrir al lector con los detalles de mi búsqueda, que me llevó gran parte de una semana, me obligó a hacer incontables llamadas telefónicas, visitas a varias cámaras de comercio y a las oficinas de registro de los permisos de construcción, además de a recorrer cientos de kilómetros en desplazamientos. Puesto que la primera parte de la historia tuvo lugar hacía varias décadas, algunos de los puntos de referencia habían desaparecido hacía ya tiempo. Conseguí localizar el restaurante, que ahora es un elegante bistró con manteles blancos donde se sirve marisco. Lo utilicé como punto de partida de mis excursiones para explorar y hacerme una idea de la zona. Posteriormente, siguiendo el rastro de los permisos de construcción, visité todas las islas de esa franja costera. En uno de mis muchos paseos por la playa, escuché el sonido de un taladro y un martillo, algo bastante habitual en las casas cercanas a la costa, deterioradas por el salitre y el mal tiempo. Sin embargo, al ver a un hombre mayor trabajando en una rampa que conducía de la cima de la duna a la playa, sentí un sobresalto. Recordé los dibujos e, incluso desde aquella distancia, sospeché que había encontrado a uno de los personajes sobre los que había leído.

Me aproximé a él y me presenté. Estaba seguro de que era él. Advertí la energía calmada sobre la que había leído y me fijé en aquellos observadores ojos azules, los mismos a los que se hacía referencia en una de las cartas. Calculé que debía de tener casi setenta años, lo cual encajaba con la edad que, haciendo números, se suponía que tenía el protagonista. Tras una conversación superficial, le pregunté directamente si había escrito la historia que había acabado en el buzón de Kindred Spirit. Como respuesta, él desvió la mirada hacia el océano, sin decir nada durante tal vez un minuto. Cuando volvió a mirarme, dijo que contestaría a mis preguntas al día siguiente, por la tarde, con la condición de que estuviera dispuesto a echarle una mano en su proyecto de construcción.

A la mañana siguiente me presenté con un cinturón portaherramientas, aunque no me hicieron falta: me pidió que transportara unos tablones de contrachapado (de cinco centímetros de grosor por diez de ancho) y unos maderos tratados a presión desde la entrada de la casa a la parte trasera, y luego hasta la playa, pasando por encima de la duna de arena. El montón de madera era enorme. Además, hacía que los tablones parecieran el doble de pesados de lo normal. Tardé casi todo el día. Aparte de indicarme dónde debía dejar el material, el hombre no me dijo nada más. Se pasó la jornada taladrando y poniendo clavos, trabajando bajo el sol abrasador de principios de verano, más interesado en hacer bien las cosas que en mi presencia.

Poco después de que acabara de transportar los últimos maderos, me indicó por señas que me sentara en la duna y abrió una nevera. Extrajo un termo y llenó dos vasos de plástico con té helado.

—Sí —dijo por fin—. Yo escribí la historia.

—¿Y es una historia real?

Él entrecerró los ojos, como si estuviera estudiándome.

—En parte —admitió, con el mismo acento que se describía en las páginas de las que hablábamos—. Tal vez haya quien cuestione los hechos, pero a veces lo que sucedió no es lo mismo que los recuerdos.

Le dije que creía que la historia podría convertirse en un libro fascinante; esgrimí toda una serie de vehementes argumentos. Él escuchó en silencio, con una expresión impenetrable. Por alguna razón, me sentí nervioso, casi desesperado por persuadirle. Tras un silencio incómodo durante el cual parecía estar sopesando mi propuesta, finalmente dijo que estaba dispuesto a considerar mi idea, e incluso tal vez acceder a mi petición, pero solo con la condición de que él fuera el primero en leer la historia. En caso de que no le satisficiera, quería que la destruyera. Vacilé. Escribir un libro lleva meses de esfuerzo, a veces años, pero él se mantuvo firme. Al final, acepté. La verdad, comprendía sus motivos. De haber estado en su piel, habría exigido lo mismo.

Fuimos a su casa. Le hice preguntas y me proporcionó respuestas. Me dio una copia del contenido del sobre y me mostró los dibujos y las cartas originales, que avivaban aún más el pasado.

Seguimos conversando. Me contó la historia de forma amena y dejó lo mejor para el final. Al caer la tarde, me mostró algo extraordinario, una obra de amor que me permitió verlo todo con detalle y claridad, como si yo mismo hubiera sido testigo de lo que pasó. Además, empecé a ver las palabras escritas sobre los folios, como si la historia se escribiera a sí misma, y mi papel consistiera simplemente en transcribirla.

Antes de irme, me pidió que no aparecieran los nombres reales. No tenía ningún afán de protagonismo. Era una persona discreta y, además, sabía que la historia podría abrir viejas heridas…, y otras más recientes. Después de todo, no se trataba de sucesos aislados. Algunas de las personas implicadas seguían vivas, y tal vez podrían sentirse molestas de que se las mencionara. Respeté su deseo porque creo que la historia tiene en sí misma un valor y una significación que va más allá de sus protagonistas: el poder de recordarnos que en ocasiones el destino y el amor se encuentran.

Empecé a trabajar en la novela poco después de aquella primera tarde que pasamos juntos. Durante todo el año siguiente, siempre que me asaltaban preguntas le llamaba, o iba de visita. Recorrí los escenarios de aquella historia, al menos aquellos que conocía. Recurrí a la hemeroteca y examiné fotografías tomadas hacía más de veinticinco años. Para afinar aún más los detalles, pasé una semana en un *bed & breakfast* de una pequeña localidad costera del este de Carolina del Norte. Incluso viaje a África. Tuve la suerte de que en ambos lugares el tiempo parece discurrir más lentamente; hubo momentos en los que me sentí como si en realidad hubiera hecho un viaje a un pasado remoto.

Mi viaje a Zimbabue resultó de especial utilidad. Nunca había visitado aquel país: me sentí apabullado por su espectacular fauna salvaje. Antaño ese país recibía el nombre del «granero de África», pero cuando yo estuve allí gran parte de la infraestructura agrícola se había venido a menos y la economía se había desplomado, debido, en gran medida, a cuestiones políticas. Pasé por granjas derruidas y campos improductivos, por lo que dependía de mi imaginación para hacerme una idea de la exuberancia de aquellas tierras en la época en la que comienza la historia. También dediqué tres semanas a realizar varios safaris, para asimilar todo lo que había alrededor. Hablé con guías, exploradores y observadores sobre su formación y su vida diaria; reflexioné acerca del desafío que debía de suponer para ellos tener una familia, puesto que pasaban casi todo el tiempo en la sabana. He de confesar que África me pareció absolutamente fascinante. Desde entonces, a menudo he sentido el anhelo de regresar a ese continente, y sé que no tardaré mucho en hacerlo.

A pesar de todas mis pesquisas, sigue habiendo muchas incógnitas. Veintisiete años es mucho tiempo; recrear una conversación entre dos personas que tuvo lugar hace tantos años es imposible. Como tampoco es posible registrar con precisión cada paso que da una persona, o la posición de las nubes en el cielo, o el ritmo de las olas cuando besan la orilla. Lo único que puedo decir es que la historia que he narrado es el resultado de mis más denodados esfuerzos y de la lucha contra esas limitaciones. Puesto que me permití la licencia de retocar la historia para salvaguardar la privacidad de los protagonistas, prefiero describir este libro como una novela, más que como una obra de no ficción.

El origen, la investigación y la creación de este libro ha sido una de las experiencias más memorables de mi vida. En algunos aspectos, ha cambiado mi forma de pensar en el amor. Por lo que sé, la mayoría de la gente encierra en su interior una pregunta recurrente: «¿Qué habría pasado si hubiera seguido lo que dictaba mi corazón?». Pero nunca hay una respuesta clara para tal interrogante. La vida, después de todo, es simplemente una serie continua de vidas más pequeñas, cada una vivida en un día, y cada uno de esos días contiene elecciones y consecuencias. Una a una, esas decisiones contribuyen a la configuración del ser en que nos convertimos. He capturado algunos fragmentos de las vidas de los protagonistas lo mejor que he podido, pero quién podría determinar si la imagen que he logrado es un retrato auténtico de esta pareja.

Siempre habrá escépticos cuando se trata del amor. Enamorarse es lo más fácil; pero, para muchos, conseguir que ese amor perdure ante los distintos desafíos de la vida es un sueño inalcanzable. El lector que se maraville con esta historia, tal como a mí me sucedió mientras la escribía, quizá sienta una fe renovada en la misteriosa fuerza que el amor puede ejercer en la vida de las personas. Incluso puede que algún día se decida a visitar Kindred Spirit con una historia que contar… Una que sea capaz de cambiar la vida de otras personas como nunca hubiera imaginado.

Nicholas Sparks
2 de septiembre de 2017

15

Parte I

Tru

*L*a mañana del 9 de septiembre de 1990, Tru Walls salió afuera y escudriñó el cielo del amanecer, encendido en el horizonte. La tierra bajo sus pies estaba agrietada, y el aire era seco; no había llovido desde hacía más de dos meses. El polvo se adhería a sus botas mientras caminaba hacia la furgoneta *pickup* que tenía desde hacía más de veinte años. Al igual que su calzado, estaba recubierta de polvo, también por dentro. Al otro lado de la valla electrificada, un elefante arrancaba ramas de un árbol que se había caído aquella misma mañana. A Tru no le llamó la atención. Aquello formaba parte del paisaje desde su infancia (su familia había emigrado desde Inglaterra hacía más de un siglo). No estaba más sorprendido que un pescador que avistara un tiburón mientras recogía la pesca del día. Era delgado, moreno y tenía arrugas en las esquinas de los ojos de tanto entrecerrarlos por el sol; a sus cuarenta y dos años, a veces se preguntaba si había elegido vivir en la sabana o si la sabana le había elegido a él.

El campamento estaba tranquilo; los demás guías (incluido Romy, su mejor amigo) habían salido temprano hacía el *lodge* principal, desde el cual llevaban a turistas de todo el mundo a la sabana. Tru trabajaba en el *lodge* del Parque Nacional Hwange desde hacía diez años; anteriormente, su vida había sido más nómada: cambiaba de *lodge* cada pocos años, mientras adquiría más experiencia. Por norma había evitado aquellos en los que se permitía la caza, algo que no habría podido comprender su abuelo, al que todo el mundo llamaba «el Coronel», aunque nunca había sido militar. Decía haber cazado más de trescientos leones y guepardos para proteger el ganado de la enorme granja familiar cercana a Harare, donde Tru había crecido; su padrastro y sus hermanos seguían intentando alcanzar esa cifra. Además de ganado, la familia de Tru tenía varios cultivos. Contaban con la mayor producción de tabaco y tomates del país. También cultivaban café. Su bisabuelo había trabajado con el legendario Cecil Rhodes (magnate minero, político y emblema del imperialismo británico) e hizo acopio de tierras, dinero y poder a finales del siglo XIX. Todo aquello fue a parar a las manos del abuelo de Tru.

El Coronel heredó una próspera empresa, pero, tras la Segunda Guerra Mundial, el negocio floreció exponencialmente: la familia Walls se convirtió en una de las más ricas del país. El Coronel nunca entendió por qué Tru deseaba huir de lo que para entonces ya era un verdadero imperio económico y una vida considerablemente lujosa. Antes de morir (entonces Tru tenía veintiséis años) había visitado la reserva donde su nieto trabajaba por aquel entonces. A pesar de que se había alojado en el *lodge* principal y no en el campamento de los guías, el anciano se había quedado estupefacto al ver la casa de Tru. Al inspeccionarla, probablemente pensó que no era mucho mejor que una choza, sin aislamiento, ni teléfono. Un farol de queroseno era la única fuente de luz; un pequeño generador comunitario alimentaba la nevera en miniatura. Estaba a años luz de las comodidades entre las que Tru había crecido, pero el austero entorno era todo lo que él necesitaba, sobre todo al caer la noche, cuando un océano de estrellas aparecía en el firmamento. En realidad, era un salto cualitativo en comparación con los otros campamentos en los que había trabajado; en dos de ellos, dormía en una tienda. Aquí por lo menos había agua corriente y una ducha, lo cual suponía todo un lujo, aunque estuvieran en el baño compartido.

Aquella mañana, Tru llevaba consigo la guitarra en una maltrecha funda, además del almuerzo y un termo; también unos cuantos dibujos que había hecho para su hijo, Andrew. Asimismo cargaba con un petate que contenía mudas para varios días, un neceser, cuadernos de dibujo, lápices de colores y carboncillo, y su pasaporte. Aunque estaría fuera una semana, era todo lo que necesitaba.

Su furgoneta estaba aparcada bajo un baobab. A algunos de los demás guías les gustaba su fruto seco y carnoso, que mezclaban en sus gachas del desayuno. Pero a Tru nunca había llegado a gustarle. Arrojó el petate al asiento delantero y miró hacia atrás para asegurarse de que no había nada tentador para los ladrones. A pesar de que la furgoneta se quedaría en la granja familiar, los más de trescientos trabajadores que tenían en los campos ganaban muy poco, y las buenas herramientas tenían la tendencia de desvanecerse en el éter, incluso bajo los ojos vigilantes de su familia.

Se deslizó detrás del volante y se puso las gafas de sol. Antes de girar la llave, comprobó que no olvidaba nada. Tampoco había gran cosa;

además de la mochila y la guitarra, llevaba consigo la carta y la fotografía que habían llegado de América, el billete de avión y la cartera. En el soporte de detrás del asiento había un rifle cargado, por si la furgoneta se averiaba y se veía obligado a vagar por aquella sabana, que seguía siendo uno de los lugares más peligrosos del mundo, incluso para alguien con tanta experiencia como él, sobre todo de noche. En la guantera había una brújula y una linterna. Comprobó que la tienda de campaña estaba bajo el asiento, también para casos de emergencia. Era lo bastante pequeña para instalarla en la caja de la furgoneta y, aunque no servía de mucho para pararles los pies a los depredadores, era mejor que dormir en el suelo. «Todo bien», pensó. No podía estar más o mejor preparado.

Empezaba a hacer calor. En el interior de la furgoneta, la sensación se acusaba aún más. Decidió hacer uso del aire acondicionado «dostreinta»: dos ventanillas abiertas a treinta kilómetros por hora. No se notaba mucho, pero estaba acostumbrado al calor desde que nació. Se arremangó la camisa, de color beis. Llevaba los pantalones de *trekking* de siempre: con los años se habían vuelto más que cómodos. Los clientes del edificio principal del *lodge* seguramente estarían en la piscina en bañador y chanclas, pero él nunca se había sentido bien vestido de esa guisa. Las botas y los pantalones de lona le habían salvado la vida cuando una mamba negra se cruzó en su camino; de no haber llevado la ropa adecuada, el veneno le habría matado al cabo de menos de media hora.

Echó una ojeada al reloj. Eran poco más de las siete, y tenía un par de largos días de viaje por delante. Encendió el motor y puso la marcha atrás para dirigirse al portón. Salió para abrirlo y pasar con la furgoneta; luego volvió a cerrarlo. Lo que menos necesitaban los demás guías era encontrarse con una manada de leones al regresar al campamento. Ya había pasado antes, en otro campamento en el que había trabajado en el sureste del país. Aquel había sido un día caótico. Nadie sabía qué hacer, aparte de esperar a que los leones decidieran largarse. Afortunadamente, los leones desalojaron el campamento para ir de caza a última hora de la tarde; desde entonces, Tru siempre comprobaba que el portón estuviera cerrado, aunque no fuera él quien saliera. Algunos de los guías eran nuevos, y no quería correr riesgos.

Puso en marcha la furgoneta intentando que la conducción fuera lo más suave posible. Los primeros cien kilómetros discurrían por pistas de gravilla llenas de baches, que atravesaban la reserva primero, y luego pasaban serpenteando por unas cuantas aldeas. Esa parte del viaje le lle-

21

varía hasta primera hora de la tarde, pero estaba acostumbrado a conducir y dejar vagar los pensamientos mientras contemplaba el mundo que consideraba su hogar.

El sol centelleaba a través de las tenues nubes que se desplazaban sobre la línea de los árboles, iluminando una carraca lila al alzar el vuelo desde las ramas de un árbol a su izquierda. Dos facoceros cruzaron la carretera por delante de la furgoneta, trotando detrás de una familia de babuinos.

Había visto esos animales miles de veces, pero seguía maravillándose de que pudieran sobrevivir rodeados de tantos depredadores. La naturaleza tenía su propia póliza de seguros, lo sabía muy bien. Los animales en la base de la cadena alimentaria tenían más crías; las cebras, por ejemplo, estaban preñadas continuamente, con excepción de nueve o diez días al año. En cambio, las leonas tenían que aparearse más de mil veces por cada cachorro que llegaba a su primer cumpleaños. Era la máxima expresión del equilibrio evolutivo, que seguía pareciéndole asombrosamente extraordinario, aunque lo presenciara a diario.

Los visitantes solían preguntarle qué era lo más emocionante que había visto como guía. Entonces les contaba lo que había sentido al ser atacado por un rinoceronte negro; o que había presenciado cómo corcoveaba una jirafa hasta parir, en un acto explosivo de una violencia impactante. Había visto a un cachorro de jaguar arrastrando a un facocero casi dos veces más grande que él hasta lo más alto de un árbol, a poca distancia de una manada de rugientes hienas a las que había llegado el olor de la sangre. En una ocasión había seguido a un perro hiena que, abandonado por los de su especie, se había unido a una manada de chacales, los mismos que solía cazar. Como estas, había un sinfín de historias.

Se preguntaba si era posible revivir la misma experiencia al repetir el mismo circuito. La respuesta era ambigua. Una persona podía ir al mismo *lodge*, con el mismo guía, y repetir la hora de partida, conduciendo por las mismas pistas, con idénticas condiciones atmosféricas y en la misma estación, pero los animales siempre estaban en sitios diferentes, haciendo cosas distintas. Se movían atraídos por los abrevaderos, observando, escuchando, comiendo, durmiendo y apareándose, con la sencilla aspiración de sobrevivir otro día.

A un lado vio un rebaño de impalas. Una broma típica de los guías era decir que eran como el McDonald's de la sabana, comida rápida en abundancia. Formaban parte de la dieta de todos los depredadores; los turistas no se cansaban de hacerles fotos tras la primera excursión en vehículo. Tru, sin embargo, redujo la marcha para observar cómo uno tras otro daban un elegante salto imposible para salvar un árbol caído, como si hicieran una coreografía. Pensó que, a su manera, eran tan especiales como los «cinco grandes»: el león, el leopardo, el rinoceronte, el elefante y el búfalo de agua; o los «siete grandes», donde se incluían a los guepardos y a las hienas. Esos eran los animales que más ansiaban ver los visitantes, los que inspiraban una mayor expectativa. Avistar leones era bastante complicado, por lo menos de día. Los leones duermen de dieciocho a veinte horas al día, y solían estar descansando en la sombra. Ver un león en movimiento era algo rarísimo, excepto de noche. Anteriormente, había trabajado en *lodges* que ofrecían circuitos nocturnos. Algunas de las excursiones habían sido espeluznantes, y en muchos casos los remolinos de polvo que levantaban los cientos de búfalos, ñus o cebras, en su estampida para huir de los leones, hacían imposible ver nada en ninguna dirección, apenas unos centímetros, y obligaban a Tru a detener el *jeep*. En dos ocasiones se dio cuenta de que el vehículo se encontraba de pronto entre la manada de leones y lo que fuera que estuvieran cazando. La descarga de adrenalina fue épica.

La carretera empeoraba paulatinamente. Tru redujo aún más la velocidad zigzagueando de un lado a otro. Se dirigía a Bulawayo, la segunda ciudad más grande del país, donde vivía su exmujer, Kim, y su hijo, Andrew. Tenía una casa allí. La había comprado después del divorcio. Echando la vista atrás, resultaba evidente que no estaban hechos el uno para el otro. Se habían conocido hacía diez años en un bar en Harare, durante uno de sus cambios de trabajo y de *lodge*. Kim le contaría después que le había parecido exótico y que su apellido también había despertado su curiosidad. Ella era ocho años más joven que él, hermosa y encantadora, con un aire despreocupado y mucha seguridad en sí misma. Una cosa llevó a la otra y acabaron pasando juntos gran parte de las seis semanas siguientes.

Para entonces, la sabana reclamaba de nuevo a Tru, que quiso dar por finalizada la relación; pero ella le dijo que estaba embarazada. Se casaron. Tru empezó a trabajar en Hwange por su relativa proximidad a Bulawayo. Andrew llegó poco después.

Aunque Kim sabía cómo se ganaba la vida, había imaginado que al tener un hijo encontraría un trabajo que no le hiciera ausentarse durante semanas. Pero Tru continuó como guía, Kim conoció a otra persona y su matrimonio llegó a su fin al cabo de menos de cinco años. No había resentimiento entre ellos; en todo caso, la relación había mejorado desde su divorcio. Cuando Tru recogía a Andrew, pasaban un rato juntos y se ponían al día, como viejos amigos. Se había vuelto a casar y tenía una hija con su segundo marido, Ken; durante su última visita, le contó a Tru que estaba embarazada otra vez. Ken trabajaba en la oficina financiera de Air Zimbabue. Iba en traje al trabajo y siempre volvía a casa para cenar. Eso era lo que Kim quería, y Tru se alegraba por ella.

En cuanto a Andrew...

Su hijo tenía diez años, y era lo mejor de su matrimonio. El destino quiso que Tru contrajera paperas cuando Andrew tenía algunos meses. Aquello le dejó estéril, pero la verdad es que nunca había sentido la necesidad de tener otro hijo. Para él, Andrew había sido siempre más que suficiente. Era la razón por la que se desviaba hacia Bulawayo, en lugar de dirigirse directamente a la granja. Andrew se parecía a su madre: ambos tenían ojos marrones y cabellos claros. Tru tenía decenas de dibujos de él colgados en las paredes de su cabaña. Con los años, había añadido fotografías (en casi cada visita, Kim le daba a Tru un sobre lleno): diferentes versiones de su hijo, en las que se veía su evolución, transformándose en un ser completamente nuevo. Como mínimo una vez a la semana, Tru bosquejaba algo que había visto en la sabana, normalmente un animal, pero a veces también hacía dibujos que intentaban reflejar el recuerdo de los últimos días que habían pasado juntos.

Encontrar el equilibrio entre familia y trabajo había supuesto todo un desafío, especialmente tras el divorcio. Durante seis semanas, mientras trabajaba en el campamento, Kim tenía la custodia y Tru no estaba presente en la vida de su hijo: ni llamadas, ni visitas, tampoco espontáneos partidos de fútbol ni ir a tomar un helado. Las dos semanas siguientes, Tru asumía la custodia y hacía de padre a tiempo completo.

Andrew se quedaba con él en la casa de Tru en Bulawayo. Le llevaba y le recogía del colegio, preparaba el almuerzo, hacía la cena y le ayudaba con los deberes. El fin de semana hacían lo que Andrew quería. Y, en todos y cada uno de esos momentos, Tru se preguntaba cómo era posible sentir un amor tan grande por su hijo, aunque no siempre pudiera demostrárselo.

A mano derecha vio un par de águilas ratoneras que volaban en círculos, tal vez en busca de los restos dejados por las hienas la noche anterior, o de algún animal que había muerto esa misma mañana. En los últimos tiempos, muchos animales lo habían pasado mal. El país volvía a sufrir una sequía que había hecho que los abrevaderos de esa zona de la reserva se secaran. No era algo fuera de lo común; al oeste, no muy lejos, se encontraba el enorme desierto del Kalahari, en Botsuana, hogar del legendario pueblo san. Se decía que su lenguaje era uno de los más antiguos, con chasquidos y cliqueos, que para los extranjeros sonaba como un idioma alienígena. A pesar de no tener casi nada, en términos materiales, se reían y gastaban más bromas que ningún otro grupo de personas de los que Tru había conocido, aunque a veces se preguntaba por cuánto tiempo conseguirían mantener su estilo de vida. La modernidad avanzaba y corrían rumores de que el Gobierno de Botsuana pretendía exigir que todos los niños del país fueran a la escuela, también los hijos de los san. Tru suponía que eso con el tiempo podría conjurar el fin de una cultura que existía desde hacía miles de años.

Sin embargo, África siempre estaba en proceso de cambio. Tru había nacido en Rodesia, colonia del Imperio británico; había presenciado los disturbios civiles, y era un adolescente cuando el país quedó dividido en las dos naciones de Zimbabue y Zambia. Al igual que en Sudáfrica (país con muy mala prensa en gran parte del mundo civilizado debido al *apartheid*), en Zimbabue mucha de la riqueza estaba concentrada en un porcentaje mínimo de la población, de raza blanca en su mayoría. Tru albergaba dudas sobre la continuidad eterna de ese sistema, pero hacía tiempo que había dejado de hablar sobre política y desigualdad social con su familia. Después de todo, formaban parte de ese grupo privilegiado. Como suele suceder en estos casos, se creían merecedores de su riqueza y de otras ventajas, independientemente de la brutalidad con que se hubiera labrado la opulencia y el poder en un principio.

Tru llegó por fin a los límites de la reserva y pasó por las primeras aldeas, hogar de unas cien personas. Al igual que en el campamento de guías, la aldea estaba vallada por seguridad, tanto de las personas como de los animales. Buscó el termo para beber, con el codo apoyado en la ventanilla bajada. Pasó al lado de una mujer en bicicleta, cargada de cajas con verdura, y de un hombre que seguramente caminaba en dirección a la siguiente aldea, a casi diez kilómetros. Tru redujo la marcha y se detuvo a un lado de la pista; el hombre se acercó lentamente a la furgoneta y subió. Tru hablaba su idioma lo suficiente como para mantener una conversación; en total hablaba con bastante soltura seis idiomas, dos de ellos autóctonos. Los otros cuatro eran inglés, francés, alemán y español. Era una de las aptitudes por las que era un empleado solicitado en los *lodges*.

El hombre se bajó de la furgoneta más adelante, y Tru siguió conduciendo hasta llegar por fin a una carretera asfaltada. Se detuvo poco después para comer en la caja de la furgoneta. Había aparcado a un lado de la carretera a la sombra de una acacia. El sol estaba muy alto y todo a su alrededor estaba en calma, sin animales a la vista.

Después del almuerzo se puso en marcha de nuevo, avanzando ahora más rápido. Las aldeas dieron paso paulatinamente a pequeñas poblaciones, luego a pequeñas ciudades, y a última hora de la tarde, llegó a las afueras de Bulawayo. Había escrito una carta a Kim para avisarla de su próxima visita, pero el correo en Zimbabue no siempre era fiable. Las cartas solían llegar a su destino, pero no se podía saber cuándo.

Llegó a la calle donde vivía Kim y aparcó detrás de su coche, en la entrada de la casa. Fue a la puerta y llamó. Enseguida oyó su voz. Obviamente le estaban esperando. Mientras se daban un abrazo, Tru oyó la voz de su hijo. Andrew bajó corriendo las escaleras y saltó a sus brazos. Sabía que llegaría el momento en que Andrew se creería demasiado mayor para tales muestras de afecto y le abrazó aún con más fuerza, preguntándose si habría algo que pudiera superar a la alegría que sentía en ese momento.

26

—Mamá me ha dicho que te vas a América —dijo Andrew esa noche.

Estaban sentados en la parte delantera, en un pequeño muro que hacía las veces de valla entre la casa de Kim y la del vecino.

—Sí, pero no me quedaré mucho. Vuelvo la semana que viene.

—Ojalá no tuvieras que ir.

Tru rodeó a su hijo con un brazo.

—Yo también te voy a echar de menos.

—Entonces ¿por qué vas?

En realidad, esa era la pregunta importante. Por qué, después de tanto tiempo, había llegado aquella carta, acompañada de un billete de avión.

—Voy a ver a mi padre —respondió finalmente Tru.

Andrew entrecerró los ojos. Los cabellos rubios refulgían bajo la luz de la luna.

—¿Te refieres a papa Rodney?

—No —dijo Tru—. Voy a ver a mi padre biológico. Nunca le conocí.

—¿Quieres conocerle?

«Sí…, pero no, en realidad no», pensó Tru.

—No lo sé —admitió finalmente, consciente de que no estaba seguro de sus sentimientos al respecto.

—Entonces ¿por qué vas?

—Porque —contestó Tru— en su carta me decía que se estaba muriendo.

Tras despedirse de Andrew, Tru condujo hasta su casa. Una vez allí, abrió las ventanas para airear el ambiente, sacó la guitarra y tocó y cantó durante una hora antes de irse a dormir.

Al día siguiente salió temprano. A diferencia de las carreteras del parque, las que llevaban hasta la capital estaban bastante bien conservadas, pero aun así tardó casi todo el día en llegar a la granja familiar. Ya era oscuro y las luces estaban encendidas en la casa señorial que su padrastro, Rodney, había reconstruido tras el incendio. Al lado se alzaban otras tres casas (una para cada uno de sus hermanos), así como la edificación principal, donde antaño había vivido el Coronel, y de la que, técnicamente, Tru era el propietario. Pero se dirigió a una estructura más pequeña, una cabaña situada cerca de la valla. En el pasado, aquel bungaló había sido la morada del jefe y de su mujer. Tru lo había arreglado cuando aún era adolescente.

Cuando el Coronel vivía, había insistido en realizar una limpieza regular del bungaló, pero esos eran otros tiempos. Ahora estaba lleno de polvo. Tru tuvo que sacudir las sábanas de serpientes y escarabajos antes de meterse en la cama. No le importaba; había dormido en peores condiciones muchísimas veces.

A la mañana siguiente, evitó a su familia, y pidió a Tengwe, el capataz, que le llevara al aeropuerto. Tengwe era enjuto, tenía el pelo canoso y sabía cómo extraer la vida del suelo en las condiciones más difíciles que uno pudiera imaginar. Sus seis hijos trabajaban en la granja, y su mujer, Anoona, preparaba las comidas para Rodney. Tras la muerte de su madre, Tru se había relacionado más con Tengwe y con Anoona que incluso con el Coronel. Eran las únicas personas de la granja a las que echaba de menos.

Las carreteras en Harare estaban congestionadas, con coches, camiones, carros, bicicletas y también peatones; el aeropuerto era aún más caótico. Después de facturar, embarcó en un vuelo que le llevaría primero a Ámsterdam, luego a Nueva York y Charlotte, y finalmente a Wilmington, en Carolina del Norte.

27

Con escalas incluidas, estaría de viaje casi veintidós horas antes de pisar suelo estadounidense por primera vez en su vida. Cuando llegó a la recogida de equipajes en Wilmington, vio a un hombre de una empresa de limusinas con un letrero en el que ponía su nombre. El chófer pareció sorprenderse por el poco equipaje facturado y se ofreció a llevar la guitarra y el petate. Tru negó con la cabeza.

Al salir del aeropuerto, notó que la camisa empezaba a adherírsele a su espalda debido al aire húmedo y pegajoso, mientras caminaban penosamente hacia el vehículo.

El trayecto transcurrió sin incidentes, pero el mundo al otro lado de las ventanillas le era totalmente ajeno. El paisaje, llano, frondoso y exuberante, parecía extenderse hasta donde abarcaba la vista; vio palmeras conviviendo con robles y pinos, y hierba del color de la esmeralda. Wilmington era una pequeña ciudad situada a baja altitud, con una mezcla de cadenas comerciales y negocios locales que con el tiempo dieron lugar a un casco histórico, con edificios que parecían tener como mínimo un par de siglos de antigüedad. El chófer le señaló el río Cape Fear, con sus salobres aguas salpicadas de barcas de pesca. En la carretera vio vehículos todoterreno y monovolúmenes, que en ningún caso se salían del carril para esquivar carros y animales, como en Bulawayo. No vio bicicletas ni gente caminando por la carretera, y casi todas las personas que vio por las aceras eran blancas. El mundo que había dejado atrás parecía tan lejano como un sueño.

Una hora después, tras cruzar un puente flotante con pontones, Tru se bajaba de la limusina ante una casa de tres pisos acurrucada al lado de una pequeña duna, en un lugar llamado Sunset Beach, una isla situada al lado de la costa cercana a la frontera con Carolina del Sur. Tardó un poco en darse cuenta de que toda la planta baja estaba ocupada por el garaje; la estructura en su conjunto resultaba casi grotesca en comparación con la casa vecina, mucho más pequeña, con un letrero que anunciaba que estaba en venta. Pensó que el chófer tal vez se había equivocado, pero este volvió a comprobar la dirección y le aseguró que era correcta. A medida que el coche se alejaba, pudo escuchar el latido rítmico y profundo de las olas que lamían la orilla. Intentó recordar cuándo había sido la última vez que lo había oído. Hacía por lo menos una década, calculó Tru mientras subía los peldaños hasta la segunda planta.

El chófer le había dado un sobre con la llave de la puerta delantera. Entró en el vestíbulo, que daba paso a una enorme sala con suelo de pino y vigas de madera en el techo. La decoración de la casa parecía de revista: cada cojín y cada manta estaban dispuestos con precisión. Los ventanales ofrecían vistas a la terraza posterior y a una extensión de dunas y vegetación herbácea que llegaba hasta el océano. Un espacioso comedor se abría desde la sala, y la cocina de diseño incluía ebanistería hecha a medida, encimeras de mármol y electrodomésticos de alta gama.

Había una nota en la cocina que le informaba de que había comida y bebida en el refrigerador y en la despensa; si deseaba desplazarse, solo tenía que llamar a la empresa de limusinas. En caso de que quisiera practicar actividades acuáticas, en el garaje había una tabla de surf y un equipo de pesca. Según la nota, el padre de Tru esperaba llegar el sábado por la tarde. Se disculpaba por no poder llegar antes, aunque no daba ninguna explicación del motivo. Mientras dejaba la nota a un lado, le asaltó la idea de que quizá su padre albergaba sentimientos ambivalentes sobre su encuentro, al ser Tru quien era… Eso le hizo preguntarse por qué le había comprado un billete de avión, para empezar. En todo caso, pronto lo sabría.

Era martes por la noche, así que Tru tendría unos cuantos días para estar solo. No podía haberlo sabido, no podía hacer gran cosa al respecto. Pasó los siguientes minutos explorando la casa, tomando nota de la distribución. El dormitorio principal estaba más allá del recibidor, desde la cocina; decidió dejar allí sus pertenencias. En la planta superior había más dormitorios y cuartos de baño, todos ellos de aspecto impoluto, como si no se usaran. En el baño principal encontró toallas limpias, jabón, champú y acondicionador. Se concedió el lujo de darse una larga ducha, relajándose bajo el chorro.

Tenía el pelo todavía mojado cuando salió a la terraza trasera. El aire era cálido, pero el sol estaba ya bajo y el cielo estaba encendido en mil tonos de amarillo y naranja. Entrecerró los ojos para mirar a lo lejos. Le pareció ver un grupo de marsopas jugando con las olas más allá del lugar donde rompían. Una puerta cerrada con pestillo daba a unos escalones que descendían a una pasarela de tablas dispuesta sobre la hierba; tras bajar los peldaños, caminó hasta la última duna, donde había algunos escalones más que conducían hasta la playa.

Había poca gente. A lo lejos vio a una mujer corriendo tras un perro pequeño; en la dirección contraria, unos cuantos surfistas flotaban sobre las tablas cerca de un embarcadero que se adentraba en el océano como un dedo acusador. Echó a andar hacia allí por la arena compacta cerca de la orilla, pensando que hasta hacía muy poco nunca había oído hablar de Sunset Beach. Ni siquiera estaba seguro de haberse interesado nunca por Carolina del Norte. Intentó recordar, sin éxito, si alguno de los turistas, en todos sus años de guía, procedía de aquella zona. Pero, en realidad, no tenía importancia.

Al llegar al embarcadero, subió las escaleras y caminó hasta el final. Apoyó los brazos en la barandilla y observó las aguas que se extendían hasta el horizonte. La inmensidad del océano le dejó perplejo. Pensó que había todo un mundo por explorar, y se preguntó si algún día lo haría. Quizá cuando Andrew fuera mayor podrían viajar juntos...

Cuando la brisa empezó a soplar con más fuerza, la luna comenzó su lenta ascensión en un cielo índigo. Le pareció que era una señal para regresar. Supuso que su padre era el propietario de la casa. También podría haberla alquilado, pero el mobiliario era demasiado valioso para dejarlo en manos de extraños. Además, de ser así, ¿no habría sido más sencillo haberle buscado un hotel? Se preguntó por qué su padre no podía ir hasta el sábado. ¿Por qué le había comprado un billete para llegar tantos días antes que él? Si realmente se estaba muriendo, el retraso quizá tuviera que ver con una cuestión médica; en ese caso, tampoco había ninguna garantía de que llegara el sábado.

Pero ¿qué pasaría cuando apareciera? Era un extraño para Tru y eso no iba a cambiar en un solo encuentro. Sin embargo, albergaba la esperanza de que pudiera contestarle algunas preguntas. Esa era la única razón por la que había decidido acudir.

Al volver a la casa, sacó un bistec de la nevera. Tuvo que ir abriendo armarios hasta encontrar una sartén de hierro fundido. La cocina, con todo lo sofisticada que era, funcionaba de forma similar a la del campamento. También encontró comida de un lugar llamado Murray's Deli, y decidió añadir a su plato lo que parecía una especie de ensalada de col y patatas. Después de comer, lavó a mano el plato, el vaso y demás utensilios. Fue a la terraza de la parte posterior de la casa con la guitarra, para tocar y cantar en voz baja. Estuvo allí durante una hora, en la que pudo ver alguna esporádica estrella fugaz. Pensó en Andrew y en Kim, en su madre y en su abuelo, antes de sentirse lo suficientemente cansado como para irse a la cama.

A la mañana siguiente, hizo cien flexiones y otras cien abdominales antes de intentar sin éxito prepararse un café. No consiguió averiguar cómo funcionaba la máquina. Demasiados botones y opciones, y no tenía la menor idea de dónde había que añadir el agua. Decidió ir a la playa con la esperanza de dar con algún local donde tomarse un café.

Al igual que la tarde anterior, la playa estaba prácticamente desierta. Pensó en lo agradable que era salir a pasear de forma espontánea. Eso era imposible en Hwange, no sin un rifle. Respiró profundamente cuando llegó a la arena, notando la sal en el aire, sintiéndose el extranjero que era.

Deslizó las manos en los bolsillos y contempló la mañana. Había caminado durante quince minutos cuando vio un gato agazapado en la cima de una duna, cerca de la plataforma de una terraza en obras, con los escalones hacia la playa todavía sin terminar. En la granja había gatos, pero este parecía haber pasado la mayor parte de su vida encerrado. Justo en ese momento, un perro blanco y pequeño pasó disparado a su lado, camino de una bandada de gaviotas que salieron volando como una pequeña explosión. El perro regresó hacia la duna, avistó al gato y salió como un cohete. El gato saltó a la terraza cuando el perro empezó a escalar la duna tras él, y ambos desaparecieron. Un minuto después le pareció oír el chirrido distante de unos neumáticos, seguidos de los gañidos de un perro.

Echó un vistazo a sus espaldas: hacia la mitad de la playa vio a una mujer de pie cerca de la orilla, sin duda la dueña del perro, con la mirada fija en el océano. Supuso que era la misma que había visto el día antes, pero estaba demasiado lejos para haber podido ver u oír lo que había pasado.

Tru dudó un momento y después empezó a buscar el perro, resbalando por la arena mientras escalaba la duna. Subió a la plataforma y siguió caminando por la pasarela hasta llegar a unos escalones que llevaban por un lado a la terraza de la casa; por el otro, descendían hasta el suelo. Bajó los peldaños y se abrió camino entre dos casas de estilo similar a la que él mismo estaba ocupando. Superó un pequeño muro de contención y siguió avanzando por la carretera. No vio ningún coche, ni gente histérica, ni ningún perro yaciendo sobre el asfalto. Eso era una buena señal, para empezar. Sabía por experiencia que los animales heridos suelen buscar refugio mientras se pueden mover; una estrategia de la naturaleza para permitirles recuperarse ocultos de los depredadores.

Recorrió la acera de un lado de la calle, mirando entre los arbustos y alrededor de los árboles. No vio nada. Cruzó la calle y repitió la operación; finalmente, dio con el perro cerca de un seto, balanceando una de las patas de atrás. Estaba temblando y jadeando, aunque Tru no habría podido decir si era por el dolor o por el susto. Se preguntó si debía regresar a la playa y buscar a la mujer, pero temía que entre tanto el perro desapareciera cojeando. Se quitó las gafas de sol, se puso en cuclillas y alargó la mano.

—Eh, tú —dijo con voz tranquila—, ¿estás bien?

El perro ladeó la cabeza y Tru empezó a acercarse lentamente, hablándole en voz baja y con un tono uniforme. Cuando estaba lo bastante cerca, el perro se estiró para intentar olerle la mano, antes de dar un par de pasos vacilantes hacia él. Cuando por fin parecía convencido de sus buenas intenciones, se relajó. Tru le acarició la cabeza y miró si tenía sangre. Nada. En la placa del collar, leyó que se llamaba Scottie.

—Hola, Scottie —lo saludó—. ¿Qué te parece si volvemos a la playa? Vamos.

Tardó un poco en persuadirlo, pero Scottie finalmente empezó a seguir a Tru de regreso a la duna. Iba cojeando, pero no tanto como para que pensar que se había roto algo. Cuando Scottie se detuvo ante el muro de contención, Tru dudó un momento antes de agacharse para llevarlo en brazos. Cargó con él mientras avanzaba entre las casas y subía los escalones hasta la pasarela, y luego hasta la parte superior de la duna. Escrutó la playa y vio a la mujer, ahora mucho más cerca.

Bajó la duna despacio y fue hacia ella. Seguía siendo una mañana luminosa, pero era como si la mujer concentrara aún más la luz debido a la tela amarillo intenso de su camisa sin mangas, que ondeaba al viento. Tru siguió observándola mientras la distancia entre ellos se hacía más pequeña. Por su rostro, parecía confundida, pero era una mujer hermosa, con una despeinada melena caoba y ojos color turquesa. De pronto, Tru sintió una agitación en su interior, algo que hacía que se sintiera ligeramente nervioso. Cuando estaba ante una mujer atractiva, siempre le pasaba lo mismo.

Hope

$\mathcal{H}$ope salió por la terraza trasera hasta la pasarela que llevaba hasta la duna, esforzándose por no derramar su café.

Scottie, su scottish terrier (su acertado nombre delataba su raza), tiraba de la correa, ansioso por llegar a la playa.

—Deja de tirar de la correa —dijo.

El perro la ignoró. Scottie era un regalo de Josh, el que había sido su novio durante los últimos seis años. El perro casi nunca le hacía caso. Pero desde que llegaron a la casa el día antes, se había mostrado aún más indomable. Mientras bajaban a la playa, sus patas luchaban por aferrarse a los escalones cubiertos de arena, y ella se recordó a sí misma que tenía que llevarlo a otro de esos cursos de fin de semana de entrenamiento, para que se volviera obediente, aunque albergaba dudas de que sirvieran para algo, como los dos a los que había asistido previamente. Scottie, el perro más dulce y mono del mundo, no parecía tener muchas luces, bendita fuera su alma. Pero quizá solo fuera testarudo.

El Día del Trabajo en Estados Unidos ya había pasado, y la playa estaba tranquila, con la mayoría de las elegantes residencias vacías. Vio a alguien corriendo cerca del embarcadero; en la otra dirección, una pareja paseaba cerca de la orilla. Se inclinó formando un hueco que se llenó con la espuma de las olas mientras liberaba a Scottie de la correa, y le vio salir corriendo. Pensó que a nadie le importaría. La noche anterior había visto dos perros sin correa, y en todo caso había poca gente en la playa que pudiera quejarse.

Hope empezó a caminar y dio un sorbo al café. No había dormido bien. Normalmente, el eterno rugido de las olas la acunaba y se dormía inmediatamente, no así anoche. Había dado vueltas en la cama, se había despertado muchas veces y, finalmente, había desistido cuando la luz del sol empezó a inundar el dormitorio.

Por lo menos el tiempo era perfecto, con un cielo azul y una temperatura más propia de principios de otoño que de finales de verano. En las noticias de la noche anterior habían anunciado tormentas durante el fin de semana, y su amiga Ellen estaba loca de preocupación. Se iba a casar el sábado, y tanto la boda como el banquete debían celebrarse al aire libre, en el Wilmington Country Club, cerca del hoyo dieciocho. Hope suponía que habría un «plan B» (sin duda podrían recurrir a la casa del club), pero cuando Ellen la había llamado la noche anterior, estaba al borde de las lágrimas.

Hope había intentado ser empática por teléfono, aunque no había sido fácil. Ellen estaba tan ofuscada con su propia preocupación que ni siquiera le había preguntado cómo se encontraba. Probablemente era mejor así; lo último de lo que quería hablar era de Josh. ¿Cómo iba a explicarle que Josh no iría a la boda, o que había cosas peores, por muy decepcionante que fuera una boda pasada por agua?

En ese momento, se sentía un tanto abrumada por la vida en general, y pasar toda la semana sola en la casa no ayudaba. No solo porque Josh no estuviera con ella, sino también porque seguramente sería la última semana que pasaría allí en su vida. Sus padres habían hecho que un agente inmobiliario tasara su casa a principios de verano, y hacía diez días habían aceptado una oferta. Entendía sus motivos para venderla, pero iba a echar de menos aquel lugar.

Había pasado la mayoría de los veranos y demás vacaciones allí, y cada rincón le traía recuerdos. Se acordaba de cuando se quitaba la arena de los pies con la manguera del jardín, o de las tormentas que contemplaba desde la ventana de la cocina, y del aroma del pescado o de la carne en la barbacoa de la terraza. Recordaba el intercambio de secretos por la noche con sus hermanas en el cuarto que compartían, y que fue allí donde besó a un chico por primera vez. Tenía doce años y se llamaba Tony; durante años, su familia había sido la propietaria de la casa tres puertas más abajo. Llevaba enamorada de él casi todo el verano: después de compartir un sándwich de mermelada y mantequilla de cacahuetes, él la había besado en la cocina mientras su madre regaba las plantas de la terraza.

Aquel recuerdo todavía la hacía sonreír. Se preguntó qué harían los nuevos dueños con la casa. Le gustaba imaginar que no cambiarían nada, pero no era tan ingenua. Durante su infancia, la casa había sido una de tantas de aquel tramo de costa; ahora solo quedaban unas pocas. En los últimos años, las clases pudientes habían descubierto Sunset Beach. Era más que probable que demolieran la casa para construir una nueva mucho más grande, como la monstruosa de tres pisos que había justo al lado. Pensó que así es como funciona el mundo; sin embargo, sentía como si una parte de ella también fuera a derrumbarse. Sabía que era un pensamiento absurdo (un tanto victimista, a lo «pobre de mí»). Se reprendió a sí misma por pensar así. El papel de mártir no era lo suyo; hasta hacía poco, siempre se había considerado una persona que veía el vaso medio lleno, la clase de chica que cree que todo es posible «porque hoy es un nuevo día». ¿Por qué no debía serlo? En muchos aspectos, su vida había sido una bendición. Tenía unos padres cariñosos y dos fantásticas hermanas mayores, además de tres sobrinos y dos sobrinas que eran una fuente constante de alegría y sorpresas. Había sido buena estudiante; le encantaba su trabajo de enfermera de urgencias del centro médico Wake County. Estaba sana, aunque quería perder un par de kilos. Llevaba saliendo con Josh, un cirujano ortopédico, desde que tenía treinta años, y le amaba. Tenía buenos amigos y era propietaria de un apartamento en Raleigh, no muy lejos de donde vivían sus padres. Visto desde fuera, todo era de color de rosa.

Entonces ¿por qué sentía tal desasosiego?

Porque había algo más en aquel año ya difícil. Sobre todo lo del diagnóstico de su padre, una noticia bomba especialmente angustiosa que llegó en abril. Su padre era el único que no se había sorprendido con el diagnóstico del médico. Sabía que algo iba mal cuando dejó de tener la energía para salir a correr por el bosque detrás de su casa. Algo que había hecho siempre, desde que ella tenía memoria; a pesar de los planes urbanísticos que engullían Raleigh, la zona en la que vivían había sido declarada cinturón verde, una de las razones por las que sus padres habían comprado la casa allí. Con el tiempo, varios promotores habían intentado revocar la decisión del Ayuntamiento, con la promesa de crear empleo y aumentar la recaudación tributaria; pero no tuvieron éxito, en parte debido a que su padre se había opuesto a ello en cada reunión municipal.

Su padre adoraba el bosque. No solo corría allí por las mañanas; también recorría los mismos caminos después de su trabajo como profesor. Cuando era pequeña, le acompañaba en esos paseos, persiguiendo mariposas o arrojando palos, intentando cazar cangrejos en el riachuelo que pasaba cerca de algunos tramos del sendero. Su padre era profesor de ciencias en el instituto y sabía los nombres de todos los arbustos y los árboles. Le enseñaba las diferencias entre un roble rojo del sur y un roble negro; en ese instante, a ella le parecían tan obvias como el color del cielo. Pero si después intentaba distinguirlos por sí sola, la información se le antojaba un embrollo. Lo mismo sucedía cuando miraban las constelaciones: él le mostraba dónde estaban Hércules, Lira o el Águila, y ella asentía maravillada. Sin embargo, una semana más tarde escudriñaba confusa el mismo cielo, intentando recordar cuál era cada una.

Durante mucho tiempo pensó que su padre era el hombre más listo del mundo. Cuando se lo decía, él siempre se reía y decía que, si eso fuera cierto, se le habría ocurrido una forma de ganar un millón de dólares. Su madre era maestra de segundo curso. Hasta que Hope no se graduó en la universidad y empezó a pagar sus propias facturas, no se dio cuenta de hasta qué punto habían tenido que esforzarse económicamente para poder sacar adelante la familia, aunque los dos tuvieran ingresos.

Su padre también había sido entrenador de los equipos de atletismo y de *cross* del instituto. Nunca había tenido que alzar la voz; sin embargo, consiguió que ambos equipos participaran en numerosos campeonatos. Al igual que sus hermanas, Hope había practicado ambos deportes durante los cuatro años del instituto. Aunque ninguna de ellas habían sido las estrellas del equipo, Hope seguía saliendo a correr regularmente. Sus hermanas mayores corrían tres o cuatro veces por semana. Además, durante los últimos diez años, Hope se había unido a su padre y a sus hermanas en la carrera anual Turkey Trot, que se celebraba en la mañana del Día de Acción de Gracias. Era una forma de abrir el apetito antes de sentarse a la mesa. En la edición de hacía dos años, su padre había ganado en su grupo de edad.

Pero ahora su padre no volvería a correr.

Todo había empezado con unas contracciones musculares ocasionales y una ligera aunque apreciable fatiga. No estaba segura desde cuándo, pero suponía que hacía ya un par de años. Desde hacía un año, pasó de correr a trotar; finalmente, tuvo que limitarse a caminar.

El médico internista sugirió que era cosa de la edad, lo cual tenía sentido. Para entonces, su padre tenía casi setenta años, se había jubilado hacía cuatro y tenía artritis en pies y caderas. A pesar de haber hecho ejercicio toda su vida, tenía la presión un poco alta, por lo que debía medicarse. El enero anterior había pillado un resfriado. Era un constipado normal, corriente y moliente, pero después de unas cuantas semanas, respirar le empezó a costar más de lo normal.

Hope le había acompañado a otra visita a su internista. Le hicieron más pruebas y enviaron una analítica al laboratorio. Le derivaron a otro médico, y luego a otro distinto. Le hicieron una biopsia muscular: los resultados indicaban potencialmente un problema neurológico. Fue en ese momento cuando Hope empezó a preocuparse.

Hubo más pruebas. Hope asistió junto con el resto de la familia al anuncio del diagnóstico: esclerosis lateral amitrófica. La enfermedad de Lou Gehrig, la misma que dejó a Stephen Hawking reducido a una silla de ruedas, causada por la muerte de las neuronas que controlan los músculos voluntarios, según explicó el doctor. Los músculos se debilitaban gradualmente, con una pérdida de movilidad, y de la capacidad de tragar y hablar, como consecuencia. Y por último, de respirar. No había cura.

Tampoco se podía predecir el ritmo al que avanzaría la enfermedad. En los meses posteriores al diagnóstico, su padre no parecía haber cambiado demasiado físicamente. Seguía paseando por el bosque, con el mismo espíritu amable y su inquebrantable fe en Dios. Continuaba cogiendo de la mano a su mujer cuando ambos veían la tele por la noche, sentados en el sofá. Eso le daba a Hope la esperanza de que fuera una versión lenta de la enfermedad, pero no dejaba de preocuparle. ¿Durante cuánto tiempo seguiría teniendo movilidad su padre? ¿Durante cuánto tiempo podría su madre hacerse cargo de él sin ayuda? ¿Deberían empezar a colocar rampas y añadir una barandilla para la ducha? Como sabían que había listas de espera para obtener una plaza en las mejores instalaciones de cuidados asistidos, ¿deberían empezar a buscar ya? ¿Cómo iban a poder pagar un sitio así? Sus padres no eran precisamente ricos. Tenían su pensión y algunos ahorros, además de la casa donde vivían y la de la playa, pero eso era todo. ¿Bastaría eso para pagar, no solo los cuidados que necesitaría su padre, sino también los años de vida que le quedaban a su madre? De no ser así, ¿qué harían?

Demasiadas preguntas, y pocos indicios de respuestas. Sus padres parecían aceptar la incertidumbre, al igual que sus hermanas. Pero Hope siempre había intentado tenerlo todo planeado. Era la clase de persona que no podía conciliar el sueño anticipando varias posibilidades y tomando hipotéticas decisiones sobre casi todo. De algún modo, eso le hacía sentirse mejor preparada para lo que pudiera pasar, pero la pega era que su vida en ocasiones estaba jalonada por preocupaciones. Y eso era justo lo que le sucedía cuando pensaba en su padre.

«Pero de momento está bien —se recordó a sí misma—. Y puede que siga bien durante los próximos tres, cinco, o incluso diez años.» Eso no se podía saber. Hacía dos días, antes de irse a la casita de la playa, habían salido a pasear, como solían hacer antaño. Si bien fue un paseo más lento y breve que los de otros tiempos, su padre seguía llamando a cada arbusto y árbol por su nombre; había vuelto a compartir sus conocimientos con ella. Mientras caminaban, se había detenido para inclinarse a recoger una hoja caída, una hoja que presagiaba la llegada del otoño.

—Una de las grandezas de una hoja —le dijo— es que te recuerda que hay que vivir lo mejor que se pueda durante el tiempo que se pueda, hasta que finalmente llega la hora de dejarse llevar y desaparecer con elegancia.

Le gustó la frase. Bueno... Más o menos. Sin duda, su padre había visto la hoja caída como una oportunidad didáctica, y Hope supo reconocer tanto la verdad como la valiosa enseñanza que encerraban sus palabras, pero ¿realmente era posible enfrentarse a la muerte sin miedo alguno? ¿Y desaparecer con elegancia?

Si alguien en el mundo era capaz de hacerlo, ese era su padre. Era la persona más estable, equilibrada y pacífica que conocía, lo cual era probablemente una de las razones por las que, después de cincuenta años casados, seguía gustándole cogerle la mano a su madre y besuquearla cuando creía que las chicas no estaban mirando. A menudo se preguntaba cómo conseguían que estar enamorado pareciera algo tan deliberado y espontáneo a un tiempo.

También por eso tenía un bajón. Bueno, no tanto por sus padres, sino por Josh. Por mucho que le quisiera, no había conseguido acostumbrarse a su intermitente relación «on-off». Ahora mismo estaban de nuevo en posición «off», motivo por el cual Hope pasaría la semana sola en la casita, excepto por Scottie. Hasta el ensayo del banquete del viernes por la noche, solo tenía dos citas en su agenda: para la peluquera y para hacerse la pedicura.

Se suponía que Josh la acompañaría esa semana. A medida que se acercaba la fecha del viaje, Hope había visto cada vez más claro que necesitaban pasar algún tiempo juntos a solas. Durante los últimos nueve meses, la consulta donde él trabajaba había intentado contratar a dos cirujanos más para hacer frente a la sobrecarga de pacientes, sin demasiada suerte. Eso significaba que Josh había tenido que trabajar de setenta a ochenta horas semanales, y había estado de guardia constantemente. A eso cabía sumar que sus días libres no siempre coincidían con los de ella. Últimamente, Josh parecía sentir una necesidad mayor de la habitual de quitarse el estrés. Los pocos fines de semana que tenía libres prefería pasarlos con sus amigos, ir en barca o practicar esquí acuático, o pasar la noche en Charlotte después de hacer la ronda por los bares, en lugar de estar con ella.

No era la primera vez que Josh pasaba por una fase similar, en la que Hope a veces se sentía como un segundo plato. Nunca había sido de esos que mandan flores, y los gestos de cariño que se dedicaban sus padres cada día probablemente le resultarían totalmente ajenos. También había, sobre todo en épocas como esa, algo de Peter Pan en él, una cualidad que hacía que Hope se preguntara si algún día realmente maduraría. Su apartamento, con muebles de IKEA, banderines de béisbol y pósteres de películas, parecía más bien el de un estudiante, lo cual tenía sentido, puesto que llevaba allí desde que empezó la Facultad de Medicina. Sus amigos (la mayoría de los cuales había conocido en el gimnasio) se acercaban a los treinta o los acababan de cumplir, eran solteros e igual de atractivos que Josh. Él no aparentaba su edad (cumpliría cuarenta dentro de un par de meses), pero por mucho que lo intentara Hope no podía comprender por qué seguía gustándole ir de bares con sus amigos, que en su mayoría recurrían a ellos para conocer mujeres. Pero ¿qué se suponía que debía decirle? ¿«No salgas con tus amigos»? Josh y Hope no estaban prometidos, ni casados. De hecho, desde el principio, él le había dicho que lo que quería en una compañera era que no intentase cambiarle. Quería que lo aceptasen tal y como era.

Hope lo entendía. Ella también quería ser aceptada tal como era. Entonces ¿por qué le importaba que le gustara ir de bares con sus amigos?

«Porque —oyó contestar a su voz interior— ahora mismo no estamos juntos técnicamente y todo es posible. No siempre ha sido fiel las otras veces que rompimos, ¿no?»

Oh, sí. Eso. Había sucedido cuando rompieron la segunda y la tercera vez. Josh había sido sincero en ambas ocasiones. Le había contado lo sucedido: mujeres que no significaban nada para él, terribles errores. Además, había prometido que nunca volvería a pasar. Habían sido capaces de seguir y pasar página, al menos eso creía ella, pero... Ahora habían vuelto a romper, y podía sentir aflorar los viejos temores. Además, Josh y sus amigos estaban en Las Vegas, sin duda aprovechando el tiempo y haciendo lo que solían hacer allí los hombres, fuera lo que fuera. No estaba muy segura de qué incluía exactamente un fin de semana de chicos en Las Vegas, pero le vinieron a la cabeza inmediatamente los clubs de *striptease*. Albergaba serias dudas de que alguno de ellos estuviera haciendo cola para ver a Siegfried & Roy. Las Vegas recibía el apodo de «Sin City» por algo.

39

Toda aquella situación la irritaba. No era solo que la hubiera dejado sola aquella semana, sino también porque consideraba que la ruptura, aunque fuera temporal, era innecesaria. Las parejas discutían. «Eso es lo que suele pasar.» Y después hablaban sobre ello, aprendían de sus errores, intentaban perdonarse y miraban hacia delante. Pero Josh no parecía entender el concepto, y eso le hacía cuestionarse si seguían teniendo un futuro juntos.

A veces se preguntaba a sí misma por qué seguía queriendo tenerle en su vida, pero en lo más profundo de su interior, ya sabía la respuesta. A pesar de lo furiosa que estaba con él y de lo frustrantes que le parecían algunas características arraigadas de su personalidad, su inteligencia y su atractivo físico hacían que se le acelerara el pulso. Incluso después de tantos años, Hope todavía podía perderse en sus ojos. Y ella sabía que él la amaba, a pesar de su aversión a las muestras de afecto: cuando, un par de años atrás, Hope había sufrido un accidente de tráfico, Josh había salido inmediatamente del trabajo y se había negado a separarse de la cabecera de la cama del hospital durante dos días seguidos. Cuando su padre necesitó que lo derivaran a un neurólogo, Josh había tomado el mando de la situación, con lo que se había ganado la gratitud de toda la familia. Demostraba que le importaba con pequeños detalles, como ocuparse del cambio de aceite o de las ruedas de su automóvil. Además, de vez en cuando la sorprendía preparando la cena para ella. En las reuniones familiares y con sus amigos, Josh rememoraba anécdotas de la vida de cada uno y tenía un talento natural para hacer que todos se sintieran cómodos.

También compartían los mismos intereses. Disfrutaban haciendo excursiones, yendo a conciertos. Además, les gustaba la misma música; en los últimos seis años, habían viajado a Nueva York, Chicago, Cancún y las Bahamas. Cada una de esas escapadas le había confirmado por qué estaba con él. Cuando la relación con Josh iba bien, sentía que tenía todo lo que siempre había deseado. Pero cuando no iba bien, debía admitir que era terrible. Sospechaba que podía haber cierta adicción en aquellos altibajos tan dramáticos, pero no podía saberlo con seguridad. Lo único que sabía era que, por muy insoportable que a veces le resultara la relación, tampoco podía imaginarse vivir sin él.

Delante de ella, Scottie iba trotando y olisqueando, persiguiendo charranes de aquí para allá y espantándolos hacia aguas más profundas. Hizo un cambio de dirección a toda velocidad hacia la duna, sin que Hope pudiera deducir por qué. Cuando volvieran a la casita, probablemente se pasaría el resto de la mañana en estado comatoso, exhausto. Le daba las gracias a Dios por esos pequeños favores.

Dio otro sorbo a su café, mientras pensaba en que ojalá las cosas fueran distintas. Sus padres hacían que el matrimonio pareciera algo natural, igual que pasaba con sus hermanas. Incluso sus amigos parecían flotar en sus relaciones, mientras ella y Josh se encumbraban o se hundían en ella. Pensó por qué la última discusión con Josh había sido la peor de todas.

Echando la vista atrás, intuyó que ella había tenido tanta culpa como él. Josh estaba estresado, y lo cierto es que ella también… Pero sobre su futuro en común. En lugar de haber encontrado consuelo en la compañía del otro, habían dejado que el estrés fuera creciendo durante unos cuantos meses hasta que finalmente explotó. No se acordaba de cómo había empezado la discusión, aparte de haber mencionado la inminente boda de Ellen, ante lo cual Josh se había puesto nervioso. Era evidente que se sentía molesto por algo, pero cuando ella le preguntó qué le pasaba, Josh le dijo que no era nada.

Nada.

Odiaba esa palabra. Era una forma de acabar las conversaciones, no de comenzarlas; tal vez ella no debería haberle presionado para que explicase qué le pasaba. Pero lo había hecho, y, por la razón que fuera, lo que había comenzado con la mera mención de la boda de una amiga había acabado a gritos; a continuación, Josh salió por la puerta hecho una furia, para pasar la noche en casa de su hermano. Al día siguiente, le dijo a Hope que creía que necesitaban una pausa para valorar las cosas. Pocos días después, le escribió un mensaje para decirle que el fin de semana de la boda se iría con sus amigos a Las Vegas.

Eso había pasado hacía casi un mes. Habían hablado por teléfono un par de veces desde entonces, pero aquellas llamadas habían servido de poco. De hecho, en ese mismo momento, hacía casi una semana que no sabía de él. Deseó poder regresar en el tiempo y volver a empezar, pero lo que en realidad quería era que Josh se sintiera como ella. Y que se disculpara. Su reacción había sido exagerada. Como si no hubiera bastado con asestarle una puñalada en el corazón, como si encima tuviera que regodearse. Todo aquello no auguraba nada bueno a largo plazo, pero ¿era posible que Josh cambiara? Y, en caso contrario, ¿dónde quedaba ella? Tenía treinta y seis años, no estaba casada, y lo que menos le apetecía era volver a empezar en el mundo de las citas. No podía ni imaginárselo. ¿Qué se suponía que debía hacer? ¿Ir a los bares donde tipos como los amigos de Josh tratarían de ligar con ella? No, gracias. Además, había dedicado seis años de su vida a Josh; no quería creer que había sido una pérdida de tiempo. Por mucho que a veces la volviera loca, tenía tantas cosas buenas...

Hope se acabó el café. Delante de ella vio a un hombre caminando cerca de la orilla. Scottie pasó corriendo a su lado, muy cerca de otra bandada de gaviotas. Intentó concentrarse en el océano, la superficie de las olas que cambiaba de amarillo a dorado bajo la luz de la mañana. El oleaje era suave, el mar estaba en calma; su padre le diría que eso seguramente indicaba que se aproximaba una tormenta, pero Hope decidió no contárselo a Ellen si su amiga volvía a llamar. No le gustaría oírlo.

Hope se pasó la mano por el pelo y se llevó algunos mechones detrás de la oreja. Había unas pocas nubes en el horizonte, de esas que seguramente se esfumarían al avanzar la mañana. Sería una tarde perfecta para un vaso de vino, tal vez acompañado de queso y galletitas saladas, o incluso de ostras. A la luz de las velas y con sensual música de *blues*...

¿Por qué pensaba esas cosas?

Suspiró y se concentró en las olas, recordando su infancia, cuando jugaba durante horas con ellas. En ocasiones llevaba una tabla de *boogie*; otras veces simplemente se divertía sumergiéndose bajo ellas antes de que rompiesen. Su padre solía unirse a ella en el agua un rato... De repente, aquel recuerdo la entristeció.

Pensó que muy pronto su padre no podría volver a meterse en el mar.

Con la mirada fija por encima del agua, Hope se recordó a sí misma que sus preocupaciones tenían algo de lujo. No era que no supiera qué iba a comer ese día. No era que no tuviera dónde dormir aquella noche. El agua que bebía no aumentaba el riesgo de contraer el cólera o una disentería. Tenía con qué vestirse, había recibido una buena educación... Y la lista no tenía fin.

Su padre no quería que se preocupara por él. Y en cuanto a Josh, era más que probable que volviera. Ninguna de las cuatro veces en que habían roto había durado más de seis semanas. Y siempre había sido Josh quien había propuesto seguir juntos. Hope estaba convencida de aquella idea de «si quieres algo, déjalo ir, y si vuelve, es que también te quiere». El sentido común le decía que rogar a alguien que se quedara era lo mismo que suplicar amor. Y eso jamás había funcionado.

Dejó de mirar el océano y volvió a deambular por la playa. Se hizo sombra con la mano para localizar a Scottie, pero no lo vio. Miró tras ella, pensando cómo era posible que hubiera pasado a su lado sin darse cuenta, pero tampoco lo encontró. Aparte de ella, no había nadie en la playa, y sintió una punzada de preocupación. En sus anteriores paseos, a veces le había costado unos momentos localizarlo, pero no era la clase de perro que se escapaba. Se le ocurrió que tal vez se lo había llevado la resaca mientras perseguía a las gaviotas, pero Scottie nunca se metía en el mar. Y, sin embargo, había desaparecido.

En ese momento vio a alguien subiendo la duna a poca distancia. Su padre sin duda se habría escandalizado. Las dunas eran frágiles y se suponía que la gente debía usar los caminos de acceso si no había pasarelas, pero... En fin, tenía cosas más urgentes de las que preocuparse.

Miró en todas direcciones, pero luego su mirada volvió a posarse en el hombre. Había llegado a la playa, y pensó en preguntarle si había visto a Scottie. Era poco probable, pero no se le ocurría nada más. Se dirigió hacia él y advirtió que llevaba algo en los brazos. Fuera lo que fuera, no se distinguía bien por el color blanco de la camisa. Tardó un poco en darse cuenta de que era Scottie. Hope aceleró el paso.

El hombre caminaba hacia ella, con una elegancia de movimientos casi animal. Vestía unos vaqueros descoloridos y una camisa blanca arremangada hasta los codos. Al acercarse, Hope advirtió que el cuello de la camisa estaba desabotonado, lo cual permitía adivinar unos pectorales ejercitados, señales de una vida activa. Los ojos eran de un tono azul oscuro, como la parte más oscura del océano; el pelo, de color azabache, con canas en las sienes. Cuando él le ofreció una tímida sonrisa, Hope pudo ver un hoyuelo en su barbilla y una familiaridad inesperada en su gesto, algo que le hizo tener la extraña sensación de que se conocían de toda la vida.

43

Sunset Beach

*T*ru no tenía la menor idea de lo que estaba pensando Hope mientras se acercaba, pero le resultó imposible apartar la mirada. Iba vestida con vaqueros, sandalias y una blusa amarilla sin mangas con un pronunciado escote en forma de «V». La piel tenía un aspecto suave, ligeramente bronceado, y el pelo cobrizo enmarcaba unos pómulos pronunciados que le atraían de un modo irresistible. Hope abrió mucho los ojos, llenos de emoción (¿alivio?, ¿gratitud?, ¿sorpresa?), cuando por fin se detuvo jadeando ante él. Sin saber qué decir, ambos se miraron sin hablar hasta que Tru se aclaró la garganta.

—Supongo que es tu perro, ¿no? —preguntó, haciendo ademán de pasar a Scottie a sus brazos.

Hope percibió un acento que le pareció británico o australiano, pero no era exactamente ninguno de los dos. Eso bastó para romper el hechizo. A continuación, alargó los brazos para coger a Scottie.

—¿Por qué llevabas en brazos a mi perro?

Tru le explicó lo que había pasado mientras Scottie cambiaba de manos. El perro lamió los dedos de su dueña, gimiendo de emoción.

Cuando acabó su explicación, detectó un atisbo de pánico en la voz de Hope.

—¿Dices que le atropelló un coche?

—Solo puedo decirte lo que oí. Y que estaba apoyándose en una pata de atrás y temblando cuando lo encontré.

—Pero ¿no viste el coche?

—No.

—Es muy raro.

—Tal vez solo fue un rasguño. Y al ver que salía corriendo, el conductor debió de pensar que el perro estaba ileso.

Tru vio cómo Hope apretaba suavemente las patas de Scottie, una por una. El perro no se quejó; más bien empezó a moverse nervioso.

También advirtió el gesto preocupado de ella mientras dejaba finalmente a Scottie en el suelo y le observaba con atención mientras trotaba.

—Ya no cojea —dijo. Con el rabillo del ojo vio que el hombre también estaba observando a Scottie.

—No lo parece.

—¿Crees que debería llevarlo al veterinario?

—No sé.

Scottie vio otra bandada de gaviotas. Salió disparado y saltó por encima de una de ellas antes de cambiar de dirección. Luego posó el hocico en el suelo y giró hacia la casita.

—Parece que no le pasa nada —murmuró, más para sí misma que para comunicarse con él.

—Bueno, está claro que tiene mucha energía.

«No tienes ni idea», pensó.

—Gracias por interesarte por él y traerlo de nuevo a la playa.

—Un placer. Antes de que te vayas, ¿podrías decirme si hay algún sitio cerca donde pueda tomar un café?

—No hay nada, solo casas en esta dirección. Un poco más allá del embarcadero está Clancy's, un bar-restaurante, pero no creo que abran hasta la hora del almuerzo.

Hope empatizó con su expresión alicaída. Las mañanas sin café eran terribles; si tuviera poderes mágicos, prohibiría que se pudieran siquiera imaginar. Scottie, mientras tanto, se había alejado, por lo que hizo un gesto hacia él.

—Debería no perder de vista a mi perro.

—Yo iba en la misma dirección antes de desviarme —dijo Tru, y volviéndose hacia ella preguntó—: ¿Te importa si caminamos juntos?

En cuanto hizo la pregunta, Hope sintió un estremecimiento… Su mirada, la cadencia grave de su voz, su forma de moverse, relajada y a la vez elegante, hicieron vibrar algo en su interior, como la cuerda de un instrumento que fuera punteada. Perpleja, su instinto primario le indicaba que declinase la invitación. La Hope de siempre habría reaccionado así automáticamente. Pero algo se lo impidió, un instinto que no reconocía.

—Claro que no —respondió, en lugar de negarse.

En ese momento ni siquiera estaba segura de por qué había aceptado. Tampoco lo sabría años después. Sería fácil achacarlo a las preocupaciones que la inquietaban en esa época, pero sabía que eso no era del todo cierto. En lugar de eso, pensó que aquel extraño invocaba algo en ella desconocido hasta el momento, una necesidad primaria y extraña, aunque se acabaran de conocer.

Tru hizo un gesto de asentimiento con la cabeza. Hope no podía saber si estaba sorprendido por su respuesta cuando empezaron a caminar uno al lado del otro. Tampoco estaban tan cerca como para sentirse incómoda, pero sí lo suficiente para advertir el movimiento de su grueso pelo oscuro agitándose con la brisa. Scottie seguía explorando por delante de ellos. Hope podía sentir el crujido de pequeñas conchas bajo sus pies. En el porche trasero de una casa, una bandera azul claro ondeaba al viento. Los cálidos rayos del sol lo inundaban todo como un fluido. Estaban solos en la playa, por lo que Hope tuvo una curiosa sensación de intimidad al caminar a su lado, como si estuvieran solos en un escenario vacío.

—Me llamo Tru Walls, por cierto —dijo por fin, alzando la voz por encima del sonido de las olas.

Ella le miró y advirtió las arrugas en las esquinas de los ojos, típicas de quien pasa mucho tiempo al sol.

—¿Tru? No creo haber oído nunca ese nombre.

—Es la abreviatura de Truitt.

—Encantada, Tru. Soy Hope Anderson.

—Creo que te vi caminando anoche.

—Probablemente. Cuando vengo aquí, salgo con Scottie unas cuantas veces al día. Yo no te vi.

Alzó la barbilla para señalar el embarcadero.

—Fui en la otra dirección. Necesitaba estirar las piernas. Fue un largo vuelo.

—¿De dónde venías?

—De Zimbabue.

—¿Vives allí? —Parecía sorprendida.

—He vivido allí toda mi vida.

—Perdona mi ignorancia —empezó a decir Hope—, pero ¿en qué parte de África está?

—En el sur. Hace frontera con Sudáfrica, Botsuana, Zambia y Mozambique.

Sudáfrica siempre salía en las noticias, pero los otros tres países apenas le sonaban.

—Estás muy lejos de casa.

—Sí.

—¿Es tu primera vez en Sunset Beach?

—También es la primera en Estados Unidos. Es otro mundo.

—¿A qué te refieres?

—Todo es distinto…, las carreteras, las infraestructuras, Wilmington, el tráfico, la gente…, y no puedo creer que el paisaje sea tan verde.

Hope no tenía un marco de referencia para poder comparar, así que se limitó a asentir. Observó a Tru mientras se metía las manos en los bolsillos.

—¿Y tú? —preguntó—. Has dicho que estabas de visita.

Hope asintió.

—Vivo en Raleigh. —A continuación, al darse cuenta de que probablemente no tenía ni idea de dónde quedaba eso, añadió—: Está a un par de horas al noroeste. Más hacia el interior…, más árboles, pero no hay playa.

—¿Es tan plano como aquí?

—Para nada. Hay algunas colinas. Además, es una ciudad bastante grande, con mucha gente y una gran oferta de actividades. Como seguramente ya te has dado cuenta, esto es bastante tranquilo.

—Me imaginaba que habría más gente en la playa.

—En verano sí. Por la tarde, seguramente habrá más gente. Pero en esta época del año nunca está abarrotada. Es más un destino vacacional. Los que pululan por aquí ahora normalmente viven en la isla.

Hope se echó el pelo hacia atrás, con la intención de retirar los mechones que con el viento le tapaban la cara, pero sin una goma elástica no tenía sentido. De reojo pudo ver que Tru llevaba una pulsera de cuero. Estaba desgastada y llena de rozaduras, y presentaba unas puntadas deshilachadas que dibujaban un diseño que no pudo identificar. No sabía por qué, pero pensó que no le quedaba mal.

—Creo que nunca he conocido a alguien de Zimbabue. —Le miró entrecerrando los ojos—. ¿Estás de vacaciones?

Tru dio todavía unos cuantos pasos, con una elegancia sorprendente para estar avanzando por la arena, antes de responder.

—Estoy aquí para conocer a alguien.

—Oh. —La respuesta hizo pensar a Hope que seguramente se trataba de una mujer. No tenía por qué sentirse molesta, pero reconoció un inesperado sentimiento de desilusión. «Es absurdo», se reprendió a sí misma mientras apartaba el pensamiento de su mente.

—¿Qué hay de ti? —preguntó, arqueando una ceja—. ¿Qué te trae por aquí?

—Una buena amiga mía se casa el sábado en Wilmington. Soy una de las damas de honor.

—Parece la perspectiva de un buen fin de semana.

«Solo que Josh se ha ido a Las Vegas, en lugar de acompañarme, así que no tendré pareja para bailar. Y me harán un millón de preguntas sobre él y qué pasa con nosotros, a las cuales no puedo ni quiero contestar.»

—Seguro que será toda una fiesta —confirmó, y enseguida preguntó—: ¿Puedo hacerte una pregunta?

—Claro.

—¿Cómo es Zimbabue? Nunca he estado en África.

—Supongo que depende del lugar.

—¿Es como Estados Unidos?

—Por lo que he podido ver de momento, para nada.

Hope sonrió. Claro que no.

—Tal vez sea una pregunta estúpida, pero ¿has visto alguna vez un león?

—Veo leones casi todos los días.

—¿Por la ventana? —Hope abrió mucho los ojos.

—Soy guía en una reserva de fauna. Safaris.

—Siempre he querido ir a un safari…

—Muchas de las personas a las que guío dicen que es el viaje de su vida.

Hope intentó imaginárselo, sin éxito. Si fuera de safari, los animales seguramente se esconderían, como le pasaba cuando iba al zoo de pequeña.

—¿Cómo se llega a trabajar de algo así?

—Es una profesión regulada por el Gobierno. Hay que asistir a clases, hacer exámenes y prácticas, y al final se consigue una licencia. Después se empieza a trabajar como observador, y con el tiempo uno se convierte en guía.

—¿Qué hace un observador?

—Muchos de los animales son expertos en camuflarse, por lo que a veces no resulta fácil verlos. El trabajo de observador consiste en localizarlos, para que el guía pueda conducir seguro y responder a las preguntas que le hacen.

Hope le hizo un gesto para darle a entender que lo había comprendido, y le miró con una creciente curiosidad.

—¿Cuánto tiempo llevas haciéndolo?

—Mucho —respondió. Luego, con una sonrisa, añadió—: Más de veinte años.

48

—¿En el mismo sitio?

—En muchos campamentos distintos.

—¿No son todos iguales?

—Cada campamento es único. Algunos son caros, otros no tanto. Según donde se encuentren, habrá una mayor o menor concentración de animales. Algunas zonas son más húmedas y otras más secas. Eso afecta al número de especies, sus movimientos y migraciones. Hay campos de lujo con fantásticos chefs; otros ofrecen tiendas básicas, camastros y comida envuelta en celofán. Y también hay diferencias en cuanto a la gestión de la fauna.

—¿Cómo es el campamento donde trabajas ahora?

—Es uno de los de lujo, con un alojamiento genial y una comida excelente, con una extraordinaria gestión de la fauna y una gran variedad de animales.

—¿Me lo recomendarías?

—Desde luego.

—Debe de ser increíble ver esos animales cada día. Pero supongo que para ti es simplemente otro día de trabajo.

—En absoluto. Cada día es distinto. —Tru la examinó con sus penetrantes y a la vez cálidos ojos azules—. ¿Y tú? ¿De qué trabajas?

Por lo que fuera, Hope no esperaba la pregunta.

—Soy enfermera de urgencias en un hospital.

—¿Cómo… en el caso de un tiroteo?

—Alguna vez —dijo—. Normalmente son accidentes de tráfico.

Se estaban acercando a la casa donde se alojaba Tru, por lo que este empezó a desviarse lentamente de la zona de arena compacta.

—Estoy en la casa de mis padres, allí —informó Hope, señalando la casita de al lado—. ¿Dónde te alojas?

—Justo al lado. La casa grande de tres pisos.

—Ah… —dijo.

—¿Algún problema?

—Es… grande.

—Sí que lo es. —Se rio—. Pero no es mi casa. El hombre con el que se supone que voy a encontrarme me deja alojarme en ella. Supongo que es el dueño.

Había dicho «el hombre». Eso hizo que se sintiera mejor, aunque ¿qué más daba?

—Es solo que nos hace sombra en la terraza a última hora de la tarde. Y a mi padre especialmente le parece un engendro.

49

—¿Conoces al dueño?

—Nunca lo he visto —respondió—. ¿Por qué? ¿Tú no?

—No. Hasta hace pocas semanas, no sabía de su existencia.

Hope habría querido seguir preguntando, pero supuso que Tru estaba siendo reservado por alguna razón. Escudriñó la playa y localizó a Scottie olisqueando las dunas un poco más adelante, cerca de los escalones que conducían a la pasarela y a la casita. Como de costumbre, estaba rebozado de arena.

Tru redujo el paso hasta detenerse al llegar a los escalones que conducían a la casa.

—Supongo que aquí acaba el paseo.

—Gracias de nuevo por preocuparte por Scottie. Me siento más que aliviada de que no le haya pasado nada.

—Yo también. Aunque me decepciona la ausencia de cafeterías en este barrio. —Le ofreció una sonrisa burlona.

Había pasado mucho tiempo desde la última vez que había tenido una conversación similar, sobre todo con un hombre que acababa de conocer. Y con aquella espontaneidad, sin esperárselo. Se dio cuenta de que todavía no quería darla por finalizada y señaló con la cabeza la casita.

—He preparado café esta mañana, antes de salir. ¿Te apetece una taza?

—No me gustaría molestar.

—Es lo menos que puedo hacer. Estoy sola en la casa, y seguramente acabaría tirando el resto. Además, has salvado a mi perro.

—En ese caso, acepto con gusto.

—Pues acompáñame —dijo.

Inició la marcha hacia los escalones y la pasarela que daban a la terraza de la casita. Scottie ya estaba en la verja moviendo la cola: salió disparado hacia la puerta posterior en cuanto la abrió. Tru miró de soslayo la casa donde se alojaba y pensó que tenía razón. Realmente, era un poco monstruosa. La casita, en cambio, parecía un hogar, pintada de blanco con las contraventanas azules, con un macetero lleno de flores. Cerca de la puerta de atrás había una mesa de madera con cinco sillas; delante de las ventanas vio un par de mecedoras al lado de una mesita deteriorada por las inclemencias del tiempo. Aunque el viento, la lluvia y la sal habían pasado factura, la terraza resultaba muy acogedora.

Hope caminó hacia la puerta.

—Voy a buscar el café, pero Scottie tiene que quedarse fuera un momento. Tengo que limpiarlo con una toalla, o me pasaré la tarde barriendo —dijo por encima del hombro—. Entra y siéntate. Será un minuto.

La puerta mosquitera se cerró de golpe tras ella, y Tru tomó asiento a la mesa. Por encima de la barandilla de la terraza se veía el océano en calma, tentador. Quizá se animara a bañarse por la tarde.

A través de la ventana podía ver la cocina. Vio a Hope en una esquina, con una toalla colgando del hombro, mientras sacaba un par de tazas del armario. Sentía interés por ella. Sin duda, era muy guapa, pero no era solo por eso. Había un aire de vulnerabilidad y soledad tras su sonrisa, como si estuviera luchando contra alguna dificultad. Tal vez contra unas cuantas.

Se removió en la silla, pensando que no era asunto suyo. Eran completos desconocidos. Él se iría después del fin de semana; aparte de saludarse desde la terraza en los próximos días, esa podría ser la última vez que hablara con ella.

Oyó un golpecito en la puerta; a través de la mosquitera, vio que estaba esperando, con dos tazas en la mano. Tru se levantó del asiento y abrió la puerta. Ella le esquivó rodeándole para dejar las tazas en la mesa.

51

—¿Quieres leche o azúcar?

—No, gracias —dijo.

—Vale. Voy a ocuparme de Scottie, no hace falta que me esperes.

Deslizó la toalla del hombro y se acuclilló al lado del perro para empezar a frotar enérgicamente su pelaje con la toalla.

—No te imaginas cuánta arena se le mete en el pelo —dijo—. Es como un imán de arena.

—Estoy seguro de que es una buena compañía.

—Es el mejor —contestó mientras le plantaba un beso en el morro al perro, que a cambio le lamió la cara alegremente.

—¿Cuántos años tiene?

—Cuatro. Me lo compró Josh, mi novio.

Tru asintió. Debería haberse imaginado que estaba saliendo con alguien. Cogió la taza, sin saber qué decir, y decidió no preguntar nada más. Dio un sorbo y pensó que sabía distinto que el café que cultivaba su familia en la granja. Algo menos suave. Pero era fuerte y estaba caliente, justo lo que necesitaba.

Cuando Hope acabó con Scottie, tendió la toalla sobre la barandilla para que se secara y regresó a la mesa. Al tomar asiento, su cara quedó medio en sombra, por lo que sus rasgos adquirieron un aspecto enigmático. Sopló con delicadeza el café antes de dar un sorbo, en un gesto curiosamente seductor.

—Háblame de la boda —acabó preguntando Tru.

—Ay, cielos…, eso. Es solo una boda.

—¿No dijiste que se trataba de una buena amiga?

—Soy amiga de Ellen desde la universidad. Estábamos en la misma hermandad… ¿Hay hermandades de mujeres en Zimbabue? —se interrumpió a sí misma. Ante la expresión perpleja de Tru, decidió continuar—. Las hermandades son una especie de club estudiantil femenino en las universidades…, como un grupo de chicas que viven y socializan juntas… Bueno, da igual, el caso es que todas las damas de honor estábamos en la misma hermandad, así que será también una forma de reencontrarnos. Aparte de eso, es una boda típica. Fotos, pastel, un grupo de música durante el banquete, el rito de lanzar el liguero y todo eso. Ya sabes cómo son las bodas.

—Aparte de la mía, nunca he asistido a ninguna.

—Ah…, ¿estás casado?

—Divorciado. Pero la boda no fue como las que hacéis aquí. Nos casó un funcionario del juzgado, y después nos fuimos directos al aeropuerto. Pasamos la luna de miel en París.

—Suena romántico.

—Sí que lo fue.

Le gustó la practicidad de la respuesta, que no sintiera la necesidad de dar más detalles de su boda ni de idealizarla.

—Entonces… ¿cómo es que sabes cómo son las bodas aquí?

—Por las películas. Y por los clientes que me hablan de su boda; los safaris son un destino popular para pasar la luna de miel. En cualquier caso, lo que me han contado suena como algo muy complicado y estresante.

Ellen estaría totalmente de acuerdo con eso, pensó Hope. Cambiando de tema, preguntó:

—¿Cómo es crecer en Zimbabue?

—Solo puedo hablar de mi experiencia. Zimbabue es un país muy grande. Es distinto para todo el mundo.

—¿Cómo fue para ti?

No estaba seguro de qué o hasta dónde quería contar, así que decidió no profundizar.

—Mi familia tiene una granja cerca de Harare desde hace generaciones. Así que crecí trabajando en las labores de la granja. Mi abuelo creía que era bueno para mí. De niño, ordeñaba las vacas y recogía los huevos. Cuando fui adolescente, pasé a hacer trabajos más duros: reparaciones en la valla, el tejado, el riego, bombas, motores, cualquier cosa que estuviera rota. Además de ir al instituto.

—¿Y cómo acabaste convirtiéndote en guía?

Se encogió de hombros.

—Me sentía en paz cuando estaba en la sabana. Siempre que tenía tiempo me adentraba por mi cuenta. Y, cuando acabé los estudios, le dije a mi familia que me iba. Y lo hice.

Mientras hablaba, podía sentir los ojos de ella observándole. Su rostro denotaba escepticismo cuando alargó el brazo para volver a asir la taza de café.

—¿Por qué tengo la sensación de que hay algo más?

—Porque siempre se queda algo en el tintero.

Hope se rio, con una risa sorprendentemente franca y desinhibida.

—Me parece bien. Háblame de las cosas más emocionantes que has visto en un safari.

Se sentía en un terreno familiar. Tru la entretuvo con las mismas historias que explicaba a los clientes siempre que se lo pedían. A veces preguntaba algo, pero casi todo el rato se contentó con escuchar. Cuando acabó de hablar, el café se había terminado y el sol le estaba abrasando la nuca. Dejó la taza vacía sobre la mesa.

53

—¿Quieres un poco más de café? Todavía queda.

—Una taza es suficiente —respondió—. Y ya te he robado mucho tiempo. Pero aprecio mucho el detalle. Gracias.

—Era lo menos que podía hacer —dijo Hope mientras se levantaba de la silla y le acompañaba a la puerta de la verja.

Tru la abrió, plenamente consciente de lo cerca que estaban. Empezó a bajar las escaleras, pero se giró al llegar a la pasarela para despedirse con un gesto rápido.

—Encantada de conocerte, Tru —respondió ella con una sonrisa.

No podía estar seguro, pero pensó que tal vez ella todavía le observaba mientras avanzaba serpenteando hacia la playa. Tuvo que hacer acopio de una gran fuerza de voluntad para reprimirse y no echar un vistazo por encima del hombro.

Tardes de otoño

$\mathcal{D}$e regreso a la casa, Tru se encontró sin nada que hacer. Si pudiera, llamaría a Andrew, pero no se sentía cómodo con la idea de llamar desde la casa. La tarifa internacional era considerable; además, Andrew seguramente todavía no habría vuelto. Después del colegio solía jugar al fútbol con el club juvenil. Tru disfrutaba viéndolo jugar. Andrew carecía de la condición física innata de otros chicos del equipo, pero era un líder natural, como su madre.

Al pensar en su hijo, Tru se acordó del material de dibujo, que llevó hasta la terraza. Advirtió que Hope se había metido en la casa, aunque la toalla que había usado para Scottie seguía tendida en la barandilla. Se acomodó en una silla y se planteó qué podría dibujar. Andrew nunca había visto el océano, no en persona, así que decidió intentar capturar la enormidad de lo que tenía ante sí, suponiendo que fuera posible.

Como siempre, empezó con un boceto general y algo vago: un punto de vista en diagonal que incluía la orilla y las olas que rompían en ella, el embarcadero y el mar que se extendía hasta el horizonte. Dibujar siempre había sido para él una forma de relajar la mente, que dejaba vagar. Pensó en Hope y se preguntó qué era lo que había capturado su interés. No era normal en él sentirse instantáneamente atraído por alguien, pero se dijo a sí mismo que no tenía importancia. Había ido a Carolina del Norte por otras razones. De pronto, su mente empezó a divagar, pensando en su familia.

No había visto ni hablado con su padrastro, Rodney, o con sus medio hermanos, Allen y Alex, desde hacía casi dos años. Las razones de ello se perdían en el pasado, y el dinero había agravado aquel distanciamiento. Además del apellido familiar, Walls, Tru había heredado parte de la propiedad de la granja y del imperio económico. La cantidad era significativa, pero en su vida diaria él apenas necesitaba dinero. Los beneficios de la granja se enviaban a una cuenta de inversión en Suiza que su abuelo había abierto cuando Tru era un niño pequeño. El saldo había ido aumentan-

do con los años, pero casi nunca lo consultaba. Desde esa cuenta salía el dinero que enviaba regularmente a Kim, y el pago de la escolarización de Andrew, pero aparte de la compra de la casa de Bulawayo, eso era todo. Había dispuesto ceder parte del dinero a Andrew cuando cumpliera treinta y cinco años. Suponía que Andrew sabría sacarle mejor partido que él.

Recientemente, sus medio hermanos habían empezado a demostrar cierto resentimiento, pero la suya siempre había sido una relación distante, así que no le pillaba del todo por sorpresa. Tru tenía nueve años cuando nacieron los gemelos; cuando tuvieron la edad suficiente para acordarse de Tru, él ya pasaba casi todo el tiempo en la sabana, lo más lejos posible de la granja.

Se mudó definitivamente cuando tenía dieciocho años. En el fondo eran, y siempre habían sido, unos desconocidos.

Las cosas con Rodney, por otro lado, eran más complicadas. El funcionamiento del negocio de Tru venía causándole problemas con Rodney desde que murió el abuelo, hacía trece años. Aunque lo cierto es que la relación se había deteriorado mucho antes. En la mente de Tru, todo se remontaba al incendio, cuando tenía once años. Gran parte del complejo había sucumbido a las llamas en 1959. A duras penas había conseguido escapar saltando desde una ventana del segundo piso. Rodney había puesto a salvo a Allen y Alex, pero la madre de Tru, Evelyn, no consiguió salir.

55

Antes del incendio, Rodney nunca había mostrado afecto por su hijastro; simplemente le toleraba. Después del desastre, las atenciones de Rodney hacia Tru pasaron a ser prácticamente inexistentes. Con gestionar su propio duelo, criar a dos niños pequeños y llevar la granja parecía tener suficiente. Con la perspectiva que da el tiempo, Tru podía comprenderlo, aunque en esa época no le había resultado fácil de entender. Por su parte, su abuelo tampoco había ayudado mucho. Tras la muerte de su única hija, se hundió en una profunda depresión que parecía tenerlo encerrado en una bóveda de silencio. Se sentaba cerca de las ruinas carbonizadas del complejo, mirando fijamente los restos; cuando los escombros fueron retirados y empezó la construcción de los nuevos edificios, se quedaba mirando fijamente las obras, sin decir nada. A veces Tru se sentaba con él, pero el Coronel solo murmuraba unas cuantas palabras para indicar que apreciaba su presencia. Después de todo, había rumores; rumores sobre su abuelo, el negocio y la verdadera causa del incendio. En aquel tiempo, Tru no sabía nada de ellos; solo sabía que nadie de su familia parecía tener ganas de hablar con él y mucho menos de darle un abrazo. De no haber sido por Tengwe y Anoona, tal vez no hubiera soportado la pérdida de su madre. Lo único que realmente recordaba de aquel tiempo era que solía llorar hasta quedarse dormido y que pasaba muchas horas deambulando solo por la finca, después de volver del colegio y haber hecho sus tareas. Ahora comprendía que esos habían sido sus primeros pasos en un viaje que le llevó de la granja a vivir en la sabana. No podía saberlo, pero tal vez las cosas hubieran sido diferentes si su madre hubiera sobrevivido.

Pero ese no fue el único cambio en el periodo que siguió a la muerte de su madre: Tru le pidió a Tengwe que le comprara papel y lápices para dibujar, porque recordaba que su madre lo hacía, y decidió empezar a imitarla. No tenía formación ni demasiado talento. De hecho, pasaron meses hasta que pudo recrear sobre el papel algo tan sencillo como un árbol, con visos de realismo. Sin embargo, era una forma de escapar de sus propios sentimientos y de la silenciosa desesperación siempre presente en la granja.

Quería dibujar a su madre, pero sus rasgos se le desvanecían más velozmente que el tiempo que necesitaba para desarrollar sus habilidades. Todos los bocetos le parecían malos, no reflejaban a la madre que recordaba, incluso aunque Tengwe y Anoona afirmaran lo contrario. Algunos eran mejores que otros, pero nunca acabó un dibujo de su madre que le pareciera captar por completo su esencia. Al final se deshizo de ese montón de bocetos, resignándose ante aquella nueva pérdida, como le había sucedido con todo lo que había perdido en su vida.

Como con su padre.

A medida que fue creciendo, tuvo la sensación de que ese hombre nunca había existido. Su madre no le había contado mucho de él, ni siquiera cuando Tru había insistido en ello; el abuelo de Tru se negaba a hablar de él. Con el tiempo, la curiosidad de Tru fue menguando hasta casi desaparecer. Pasaron años sin que pensara o se preguntara por aquel hombre. Entonces, de repente, llegó una carta al campamento de Hwange; de eso hacía pocos meses. Había llegado a la granja y Tengwe se la había reenviado, pero Tru no se había molestado en abrirla enseguida. Cuando por fin lo hizo, su primera reacción fue pensar que era una broma, a pesar de los billetes de avión. Pero cuando examinó la foto descolorida se dio cuenta de que podría ser auténtica.

En la imagen aparecía un hombre joven y atractivo rodeando con un brazo a una versión mucho más joven de una mujer que solo podía ser la madre de Tru. Evelyn era una adolescente en la fotografía (tenía diecinueve años cuando Tru nació). A Tru le asaltó una idea surrealista: tenía más del doble de edad que su madre en aquella foto. Suponiendo, claro está, que fuera ella.

Pero sí que lo era. Algo en su interior, en su corazón, se lo decía.

No recordaba cuánto tiempo había observado la foto aquella tarde, pero durante los siguientes días se sorprendió a sí mismo buscándola continuamente. Era la única foto que tenía de su madre. Todas las demás se habían perdido en el incendio que había acabado con su vida. Verla después de tantos años desencadenó una avalancha de recuerdos: ella dibujando en el porche trasero; su cara sobre él cuando le arropaba en la cama; en la cocina, con un vestido amarillo; la sensación de su mano cuando caminaban hacia una laguna. No estaba seguro de si aquellos recuerdos eran reales o productos de su imaginación.

Por supuesto, también estaba el hombre de la foto...

En la carta se había identificado como Harry Beckham, norteamericano. Decía haber nacido en 1914 y haber conocido a la madre de Tru a finales de 1946. Había participado en la Primera Guerra Mundial, en el Cuerpo de Ingenieros del ejército estadounidense. Después de la guerra se había mudado a Rodesia, donde trabajó en la mina Bushtick, en Matabeleland. Había conocido a la madre de Tru en Harare. Y, según explicaba, se habían enamorado. También aseguraba que no sabía que estaba embarazada cuando regresó a Estados Unidos, pero Tru no sabía si creérselo. Después de todo, si ni siquiera sospechaba que su madre estaba embarazada, ¿por qué había buscado un hijo perdido hacía tanto tiempo?

Probablemente, pronto lo averiguaría.

Siguió trabajando en el dibujo durante un par de horas, interrumpiéndose únicamente cuando creía haber detectado algo que le gustaría a Andrew. Esperaba poder compensarle por la semana que no iban a pasar juntos.

Volvió al interior de la casa acariciando la idea de ir a pescar. Le gustaba, pero en los últimos años no había tenido demasiado tiempo para cultivar aquella afición. No obstante, tras haber pasado sentado casi toda la tarde, sentía la necesidad de activar la circulación. Tal vez al día siguiente, pensó. Así pues, en lugar de ir a por el equipo de pesca, se puso los únicos pantalones cortos que tenía. Encontró un armario lleno de toallas, cogió una y fue hacia la playa. Dejó caer la toalla en la arena seca, cerca de la orilla, y se metió en el agua, sorprendido por la cálida temperatura. Pasó la primera tanda de olas pequeñas y luego la siguiente, hasta el lugar en que ya no rompían, donde el agua le llegaba hasta el pecho. Impulsándose con los pies desde el fondo, empezó a nadar, con la intención de llegar hasta el embarcadero y volver.

Tardó un poco en encontrar su ritmo, a pesar de la que la superficie del océano estaba en calma. Como no había nadado largas distancias desde hacía años, le pareció que avanzaba muy poco, dejando atrás lentamente las casas. Al pasar a la altura de la quinta, los músculos ya acusaban el cansancio. Cuando llegó al embarcadero, estaba agotado. Sin embargo, era una persona de lo más persistente: así pues, en lugar de volver caminando a la orilla, dio media vuelta para iniciar el regreso a un ritmo aún más lento.

Cuando por fin llegó a la altura de la casa donde se alojaba y fue hacia la orilla, los músculos de las piernas le temblaban y apenas podía mover los brazos. Sin embargo, se sentía satisfecho. En el campamento solo podía hacer gimnasia y los típicos movimientos explosivos que podían practicarse en recintos cerrados. Cuando podía, salía a correr (daba una vuelta de media hora al interior del perímetro del campamento de guías unas cuantas veces por semana; lo consideraba el circuito más aburrido del planeta), pero casi todos los días caminaba bastante. En el campamento en el que trabajaba, el guía podía dejar que los clientes bajaran del *jeep* y se adentraran en la sabana, siempre que él fuera armado. En ocasiones, esa era la única manera de acercarse lo suficiente como para ver algunos de los animales menos frecuentes, como los rinocerontes negros o los guepardos. Para él era una forma de estirar las piernas; para los clientes, la experiencia culminante del safari.

Ya dentro de la casa se dio una larga ducha, aclaró los pantalones cortos en el lavabo y comió un sándwich. Después de almorzar se quedó sin saber qué hacer. Había pasado mucho tiempo desde la última vez que había tenido una tarde sin nada programado. Se sentía inquieto. Volvió a coger el cuaderno de dibujo y, mientras examinaba el que había hecho para Andrew, pensó en cómo mejorarlo. Siempre igual. Da Vinci decía que el arte nunca está acabado, solo abandonado. Y Tru estaba de acuerdo. Decidió seguir trabajando en él al día siguiente.

De momento prefirió coger la guitarra y salir a la terraza de la parte de detrás. La arena refulgía con un resplandor blanco bajo la luz del sol y las azules aguas que se extendían hasta el horizonte parecían extrañamente tranquilas más allá de las rompientes. Perfecto. Pero mientras afinaba la guitarra, se dio cuenta de que no tenía ganas de pasar el resto del día en la casa. Podría llamar al servicio de limusinas, pero pensó que no tenía sentido. Ni siquiera se le ocurría adónde le gustaría ir. En lugar de eso, recordó que Hope había mencionado un restaurante un poco más allá del embarcadero. Más tarde, iría a cenar allí.

Una vez que hubo afinado la guitarra, tocó un rato, haciendo una revisión de casi todas las melodías que había aprendido en su vida. Al igual que cuando dibujaba, dejó vagar su mente. Cuando su mirada se desviaba hacia la casita de al lado, volvía a pensar en Hope. ¿Por qué, aunque decía que tenía novio y que debía asistir a la boda de una buena amiga en breve, había ido sola a Sunset Beach?

Hope se sorprendió a sí misma deseando haber concertado la hora con la peluquera y el salón donde iba a hacerse la pedicura ese mismo día, en vez de al día siguiente. Así hubiera tenido una excusa para salir de casa. En vez de eso, pasó la mañana rebuscando en unos cuantos armarios. Su madre le había sugerido que se llevara lo que quisiera, con la tácita condición de que intentara tener en cuenta lo que les gustaría quedarse a sus hermanas. Tanto Robin como Joanna irían a la casita en las próximas semanas. Y sus padres las habían educado a las tres para que nunca fueran egoístas. Como Hope no tenía demasiado espacio para guardar cosas en su piso, no le molestaba quedarse con casi nada.

Sin embargo, tardó más de lo que pensaba en mirar el contenido de una sola caja. Tras deshacerse de los trastos (que constituían la mayor parte de lo que había allí dentro), se había quedado con sus gafas de buceo favoritas, una maltrecha copia de *Donde viven los monstruos*, un llavero de Bugs Bunny, un peluche de Winnie the Pooh, tres libros para colorear acabados, postales de varios lugares donde habían ido todos juntos de vacaciones y un medallón con una foto de la madre de Hope. Todas esas cosas le habían hecho sonreír por distintas razones, así que valía la pena conservarlas. Sospechó que sus hermanas pensarían los mismo. Lo más probable era que todo acabara en otra caja guardada en un desván. Se preguntó por qué se molestaba en seleccionar nada, pero, en el fondo, Hope sabía la respuesta. Tirarlo todo sin más no le parecía bien. Por algún absurdo motivo, parte de ella quería saber que esas cosas seguían guardadas en algún sitio.

Era la primera en admitir que últimamente no estaba pensando con claridad, empezando por la idea de ir a la casita antes de la boda. Ahora le parecía que había sido un error, pero había pedido los días de vacaciones con antelación… ¿Y qué otra opción había? ¿Visitar a sus padres intentando no preocuparse por la salud de su padre? ¿O quedarse en Raleigh, donde estaría igual de sola, aunque rodeada de cosas que le recordarían constantemente a Josh? Podía haberse ido a otro sitio de vacaciones, pero ¿adónde? ¿Las Bahamas? ¿Key West? ¿París? También habría estado sola,

59

su padre seguiría enfermo, Josh estaría en Las Vegas y la boda seguiría siendo ese fin de semana.

Ah, sí... La boda. Aunque odiaba admitirlo, una parte de ella no quería ir. No solo porque no le apeteciera explicar que Josh la había dejado plantada. Tampoco era por Ellen. Se alegraba por ella, y normalmente le encantaba volver a encontrarse con sus mejores amigas. Se conocían muy bien y habían estado en contacto de forma regular después de acabar la carrera. También habían hecho de damas de honor en las bodas de las que se habían casado, empezando con Jeannie y Linda. Ambas se habían casado un año después de graduarse en la universidad; entre las dos, ya tenían cinco niños. Sienna se casó un par de años después y ya andaba por los cuatro hijos. Angie se había casado con treinta años; ahora tenía dos gemelas de tres años. Por su parte, Susan se casó dos años atrás. Y, finalmente, a partir del próximo sábado, Ellen también se uniría al grupo de las casadas.

Cuando Susan la llamó para decirle que estaba embarazada de tres meses, no le había extrañado. Pero ¿Ellen también? Ellen, que había conocido a Colson el pasado diciembre; Ellen, que había jurado que nunca se casaría ni tendría hijos; Ellen, que había vivido en el lado salvaje de la vida hasta casi los treinta y que solía pasar los fines de semana en Atlantic City con su novio de entonces, un traficante de drogas. No solo había conseguido encontrar a alguien que se quería casar con ella (nada menos que un agente financiero que iba a la iglesia), sino que además le había contado a Hope, como una confidencia, hacía dos semanas, que estaba embarazada de tres meses, como Susan. Ellen y Susan serían madres casi al mismo tiempo. Al pensarlo, Hope se sintió como si se fuera a convertir en una marginada en lo que había sido un círculo de amistades íntimas. Las otras ya estaban en una nueva fase de la vida o a punto de iniciarla, mientras que Hope no tenía ni idea de cuándo se uniría a ellas en esa nueva fase. En realidad, ni siquiera sabía si eso sucedería algún día. Especialmente, en lo de tener hijos.

Eso la asustaba. Durante mucho tiempo había creído que eso del «reloj biológico» era un mito. No la parte teórica que afirmaba que a mayor edad más difícil era tener hijos. Todas las mujeres lo sabían. Pero nunca había pensado que tendría que preocuparse por ello. Tener hijos era una de esas cosas que siempre había dado por supuestas, que simplemente sucedería cuando llegara el momento oportuno. Había crecido con esa convicción desde que tenía uso de razón; no podía imaginarse un futuro sin hijos. Hasta que no fue a la universidad, no fue consciente de que había mujeres que no sentían lo mismo. Durante el primer curso, cuando su compañera de habitación le dijo que preferiría desarrollar una carrera profesional a tener hijos, el concepto le resultó tan extraño que de entrada pensó que Sandy estaba bromeando. Hope no había hablado con ella desde que se licenciaron, pero se la encontró hacía un par de años en un centro comercial con un bebé en brazos. Supuso que Sandy no se acordaba de aquella conversación nocturna, pero tampoco habría querido sacarla a la luz. Después de aquel encuentro, Hope se había ido a casa y había llorado.

¿Cómo era posible que Sandy tuviera un hijo y ella no? ¿Y sus hermanas, Robin y Joanna? ¿Y todas sus mejores amigas, que ya tenían hijos o estaban a punto de ser madres? No tenía sentido. Desde que tenía memoria, se había imaginado embarazada, después con bebés recién nacidos en brazos, maravillándose al verlos crecer, intentando reconocer qué rasgos habrían heredado de quién. ¿Tendrían su nariz, o los pies grandes de su padre? ¿Serían pelirrojos, como su abuela? Siempre había creído que la maternidad era parte de su destino.

Porque a Hope le gustaba hacer planes. Se había imaginado cómo sería su vida desde los quince años: sacaría buenas notas, se licenciaría, a los veinticuatro sería una enfermera titulada, trabajaría mucho y tendría una carrera profesional. Mientras tanto, intentaría divertirse un poco (¡solo se es joven una vez!): salir con las amigas y quedar con chicos, sin tomarse nada demasiado en serio. Luego, quizá cuando estuviera cerca de los treinta, conocería al hombre de su vida, se enamoraría y se casaría. Después de un par de años, empezaría a tener hijos. Dos estaría bien, mejor uno de cada sexo, aunque si no fuera así, tampoco se sentiría decepcionada. Bueno, siempre que por lo menos tuviera una niña.

Durante la adolescencia y cuando había tenido veintitantos, había ido cumpliendo con sus expectativas. Y entonces llegó Josh, justo a tiempo. Nunca se habría imaginado que seis años después seguiría soltera y sin hijos. No tenía claro cuando el plan había empezado a fallar. Josh le había dicho que él también quería casarse y tener hijos, pero ¿qué habían estado haciendo todo ese tiempo? ¿Dónde habían quedado esos seis años?

De una cosa estaba segura: tener treinta y seis era muy diferente a tener treinta y cinco. Se había dado cuenta en su cumpleaños, el pasado mes de abril. Lo celebró con toda su familia y con Josh. Debería de haber sido un momento feliz, pero al mirar la tarta pensó: «¡Guau, cuántas velas!». Tuvo la sensación de que tardaba muchísimo tiempo en apagarlas todas.

No era la edad lo que le molestaba. Ni estar más cerca de los cuarenta que de los treinta. Interiormente, todavía se sentía más cerca de los vein-

61

ticinco. Pero al día siguiente (como si Dios hubiera querido ponerle ante los ojos un recordatorio no demasiado amable), una mujer embarazada de treinta y seis años había llegado a urgencias tras haberse hecho daño en un dedo al cortar una cebolla. Sangraba mucho, le pusieron anestesia local y le dieron puntos. La mujer había bromeado diciendo que no habría ido a urgencias si su embarazo no fuera geriátrico.

Hope había escuchado ese término cuando estaba en la Facultad de Enfermería, pero desde que trabajaba en urgencias había visto a muy pocas embarazadas y se le había olvidado.

—No me gusta que lo llamen «embarazo geriátrico» —comentó Hope—. No eres precisamente vieja.

—No, pero créeme, es muy distinto a estar embarazada con veinte. —Sonrió—. Tengo tres chicos, pero queríamos ir a por la niña.

—¿Y?

—Otro niño —respondió, mientras ponía los ojos en blanco—. ¿Cuántos niños tienes?

—Ninguno —contestó Hope—. No estoy casada.

—No te preocupes. Todavía tienes tiempo. ¿Cuántos años tienes? ¿Veintiocho?

Hope forzó una sonrisa, mientras pensaba de nuevo en el concepto «embarazo geriátrico».

—Casi —respondió.

Harta de sus propios pensamientos, y mucho más de aquel festival de autocompasión, pensó que debería distraerse. Como no se había preocupado de comprar nada de camino y necesitaba salir de casa un rato, se dirigió a un puesto de verduras en la carretera. Estaba justo al salir de la isla. Desde que tenía memoria, siempre había estado allí. Llenó el cesto con calabacines, lechuga, tomates, cebollas y pimientos. Luego condujo hasta la isla vecina, donde compró un poco de caballa. Pero cuando regresó a la casita se dio cuenta de que no tenía hambre.

Tras abrir las ventanas y guardar la comida en su sitio, se sirvió un vaso de vino y empezó a abrir más cajas. Intentó seleccionar el contenido (teniendo en cuenta a Robin y Joanna) y reducirlo a un pequeño montón de recuerdos que volvió a guardar en una sola caja que metió en un armario. Llevó el resto a los cubos de basura, satisfecha con su día de trabajo. Scottie la siguió. Como no tenía ganas de volver a perseguirlo por la playa, se quedó con él frente a la casa.

Miró el reloj y reprimió la necesidad de llamar a Josh. Estaba en el Caesars Palace... Pero se recordó a sí misma que él sabía el número de la casa, si es que quería hablar con ella. «¿Por qué no me dedico un poco de tiempo a mí misma?» Lo que realmente necesitaba era dormir una siesta; ahora notaba la falta de sueño de la noche anterior. Se tumbó en el sofá de la sala de estar... y cuando despertó ya era media tarde. A través de las ventanas abiertas, le llegaron débiles sonidos: alguien cantando y tocando una guitarra.

Se asomó a la ventana y vislumbró parcialmente a Tru a través de los barrotes de la barandilla. Escuchó la música durante unos minutos mientras recogía la cocina. A pesar de aquella melancolía que la había asaltado, no pudo evitar sonreír. No era capaz de recordar cuándo había sido la última vez que se había sentido atraída por alguien de buenas a primeras. ¡Y además le había invitado a un café! Todavía no podía creérselo.

Tras limpiar las encimeras, decidió que un baño sin prisas estaría bien. Le encantaban los baños de espuma, pero el ritmo diario hacía que ducharse fuera más práctico; tomarse un baño se había convertido en un lujo. Llenó la bañera y permaneció dentro un buen rato, notando como la tensión de su cuerpo desaparecía paulatinamente.

Después se envolvió en un albornoz y cogió un libro de la estantería, una antigua novela de suspense de Agatha Christie. ¿Por qué no? Recordaba que le encantaban sus libros cuando era una adolescente. Se acomodó en el sofá y se metió en la historia. Era fácil de leer, pero el suspense era igual de bueno que cualquier serie de ese tipo que pusieran en televisión. De pronto, se dio cuenta de que había llegado a la mitad de la lectura antes de decidir hacer una pausa. Para entonces, el sol empezaba a ocultarse en el horizonte, y notó que estaba hambrienta. No había comido nada en todo el día, pero no le apetecía cocinar. Quería seguir con la sensación relajante de aquella tarde. Se puso unos vaqueros, una blusa sin mangas y unas sandalias; se maquilló un poco y se recogió el pelo en una coleta. Puso comida a Scottie, le dejó salir al patio delantero (el perro no pudo disimular su decepción cuando se dio cuenta de que no iba a acompañarla) y después cerró con llave. Salió de la casa por la terraza de la parte de atrás, caminó por la pasarela y bajó los escalones hasta la playa. Cuando había estado con su familia en Sunset Beach, siempre habían ido a cenar a Clancy's por lo menos una vez. Así pues, le pareció que esa noche era una buena ocasión para conservar la tradición.

63

Cena en la terraza

Clancy's estaba apenas a unos minutos a pie del embarcadero. A Tru
le gustó aquel lugar antes incluso de subir a la terraza que se alzaba sobre la playa. Pudo escuchar una música lejana en la que se confundían
conversaciones y risas. Al final de los escalones había un arco de madera decorado con luces navideñas y unas letras desgastadas que indicaban
el nombre del restaurante.

La terraza estaba iluminada con antorchas de tipo *tiki* hawaiano, cu-
yas llamas ondulaban con la brisa. Había un grupo de mesas de madera
en el centro, la mitad de ellas libres, rodeadas por otras desconchadas con
sillas disparejas dispuestas al lado de la baranda. En el interior había más
mesas; la cocina estaba a la izquierda y en la zona de la barra, casi vacía,
había una máquina de discos que captó la atención de Tru. Había además
una chimenea con una bola de cañón en la repisa, como decoración, y de
las paredes colgaban detalles marítimos: una rueda de timón antigua,
un cuadro de Barba Negra y banderas náuticas. Mientras Tru escrutaba
el lugar, una camarera de unos cincuenta años emergió entre las puertas
de vaivén con una bandeja llena de comida.

—Siéntese donde quiera, dentro o fuera —gritó—. Le traeré una
carta.

La noche era demasiado agradable como para estar dentro, así que
Tru decidió tomar asiento en una de las mesas cerca de la baranda, de
cara al océano. La luna estaba alzándose en el horizonte, confiriendo su
resplandor a las aguas. De nuevo, le impresionó el contraste entre aquel
lugar y el mundo que conocía, aunque hubiera algunas similitudes fun-
damentales. De noche, la sabana era oscura y misteriosa, plagada de pe-
ligros ocultos; tenía la sensación de que el mar se le parecía bastante en
eso. Aunque le gustaba nadar de día, la aprensión de hacerlo de noche re-
sonaba en su interior como un instinto básico.

La camarera le dejó una carta y volvió apresuradamente a la cocina.

De la máquina de discos salía una melodía que no reconocía. Estaba acostumbrado. Con frecuencia, cuando iba con los clientes, les oía hablar de películas y programas de televisión de los que no sabía nada, y lo mismo le pasaba con canciones y grupos. Conocía a los Beatles (¿quién no?) y los homenajeaba tocando sus temas con la guitarra, además de otros de Bob Dylan, Bob Marley, Johnny Cash, Kris Kristofferson, los Eagles y Elvis Presley, combinados según el momento. La canción de la máquina de discos tenía gancho, pero, para su gusto, el sintetizador se notaba demasiado.

Echó un vistazo a la carta, agradablemente sorprendido por la variedad de marisco, además de las consabidas hamburguesas y patatas fritas. Lamentablemente, la mayoría del pescado se preparaba en la sartén. Acotó las opciones entre atún a la plancha y mero frito, y después cerró la carta y volvió a fijar la atención en el océano.

Poco después, la camarera salió con una bandeja de bebidas y se detuvo en algunas mesas cercanas antes de volver adentro sin ni siquiera mirar en dirección hacia él. Tru se encogió de hombros mentalmente; no tenía ningún sitio a donde ir, y en todo caso tenía toda la noche para hacerlo.

Percibió movimiento cerca de la puerta, alzó la vista y se sorprendió al ver a Hope subiendo a la terraza del bar. Seguramente habían salido hacia la playa al mismo tiempo. Por un instante, se preguntó si le habría visto y seguido. Desechó la idea rápidamente: ¿cómo podía ocurrírsele algo así? Volvió la vista hacia el mar para que ella no le pillara mirándola, pero mentalmente empezó a reproducir la visita a su casa de aquella mañana.

Su sonrisa. Le había encantado su forma de sonreír.

A Hope le sorprendió que el lugar estuviera tan poco cambiado. Era una de las razones por las que a su padre le gustaba tanto Clancy's (solía decir que cuanto más cambiaba el mundo, más a gusto se sentía allí), pero ella sabía que, en realidad, lo que más le gustaba era el pastel de merengue de limón de Clancy's, el mejor del mundo. Se decía que la madre de Clancy's había perfeccionado la receta hacía décadas. Incluso había ganado premios en seis ferias estatales consecutivas. Se suponía que su receta había inspirado la de Marie Callender's, una cadena de restaurantes de California. Fuera cierto o no, Hope tenía que admitir que un trozo de ese pastel solía ser la forma perfecta de acabar un día en la playa. Había algo simplemente perfecto en la dulce mezcla de sabor tan intenso.

Recorrió la terraza con la mirada. En todos los años que hacía que conocía el local, nunca había comido dentro, y ahora tampoco se le pasó por la cabeza. Cerca de la baranda a mano derecha había tres mesas ocupadas; a la izquierda, había algunas más libres. Se dirigió de forma automática hacia allí. Cuando vio a Tru, se detuvo.

Al verlo solo en la mesa no pudo evitar pensar por qué estaba en Sunset Beach. Había mencionado que no conocía al hombre con el que tenía que encontrarse, pero el viaje desde Zimbabue no era poca cosa y sabía que Sunset Beach era un destino poco conocido por los turistas internacionales. Se preguntó qué podía ser tan importante como para hacerle venir desde tan lejos.

Justo entonces, él alzó la mano en un saludo. Ella vaciló un momento y pensó «por lo menos tengo que saludar». Fue hacia la mesa que ocupaba. Al acercarse, volvió a fijarse en la pulsera de cuero y en el cuello desabrochado de la camisa; era fácil imaginárselo adentrándose en la sabana con ese atuendo.

—Hola, Tru. No esperaba verte aquí.

—Lo mismo digo.

Esperaba que él dijera algo más, pero no lo hizo. En lugar de eso, le sostuvo la mirada demasiado rato, por lo que ella sintió un inesperada punzada de nerviosismo. Parecía obvio que a Tru no le molestaba tanto aquel silencio como a ella, que se echó la coleta hacia atrás por encima del hombro, intentando aparentar una mayor serenidad de la que en realidad sentía.

—¿Qué tal te ha ido el resto del día? —preguntó.

—Relativamente tranquilo. Fui a nadar. ¿Y tú?

—Fui a comprar comida y pasé el día en casa. Me pareció oír que tocabas la guitarra.

—Espero que no fuera una molestia.

—En absoluto —respondió—. Me gustó lo que tocabas.

—Menos mal, porque probablemente oirás las mismas canciones una y otra vez.

Ella echó un vistazo a las demás mesas; luego hizo un gesto inquisitivo señalando la carta.

—¿Hace mucho que esperas?

—No demasiado. La camarera parece muy ocupada.

—El servicio siempre ha sido un poco lento. Amable, pero lento. Como todo en esta parte del mundo.

—Tiene su encanto. —Señaló la silla frente a él—. ¿Te gustaría acompañarme?

En cuanto oyó la pregunta, se dio cuenta de que era un momento decisivo. Ofrecer una taza de café a un vecino después de que este salvara a su perro era una cosa; cenar con él era algo muy distinto. A pesar de la espontaneidad de la propuesta, tenía toda la pinta de ser una cita, y sospechó que Tru sabía exactamente qué estaba pensando. Pero no respondió enseguida, sino que le examinó bajo la trémula luz. Recordó el paseo y su conversación en la terraza; pensó en Josh y en Las Vegas, así como en la discusión que había hecho que ella acabara en esa playa completamente sola.

—Me encantaría —dijo, consciente de que lo estaba deseando.

Él se puso en pie mientras ella sacaba la silla, y la ayudó a sentarse. Cuando Tru regresó a su asiento, Hope se sentía como si fuera otra persona. Pensar en lo que estaba haciendo la descentró, así que alargó el brazo para coger la carta, como si eso pudiera devolverla a la realidad.

—¿Puedo?

—Por supuesto.

Abrió la carta, notando sus ojos sobre ella.

—¿Qué vas a pedir? —preguntó, pensando que una conversación superficial la sosegaría.

—El atún o el mero. Iba a preguntar a la camarera qué me recomienda, pero quizá tú también puedes darme una idea

—El atún es siempre delicioso. Es lo que pide mi madre cuando viene aquí. Tienen un convenio con algunos de los pescadores locales, por eso siempre es fresco del día.

—Pues el atún entonces —decidió.

—Es lo que debería pedir yo. Las croquetas de cangrejo son también muy buenas, aunque fritas.

—¿Y qué?

—No me van bien. Por lo menos para mis muslos.

—Me parece que no tienes que preocuparte por eso. Tienes muy buen aspecto.

En vez de responder, sintió que la sangre se le agolpaba en las mejillas, consciente de que estaba traspasando otra línea. Por muy halagada que se sintiera, ahora le parecía que se trataba definitivamente de una cita. Nunca habría podido prever algo así, por lo que intentó concentrarse en la carta, pero las palabras parecían no querer estarse quietas. Por fin la dejó a un lado.

—Creo que te has decidido por las croquetas —dijo Tru.

—¿Cómo lo sabes?

—El hábito y la tradición con frecuencia hacen que el cambio sea indeseable.

Esa respuesta le hizo imaginarse a un inglés de clase alta acomodado en la biblioteca de paneles de madera de su casa de campo, una imagen absolutamente incongruente con el hombre que estaba sentado frente a ella.

—Tienes una forma de hablar realmente singular —comentó con una sonrisa.

—¿De veras?

—Se nota a la legua que no eres estadounidense.

A Tru le pareció gracioso el comentario.

—¿Cómo está Scottie? ¿Sigue sin parar de moverse?

—Sigue igual de travieso que siempre. Pero creo que se ha enfadado conmigo por no volver a llevarle a la playa. O como mínimo parecía decepcionado.

—Me parece que le encanta perseguir a los pájaros.

—Porque no puede cazarlos. Si lo consiguiera, probablemente no sabría qué hacer.

La camarera se acercó a la mesa, aparentemente menos estresada que antes.

—¿Ya sabéis qué queréis tomar? —preguntó.

Tru miró a Hope, y ella asintió.

—Creo que vamos a pedir ya —respondió Tru.

Pidió la comida y preguntó si tenían cerveza local de barril.

—Lo siento, cariño —contestó la camarera—. No tenemos cosas sofisticadas, ni cerveza de barril. Solo Budweiser, Miller y Coors, pero están muy frías.

—Entonces para mí una Coors —dijo Tru—. ¿Y tú? —preguntó mirando a Hope.

Hacía años que no tomaba una cerveza, pero por algún motivo en ese momento le pareció una opción tentadora. Y estaba claro que necesitaba algo para calmar los nervios.

—Para mí también. —La camarera dio a entender que tomaba nota con un gesto, y los dejó solos.

Hope cogió la servilleta y la puso en su regazo.

—¿Cuánto hace que tocas la guitarra? —preguntó.

—Empecé cuando hacía las prácticas para ser guía. Uno de los hombres con los que trabajaba solía tocar por la noche, cuando estábamos en el campamento. Se ofreció a darme clases. Lo demás lo he ido aprendiendo con los años. ¿Tú también tocas?

—No. Cuando era niña asistí a algunas clases de piano, pero eso es todo. Mi hermana sí que sabe.

—¿Tienes una hermana?

—Dos: Robin y Joanna.

—¿Las ves a menudo?

Hope asintió.

—Lo intentamos. Toda la familia vive en Raleigh, pero es difícil coincidir todos, excepto durante las vacaciones o en los cumpleaños. Robin y Joanna están casadas y trabajan, y sus hijos las tienen todo el día ocupadas.

—Mi hijo, Andrew, también es muy movido.

La camarera les sirvió dos botellas de cerveza de la bandeja que traía rebosante de otras bebidas. Hope ladeó la cabeza en un gesto inquisitivo.

—¿Tienes un hijo?

—Sí, de diez años. Vive con su madre casi todo el tiempo, debido a mi horario.

—¿Tu horario?

—Trabajo seis semanas seguidas, y luego tengo dos libres.

—Tiene que ser duro para los dos.

—A veces sí —confirmó—. Pero es lo que conoce desde pequeño, así que me digo a mí mismo que está acostumbrado. Y nos lo pasamos en grande cuando estamos juntos. No le gustó la idea de que vendría aquí una semana.

—¿Has hablado con él desde que estás aquí?

—No, pensaba hacerlo mañana.

—¿Cómo es?

—Curioso. Brillante. Guapo. Amable. Pero no soy imparcial. —Sonrió y dio un trago de su cerveza.

—Es normal. Es tu hijo. ¿También quiere ser guía?

—Dice que sí, y parece disfrutar de la sabana tanto como yo. Pero también dice que quiere ser piloto de carreras. Y veterinario. Y tal vez un científico loco.

Hope sonrió.

—¿Y tú qué crees?

—Que al final tomará su propia decisión, como hacemos todos. Ser guía implica llevar una vida poco convencional, algo que no a todo el mundo le va bien. Es una de las razones por las que fracasó mi matrimonio. Estaba fuera demasiado tiempo. Kim se merecía algo mejor.

—Entiendo que te llevas bien con tu ex.

69

—Sí, es fácil llevarse bien con ella. Además, es una madre maravillosa.

Hope cogió su cerveza, impresionada por cómo hablaba de su ex, pensando que también decía mucho de cómo era él.

—¿Cuándo vuelves?

—El lunes por la mañana. ¿Y tú cuándo te vas?

—El domingo, pero no tengo prisa. Tengo que trabajar el lunes. ¿Cuándo tienes tu reunión?

—El sábado por la tarde. —Dio un trago antes de dejar la botella en la mesa—. Se supone que voy a encontrarme con mi padre.

—¿Quieres decir que vas a visitarlo?

—No —respondió—. Me refiero a que voy a conocerlo por primera vez. Según la carta que recibí, se fue de Zimbabue antes de que yo naciera, y supo de mi existencia hace muy poco.

Hope abrió la boca y volvió a cerrarla. Tras unos momentos, se atrevió a decir:

—No puedo imaginarme no conocer a mi padre. Tu cabeza debe de ir a mil por hora.

—Reconozco que es una circunstancia poco habitual.

Hope movió la cabeza de un lado a otro, todavía intentando comprender lo que Tru le había contado.

—No sé ni cómo empezaría la conversación. Ni siquiera qué le preguntaría.

—Yo sí. —Por primera vez, Tru fijó la vista en algún punto más allá de la mesa. Cuando volvió a hablar, su voz parecía casi perdida en el rugido de las olas—. Me gustaría preguntarle por mi madre.

Hope no esperaba esa respuesta y reflexionó sobre su posible significado. Le pareció ver un atisbo de tristeza en la expresión de su cara, pero, cuando volvió a mirarla, ya no estaba.

—Parece que a ambos nos espera un fin de semana memorable —comentó Tru.

Resultaba obvio que deseaba cambiar de tema, y ella le siguió la corriente, a pesar de que su curiosidad iba en aumento.

—Solo espero que no llueva. Ellen seguramente rompería a llorar.

—¿Dijiste que eras dama de honor?

—Sí, y por suerte el vestido es bastante elegante.

—¿El vestido?

—Las damas de honor llevan todas el mismo vestido, que elige la novia. A veces pasa que la novia no tiene demasiado buen gusto.

—Parece que lo digas por experiencia.

—Es la octava vez que hago de dama de honor. —Suspiró—. Seis veces en las bodas de mis amigas y dos en las de mis hermanas. Y solo me gustaron dos de los vestidos.

—¿Qué pasa si no te gusta el vestido?

—Nada. Solo que odias las fotos de la boda para el resto de tu vida. Si alguna vez me caso, puede que elija un vestido horrible para devolverles la faena.

Tru rio, y Hope se dio cuenta de que le gustaba cómo se reía, con un sonido grave y retumbante, como el inicio de un terremoto.

—No lo harías.

—Podría. Uno de los vestidos era verde lima. Con hombreras acampanadas. Eso fue en la boda de mi hermana Robin. Joanna y yo todavía le tomamos el pelo por su elección.

—¿Cuánto lleva casada?

—Nueve años —respondió Hope—. Su marido, Mark, es corredor de seguros, un tipo tranquilo, pero muy agradable. Y tienen tres hijos. Joanna lleva casada con Jim siete años. Es abogado y tienen dos niñas.

—Parece que estáis muy unidas.

—Sí, y además vivimos bastante cerca. Pero a veces me lleva hasta veinte minutos en coche llegar a su casa, según el tráfico. Probablemente no se puede comparar con el lugar de donde vienes.

—Las grandes ciudades como Harare y Bulawayo también tienen problemas de tráfico. Te sorprenderías.

Intentó imaginarse esas ciudades, pero fue incapaz.

—Me da vergüenza admitirlo, pero, cuando pienso en Zimbabue, solo me vienen a la cabeza los documentales sobre naturaleza, con elefantes y jirafas, y otros animales. Lo que tú ves cada día. Sé que hay ciudades también, pero seguramente me equivocaría al intentar imaginármelas.

—Son como todas las ciudades, supongo. Hay barrios bonitos, y otros que probablemente es mejor no visitar.

—¿Notas un choque cultural cuando vas de la sabana a la ciudad?

—Siempre. Todavía tardo uno o dos días en acostumbrarme al ruido, el tráfico y a la cantidad de gente. Pero eso es en parte porque crecí en una granja.

—¿Tu madre era granjera?

—Mi abuelo.

—¿Cómo puede ser que un niño que se ha criado en una granja se convierta en guía?

71

—Es una historia larga y complicada.

—Suele pasar con las buenas historias. ¿Te importaría compartirla conmigo?

Mientras Hope preguntaba, la camarera llegó con la comida. Tru había acabado su cerveza y pidió otra; Hope hizo lo mismo. La comida tenía un olor delicioso, y en esta ocasión, la camarera trajo rápidamente dos cervezas más, antes incluso de que hubieran dado un bocado. Tru alzó la botella, animando a Hope a hacer lo mismo.

—Por las veladas encantadoras —dijo antes de chocar su cerveza con la de ella.

Tal vez fuera la formalidad de un brindis en medio de la informalidad de Clancy's, pero Hope se dio cuenta de que su nerviosismo se había desvanecido sin darse cuenta. Sospechaba que tenía algo que ver con la autenticidad de Tru, que reforzaba su opinión de que demasiada gente se pasa la vida actuando, haciendo el papel que se supone que deben representar, en lugar de ser simplemente uno mismo.

—En cuanto a tu pregunta, no me importa hablar de ello, pero no sé si es lo más apropiado para una cena. ¿Quizá más tarde?

—Claro. —Hope se encogió de hombros, cortó un trozo de una de las croquetas de cangrejo y le dio un bocado. El sabor era increíble, como siempre. Al ver que Tru ya había probado el atún, preguntó—: ¿Qué tal está?

—Muy sabroso —respondió—. ¿Y las croquetas?

—Me va a costar no comerme las dos. Pero tengo que conseguir meterme en el vestido este fin de semana.

—Y es uno de los bonitos, además.

Le halagaba que pareciera recordar todo lo que le había contado. Durante la cena, empezaron a conversar sobre historias familiares. Le habló de Ellen, describiendo algunas de las aventuras de su temeraria amiga, aunque omitiendo las peores secuencias de su pasado, como la historia del extraficante de drogas. También le habló de las otras componentes de la hermandad, y la conversación derivó hacia la familia de Hope. Le contó cómo era crecer con unos padres que eran profesores, que insistían en que tenían que aprender a organizarse y hacer los deberes solas, sin ayuda. Describió las competiciones de *cross* y de atletismo, expresando su admiración por la habilidad de su padre para entrenar a todas sus hijas. Rememoró cómo hacía galletas con su madre. Y también le habló de su trabajo, de la intensidad del turno de urgencias, y de los pacientes y las familias que le habían llegado al corazón. Aunque a veces le asaltaban imágenes de Josh, sorprendentemente eran pocas y distanciadas en el tiempo.

Mientras hablaban, el cielo empezó a iluminarse con estrellas. Las rompientes de las olas brillaban a la luz de la luna. La brisa comenzó a soplar con más fuerza, trayendo consigo el olor salobre del mar y haciendo chisporrotear las antorchas *tiki*, que arrojaban un resplandor anaranjado sobre las mesas, mientras entraban y salían otros clientes. El ambiente se tornó más tranquilo, las voces más amortiguadas a medida que avanzaba la noche, con conversaciones únicamente interrumpidas por risas apagadas y las mismas canciones que volvía a reproducir la máquina de discos.

La camarera, tras retirar los platos, volvió con dos trozos de pastel de merengue de limón. Tru comprobó con el primer bocado que Hope no había exagerado al alabar sus virtudes. Mientras tomaban el postre, fue él quien acaparó la conversación. Le habló de los distintos campamentos en los que había trabajado, y de su amigo Romy, de cómo le insistía a veces para que tocara la guitarra después de una larga jornada. Le contó algunos detalles más de su divorcio, y habló largo y tendido sobre Andrew. Hope podía adivinar, por la nostalgia que había en su voz, que le echaba de menos, y eso la hizo pensar de nuevo cuánto deseaba tener sus propios hijos.

Percibió que Tru se sentía a gusto con quién era y con la vida que había elegido, pero también había una genuina inseguridad al cuestionarse si era un buen padre. Suponía que era algo normal, pero la sinceridad con que él hablaba parecía aumentar la sensación de intimidad entre ellos. No estaba acostumbrada a sentir eso, mucho menos con un extraño. En más de una ocasión se sorprendió acercándose hacia él por encima de la mesa, de forma inconsciente, para escucharle mejor. En cuanto se daba cuenta, volvía a erguirse. Después, cuando le contó riéndose lo aterrorizado que se había sentido cuando volvían a casa del hospital por primera vez con Andrew, Hope sintió una inesperada oleada de cariño hacia él. Sin duda, era un hombre atractivo, pero por un instante no le costó imaginar que aquella conversación podía ser la primera de tantas en sus vidas.

Sintiéndose ridícula, desechó aquel pensamiento. Serían vecinos durante unos días, nada más. Aun así, aquella cálida sensación persistía. Hope se dio cuenta de que se estaba sonrojando con más frecuencia de lo normal a medida que pasaban las horas.

Cuando llegó la cuenta, Tru la cogió de forma automática. Hope se ofreció a pagar a medias, pero él negó con la cabeza.

73

—Por favor, permíteme —se limitó a decir.

Para entonces se habían formado unas cuantas nubes en el cielo, al este, que ocultaban parcialmente la luna. Pero siguieron hablando hasta que los últimos clientes se fueron. Cuando por fin se levantaron de la mesa, Hope miró de reojo a Tru, atónita por lo relajada que se sentía. Fueron lentamente a la salida y lo observó mientras le abría la puerta, con la repentina certeza de que la cena con Tru había sido el final perfecto a uno de los días más sorprendentes de su vida.

Un paseo nocturno

*T*ras haber interactuado con miles de clientes durante tantos años, Tru había desarrollado la habilidad de leer lo que pensaba la gente. Cuando Hope llegó a la playa y se volvió hacia él, notó una satisfacción que no estaba cuando se miraron a los ojos por primera vez en el restaurante. En ese momento había percibido precaución e inseguridad, quizá preocupación. Le habría resultado fácil dar por concluido el saludo de cortesía, para que ella no se sintiera ofendida, pero no lo hizo. Por alguna razón, sospechaba que comer sola no la ayudaría a vencer a los demonios contra los que luchaba.

—¿En qué estás pensando? —preguntó, con una forma de arrastrar las palabras que le sonaba como una melodía—. Tenías la mirada perdida hace un momento.

—Estaba pensando en nuestra conversación.

—Probablemente, he hablado demasiado.

—En absoluto. —Caminaban juntos por la playa, retomando su paseo matinal a un ritmo aún más tranquilo—. Me ha encantado saber cosas de tu vida.

—No sé por qué. No es tan emocionante.

«Porque me interesas», pensó, pero no lo dijo. En lugar de eso, decidió sacar el tema que ella no había mencionado en toda la noche.

—¿Cómo es tu novio?

Por la expresión de su cara, Tru supo que la pregunta la había desconcertado.

—¿Cómo sabes que tengo novio?

—Dijiste que Scottie era un regalo de tu novio.

—Ah…, es verdad. Te lo dije, ¿no? —Apretó los labios un momento—. ¿Qué quieres saber?

—Lo que me quieras contar.

Hope notó que las sandalias se hundían en la arena.

—Se llama Josh y es cirujano ortopédico. Es inteligente, competente y... un buen hombre.

—¿Cuánto lleváis saliendo?

—Seis años.

—Parece algo serio.

—Sí —confirmó, aunque a sus propios oídos le sonaba casi como si intentara convencerse a sí misma.

—Supongo que también irá a la boda.

Hope dio unos cuantos pasos antes de responder.

—Pues no. Se suponía que tenía que venir, pero al final decidió irse a Las Vegas con unos amigos. —Le ofreció una media sonrisa, que delataba su descontento—. Ahora mismo estamos algo así como... peleados, pero lo arreglaremos, estoy segura.

Eso explicaba por qué no le había hablado de él durante la cena.

—Vaya, lo siento. Perdona por haber sacado el tema —dijo Tru.

Hope asintió con la cabeza. Tru advirtió que algo se movía sobre la arena, delante de ellos.

—¿Qué era eso? —preguntó.

—Es un cangrejo fantasma —respondió en un tono que denotaba alivio por el cambio de tema—. Salen de noche de los túneles que hacen en la arena. Son inofensivos.

—¿Hay muchos?

—No me extrañaría ver cientos de ellos de aquí a la casa.

—Qué interesante.

Un poco más adelante estaba el embarcadero, con su aspecto solitario y desierto en la oscuridad. Frente a la costa, Tru vio las luces de un distante barco pesquero, separado de la playa por una extensión de profundas aguas negras.

—¿Puedo hacerte una pregunta personal?

—Claro —respondió Tru.

—¿Por qué quieres preguntarle a tu padre cosas de tu madre? ¿Tiene algo que ver con los motivos por los que te hiciste guía?

Sonrió ante su perspicacia.

—En realidad, sí. —Se metió la mano en el bolsillo, mientras pensaba cómo empezar antes de decidir contárselo—. Quiero preguntarle sobre mi madre porque me he dado cuenta de que nunca supe quién era en realidad. Lo que le gustaba, lo que la hacía feliz, lo que la entristecía, cuáles eran sus sueños. Solo tenía once años cuando murió.

—Es terrible —murmuró Hope—. Eras tan joven.

—Ella también —respondió Tru—. Era una adolescente cuando me tuvo. Si se hubiera quedado embarazada unos cuantos años después, probablemente habría sido un escándalo. Pero no hacía mucho que había acabado la guerra, y no era la única jovencita que se había enamorado de un soldado. Además, la granja queda un tanto aislada del resto de la civilización, por lo que supuestamente nadie, aparte de los que trabajaban allí, supo de mi existencia durante bastante tiempo. Mi abuelo prefería mantenerlo en secreto. Al final todo el mundo se enteró, pero para entonces ya no era ninguna novedad. Mi madre todavía era joven y hermosa, además de la hija de un hombre rico, por lo que seguía siendo un buen partido. Pero, como te he dicho, no tengo la sensación de haber llegado a conocerla. Se llamaba Evelyn, pero nunca les oí hablar de ella, ni siquiera mencionar su nombre, después de su muerte.

—¿A quiénes te refieres?

—A mi abuelo. Y a Rodney, mi padrastro.

—¿Por qué no?

Tru observó cómo pasaba correteando otro cangrejo.

—Bueno…, tendría que ponerte al corriente del contexto y la historia para poder responder. —Profirió un suspiro mientras ella le miraba expectante—. Cuando yo era niño, había otra granja colindante con la nuestra, con gran cantidad de tierra fértil y fácil acceso a agua. En esa época, el tabaco se estaba convirtiendo en el cultivo más rentable. Mi abuelo tenía la intención de controlar toda la producción en la medida de lo posible. Era un hombre implacable cuando se trataba de negocios. El vecino se dio cuenta de ello cuando declinó la oferta de mi padre de comprarle la granja, y mi abuelo desvió gran parte del agua de las tierras del vecino hacia la granja.

—Eso no parece legal.

—Seguramente no lo era, pero mi abuelo tenía contactos en el Gobierno, así que se salió con la suya. Y aunque eso dificultó mucho la situación del vecino, este tenía un capataz que era algo así como un genio. Además, todo el mundo sabía que estaba interesado en mi madre. Entonces mi abuelo le hizo una oferta que no podía rechazar: una participación en la propiedad y la posibilidad de estar cerca de mi madre a diario. Así pues, se vino a trabajar con nosotros. Se llamaba Rodney.

—El hombre que se convirtió en tu padrastro.

Tru asintió.

—Tras su incorporación y en poco tiempo, la producción de tabaco se dobló. A la vez, cuando la granja del vecino empezó a tener problemas, mi abuelo les ofreció un crédito, en un momento en que nadie lo habría hecho. Eso solo postergó lo inevitable. Al final, mi abuelo los embargó, de modo que se quedó con su propiedad por casi nada. Entonces devolvió el agua a su curso original: eso le hizo aún más rico. Todo eso le llevó unos cuantos años. En el ínterin, mi madre sucumbió a los encantos de Rodney. Se casaron y tuvieron gemelos: Allen y Alex, mis medio hermanos. Todo había salido tal como mi abuelo y Rodney habían planeado... Pero, poco después, el complejo de la granja se incendió. Yo salté de una ventana del segundo piso, y Rodney rescató a los gemelos, pero mi madre no consiguió salir.

Tru la oyó coger aire.

—¿Tu madre murió en un incendio?

—Los investigadores sospechaban que fue provocado.

—El vecino —dijo Hope.

—Era lo que se rumoreaba. Yo no supe nada hasta pasados algunos años, pero creo que mi abuelo y Rodney sí lo sabían, y se sentían culpables. Después de todo, podrían haber sido responsables indirectos de la muerte de mi madre. Tras el incendio, fue como si hubieran corrido un velo sobre su recuerdo. Ni Rodney ni mi abuelo parecían querer tener nada que ver conmigo, así que empecé a desmarcarme.

—No puedo imaginarme lo duro que debió de ser. Tuvo que ser una época muy triste y solitaria para ti.

—Sí que lo fue.

—¿Y el vecino se libró de toda responsabilidad?

Tru se detuvo para recoger una concha parcialmente rota, que examinó antes de arrojarla a la arena.

—El vecino murió en otro incendio un año después del que causó la muerte de mi madre. Entonces vivía en una cabaña en Harare, completamente arruinado. Pero yo no lo supe hasta muchos años después. Mi abuelo lo mencionó de pasada una noche en que había bebido. Dijo que se lo merecía. En ese momento, yo ya trabajaba de guía.

Miró de soslayo a Hope, y vio cómo intentaba encajar las piezas.

—¿No sospechó nadie de tu abuelo?

—Estoy seguro de que sí. Pero en Rodesia, si eras blanco y rico, la justicia se podía comprar. Quizá no es lo mismo hoy en día, pero entonces funcionaba así. Mi abuelo murió sin haber sido acusado. Actualmente, Rodney y mis medio hermanos llevan la granja, y yo me mantengo lo más lejos que puedo de ellos.

Observó a Hope moviendo de un lado a otro la cabeza. Intentaba asimilarlo todo.

—Vaya —dijo ella—. Creo que nunca he oído una historia parecida… Entiendo por qué te fuiste. Y por qué no querías hablar de ello antes. Da mucho que pensar.

—En efecto —afirmó Tru.

—¿Estás seguro de que el hombre con el que se supone que vas a encontrarte es de verdad tu padre?

—No, pero creo que es muy plausible. —Le habló de la carta y de la fotografía que había recibido junto con los billetes de avión.

—¿La mujer de la foto se parece a tu madre?

—Por lo que puedo recordar, sí, pero… Supongo que no estoy cien por cien seguro. Todas las fotos de ella desparecieron en el incendio, y no quería preguntarle a Rodney para que me lo confirmara.

Hope lo miró con una admiración renovada.

—Has tenido una vida dura.

—En algunas cosas. —Se encogió de hombros—. Pero también tengo a Andrew.

—¿Nunca pensaste en tener más hijos? ¿Cuando estabas casado?

—Kim sí quería más hijos, pero contraje las paperas y me quedé estéril, así que era no era posible.

—¿Influyó eso en tu divorcio?

Negó con la cabeza.

—No. Simplemente éramos demasiado distintos. Probablemente, ni siquiera deberíamos habernos casado, pero estaba embarazada, y yo sabía cómo es crecer sin un padre. No quería eso para Andrew.

—Has dicho que no recuerdas gran cosa de tu madre, pero ¿te acuerdas de algo?

—Recuerdo que solía sentarse en el porche trasero a dibujar. Pero solo lo recuerdo porque yo también empecé a dibujar, poco después de su muerte.

—¿Te gusta dibujar?

—Cuando no toco la guitarra.

—¿Se te da bien?

—A Andrew le gustan mis dibujos.

—¿Tienes alguno aquí?

—Empecé esta mañana. Tengo más en el cuaderno de bocetos.

—Me gustaría verlos. Si no te importa.

Para entonces, hacía rato que habían dejado atrás el embarcadero y se estaban acercando a sus casas. A su lado, Hope se había quedado callada. Tru comprendió que estaba digiriendo lo que le había contado. No era su estilo hacer confidencias; normalmente no abundaba en su pasado. Se preguntó qué le había pasado aquella noche para estar tan locuaz.

Sin embargo, en el fondo, sabía que aquella reacción solo tenía que ver con la mujer que caminaba a su lado. Cuando llegaron a los escalones que conducían a la pasarela de la casita, Tru se dio cuenta de que quería que supiera quién era él realmente, aunque solo fuera porque tenía la sensación de que ya se conocían.

Después de todo lo que le había contado, a Hope no le parecía bien acabar la conversación tan bruscamente. Señaló con un gesto la casita.

—¿Te gustaría subir y tomar una copa de vino? Hace una noche tan bonita que pensaba sentarme en la terraza un rato.

—Una copa de vino suena bien —respondió Tru.

Hope echó a andar. Cuando llegaron a la terraza, señaló un par de mecedoras cerca de la ventana.

—¿Te gusta el *chardonnay*? Abrí una botella esta tarde.

—Me parece bien cualquier vino.

—Dame un minuto —dijo.

«¿Qué estoy haciendo?», pensó mientras entraba en la casa, dejando la puerta entreabierta.

En su vida había invitado a un hombre a su casa para tomar la última copa, y esperaba no estar enviando señales contradictorias o dando una impresión equivocada. La idea de qué estaría pensando Tru hizo que se sintiera inusitadamente aturdida.

Scottie la había seguido al interior de la casa, ansioso por saludarla, meneando el rabo. Hope se agachó para acariciarlo.

—No es para tanto, ¿no? —susurró—. Sabe que simplemente estoy siendo una buena vecina, ¿vale? No le he invitado a pasar.

Scottie la miró con ojos somnolientos.

—No me estás ayudando mucho.

Sacó dos copas del armario y sirvió el vino hasta más o menos la mitad. Ponderó si debía encender las luces de fuera, pero decidió que sería demasiada luz. Unas velas serían perfectas, pero eso definitivamente enviaría el mensaje equivocado. En lugar de eso, encendió la luz de la cocina, cuyo difuminado resplandor llegaba hasta la terraza. Mucho mejor.

Con las manos ocupadas llevando las copas, empujó la puerta con el pie. Scottie salió disparado por delante de ella hasta la verja, listo para ir a la playa.

—Ahora no, Scottie. Iremos mañana, ¿de acuerdo?

Como de costumbre, Scottie la ignoró, y Hope fue hacia las mecedoras. Al darle su copa a Tru, sus dedos se rozaron. Ella sintió una pequeña descarga que le subía por el brazo.

—Gracias —dijo él.

—De nada —murmuró, sintiendo todavía los efectos de aquel roce.

Scottie seguía cerca de la verja cuando ella tomó asiento, como si quisiera recordarle su verdadera función en la vida. Hope agradeció la distracción.

—Te he dicho que mañana iremos a la playa. ¿Por qué no te tumbas?

Scottie la miró fijamente, moviendo la cola con expectación.

—No creo que me entienda —le dijo a Tru—. O si me entiende, creo que intenta que cambie de opinión.

—Es un perro muy gracioso.

—Excepto cuando se escapa y le atropella un coche, ¿verdad, Scottie?

Meneó el rabo con más ímpetu al oír su nombre.

—Yo también tuve un perro —dijo Tru—. No me duró mucho, pero me hacía mucha compañía mientras vivió.

—¿Qué le pasó?

—No creo que quieras saberlo.

—Sí quiero.

—Un leopardo lo cazó y lo devoró. Encontré lo que quedaba de él entre las ramas de un árbol.

Hope le miró fijamente.

—Tenías razón. No quería saberlo.

—Otro mundo.

—Ni que lo digas —respondió, sacudiendo la cabeza.

Durante un buen rato, se limitaron a dar sorbos a la copa de vino, sin decir nada. Una polilla empezó a bailar cerca de la ventana de la cocina; una manga de viento ondeaba con la suave brisa. El ruido de las olas al romper en la orilla sonaba como si alguien estuviera agitando un recipiente lleno de guijarros. Aunque Tru tenía la mirada fija en el océano, ella tenía la sensación de que al mismo tiempo la estaba observando. Sus ojos, pensó, parecían percibirlo todo.

—¿Echarás de menos esto? —preguntó Tru por fin.

—¿Qué quieres decir?

—Cuando tus padres vendan la casa. Al llegar, ayer, vi el letrero delante de la casa.

«Claro que lo vio.»

—Sí, voy a echarlo de menos. Creo que nos pasará a todos. Ha sido de la familia durante mucho tiempo. Nunca imaginé que algún día dejaría de serlo.

—¿Por qué quieren venderla?

En cuanto se lo preguntó, Hope sintió que sus preocupaciones volvían a salir a la superficie.

—Mi padre está enfermo —anunció—. Tiene esclerosis lateral amitrófica. ¿Sabes qué es? —Cuando Tru negó con un gesto, ella empezó a explicárselo, y añadió que el seguro y el estado solo cubrían una parte del tratamiento—. Van a vender lo que puedan para poder reformar la casa o pagar cuidados domiciliarios. —Hizo girar la copa entre los dedos antes de continuar—. Lo peor es la incertidumbre... También me preocupa mi madre. No sé qué hará sin él. Ahora mismo hace como si a mi padre no le pasara nada, pero creo que la venta y todo eso hará que las cosas sean más fáciles pasado el tiempo, para mi madre. Mi padre, por su parte, parece conformarse con el diagnóstico, pero quizá también esté fingiendo, para que el resto de la familia se sienta mejor. A veces tengo la sensación de que la única que se preocupa soy yo.

Tru no dijo nada, sino que se reclinó en la mecedora, mientras la observaba.

—Estás pensando en lo que he dicho —aventuró Hope.

—Sí —admitió él.

—¿Y?

Su voz era tranquila.

—Sé que es duro, pero preocuparte no ayuda a los demás, ni tampoco a ti. Winston Churchill describía la preocupación como una fina corriente de miedo que atraviesa gota a gota la mente, y que, si se fomenta, puede crear un canal al que se ven arrastrados todos los demás pensamientos.

Hope estaba impresionada.

—¿Churchill?

—Uno de los héroes de mi abuelo. Solía citarlo. En eso Churchill tenía razón.

—¿Así piensas respecto a Andrew? ¿Sin preocupaciones?

—A estas alturas, ya sabes que no.

Hope se rio, aunque no era su intención.

—Por lo menos eres sincero.

—A veces es más fácil sincerarse con extraños.

Eso hacía referencia a los dos. Deslizó la mirada sobre él para dejarla vagar después hacia la playa. Las demás casas estaban a oscuras, como si Sunset Beach fuera una ciudad fantasma. Dio un sorbo de vino y notó una sensación de paz en sus miembros que irradiaba hacia el exterior como el resplandor de una lámpara.

—Entiendo por qué vas a echar de menos este lugar —dijo Tru en medio del silencio—. Es bastante tranquilo.

Hope dejó que su mente se trasladara al pasado.

—Nuestra familia solía pasar aquí casi todos los veranos. Cuando éramos pequeñas, me pasaba casi todo el tiempo en el agua con mis hermanas. Aprendí a hacer surf cerca del embarcadero. Nunca fui realmente buena, pero no se me daba mal. Pasaba horas flotando, esperando a que viniera una buena ola. Y veía cosas increíbles: tiburones, delfines, incluso un par de ballenas. No se acercaban a la orilla, pero una vez, cuando tenía unos doce años, vi lo que me pareció un tronco flotando, hasta que emergió a pocos metros de donde yo estaba. Vi una cara con bigotes y se me heló la sangre. Estaba demasiado aterrorizada para gritar porque no sabía cuánto tiempo llevaba allí ni qué era. Parecía un hipopótamo… o una morsa. Pero cuando me di cuenta de que no quería hacerme daño, empecé a… observar aquel animal. Incluso intenté mantenerme a su lado remando. Al final debí de pasarme un par de horas en el agua. Es una de las cosas más alucinantes que me han pasado nunca.

—¿Qué era?

—Un manatí. Son mucho más comunes en Florida. De vez en cuando, hay gente que dice haberlos visto en estas costas, pero yo nunca he vuelto a ver ninguno. Mi hermana Robin todavía no me cree. Dice que me lo inventé para llamar la atención.

Tru sonrió.

—Te creo. Me gusta la historia.

—Me lo imaginaba. Porque el protagonista es un animal. Pero hay algo realmente genial que deberías ver mientras estés aquí. Antes de las lluvias.

—¿Qué es?

—Deberías visitar Kindred Spirit mañana. Está más allá del embarcadero, en la siguiente isla, pero se puede caminar hasta allí con la marea baja. Cuando veas la bandera estadounidense, empieza a desviarte hacia las dunas. No tiene pérdida.

—Todavía no me has dicho qué es.

—Es mejor que sea una sorpresa. Sabrás qué hay que hacer.

—No te entiendo.

—Lo entenderás.

Por la expresión de su rostro, Hope supo que había despertado su curiosidad.

—Pensaba ir a pescar mañana. Si encuentro cebo, claro está.

—Tienen cebo en la tienda del embarcadero, pero puedes hacer las dos cosas —aseguró Hope—. Creo que la marea baja es más o menos a las cuatro.

—Lo pensaré. ¿Qué haces mañana?

—Tengo que ir a la peluquería y al salón de uñas para la boda. Y comprar un par de zapatos. Cosas de chicas.

Tru asintió antes de dar otro sorbo a su vino, y se hizo otro silencio. Se balancearon en las mecedoras de forma sincronizada, admirando la maravillosa noche estrellada. Pero cuando Hope tuvo que reprimir un bostezo, supo que ya era hora de dar por concluida la velada. Para entonces, Tru se había acabado el vino. De nuevo, parecía saber exactamente lo que estaba pensando.

—Debería volver a casa —dijo Tru—. Ha sido un día muy largo. Gracias por el vino.

Hope sabía que era lo mejor; sin embargo, sintió una punzada de decepción.

—Gracias por la cena.

Tru le devolvió la copa antes de caminar hasta la verja. Ella dejó las copas en la mesa y le acompañó. Ya en la puerta, él se detuvo y se volvió hacia Hope, que casi podía sentir la energía que emanaba de Tru, pero su voz era suave cuando se despidió.

—Eres una mujer increíble, Hope —dijo—. Confío en que las cosas vayan bien entre tú y Josh. Es un hombre afortunado.

Aquellas palabras la pillaron desprevenida, aunque era consciente de que Tru tenía la intención de ser amable, sin juzgarla, sin expectativas.

—Lo arreglaremos, estoy segura —respondió, diciéndoselo también así misma.

Él abrió la puerta y empezó a bajar los escalones. Hope le siguió, deteniéndose a medio camino. Cruzó los brazos y le vio llegar hasta la pasarela que iba a la playa. Cuando él había avanzado un cuarto del camino, se volvió y saludó. Ella le devolvió el saludo; cuando él se hubo alejado un poco más, Hope por fin desanduvo sus pasos hasta la terraza.

Cogió las copas y las dejó en el fregadero antes de dirigirse con paso quedo al dormitorio.

Se desvistió y se miró al espejo. Lo primero que pensó es que tenía que perder un par de kilos, pero en general estaba contenta con su aspecto. Claro que sería fantástico tener un cuerpo esbelto como los que salían en las revistas, pero su constitución era y siempre había sido distinta. Cuando era joven, había deseado ser un poco más alta, o por lo menos igual que sus hermanas. Y, sin embargo, mientras contemplaba su reflejo, pensó en la forma de mirarla de Tru, en lo interesado que parecía cuando la escuchaba y en los cumplidos que le había hecho sobre su aspecto. Echaba de menos la agradable sensación de atraer a un hombre, sin que ello implicara un simple preámbulo al sexo. Intentó aclarar sus sentimientos, pero se daba cuenta de que pensar en todo aquello podía resultar peligroso.

Tras mirarse en el espejo fue al baño y se lavó la cara. Se quitó la goma de la coleta y se cepilló el pelo para desenredarlo. Luego fue hacia la maleta y sacó un par de pijamas, antes de cambiar de opinión. Los devolvió a la maleta y se dirigió al armario para coger una manta.

Odiaba pasar frío por la noche. Se deslizó entre las sábanas y cerró los ojos, sintiéndose sensual y extrañamente satisfecha.

Amanecer y sorpresas

Tru pasó por delante de la casa de Hope a la mañana siguiente, cargado con una caja de aparejos y una caña de pescar al hombro. Echó un vistazo hacia la casa y advirtió que la pintura había empezado a desconcharse en buena parte de las molduras; la barandilla estaba deteriorada, aunque seguía pensando que le gustaba más que la casa donde se alojaba. Era demasiado grande y excesivamente moderna; además, todavía no había conseguido averiguar cómo funcionaba la máquina de café. Una sola taza habría bastado, pero se dijo a sí mismo que su destino parecía ser no tomar café.

Había pasado una hora desde el amanecer, y se preguntó si Hope estaría despierta. Con el resplandor de la mañana, era imposible distinguir si había luces encendidas, pero en la terraza seguro que no estaba. Pensó en su novio y sacudió la cabeza en un gesto de desaprobación, preguntándose qué le pasaba por la cabeza a aquel tipo. Aunque se había pasado casi toda la vida en la sabana, incluso él sabía que, en la boda de una amiga íntima, la asistencia del novio era casi obligada. No importaba si estaban a malas, ni siquiera si lo habían dejado temporalmente, como había dicho ella.

Muy a su pesar, no pudo evitar imaginar su aspecto por la mañana, antes de arreglarse. Estaría guapa incluso despeinada y con los ojos hinchados. Algunas cosas eran evidentes. Cuando sonreía, irradiaba una luz cálida, y era fácil perderse en su acento cuando hablaba. Tenía una cadencia suave y melódica, como una nana, y cuando le contó las anécdotas sobre Ellen, o le habló del manatí, Tru pensó que podía haber seguido escuchando para siempre.

Aunque el cielo estaba nublado, hacía más calor esa mañana que la anterior, y la humedad había ido a más. La brisa también había cobrado fuerza, todo lo cual parecía indicar que Hope tenía razón sobre la posibilidad de que hubiera tormentas el fin de semana. En los días que precedían a la lluvia en Zimbabue, el aire estaba cargado de forma muy similar.

Cuando Tru se dirigía hacia las escaleras del embarcadero, ya había media docena de hombres pescando. Vio que uno de ellos empezaba a recoger el sedal. Estaba demasiado lejos como para poder distinguir algún detalle, pero pensó que era buena señal. No sabía si quedarse con lo que pudiera pescar; había demasiada comida en la nevera. Tampoco tenía ganas de limpiar nada, sobre todo porque el cuchillo de la caja de aparejos parecía estar desafilado. Pero siempre era emocionante capturar algo.

Entró en la tienda y vio estanterías llenas de tentempiés y bebidas en el pasillo central; al fondo había una parrilla para los que prefirieran comida caliente. De algunos ganchos y soportes colgaban varios artículos de pesca; cerca de la puerta había una nevera con un letrero que anunciaba su contenido de cebo. Tru cogió un par de cajas de gambas y las llevó a la caja. También había que pagar una tasa para pescar desde el embarcadero. Tras coger el cambio, Tru salió de la tienda, dejó atrás una cabina de teléfonos y fue hacia el embarcadero. A pesar de que el cielo estaba cubierto, el sol hizo aparición momentáneamente, haciendo que las aguas destellaran.

La mayoría de los pescadores se congregaban cerca del final. Como se suponía que sabían más que él, decidió buscar un sitio en sus proximidades. A diferencia de la caja de aparejos, la caña de pescar parecía nueva; después de poner el cebo y lastrar el sedal, lo lanzó al agua.

En el extremo del embarcadero se oía una música que parecía *country*, procedente de una radio. Curiosamente, Andrew era fan de Garth Brooks y George Strait, aunque Tru no tenía la menor idea de cómo había conocido sus canciones. Cuando su hijo le mencionó esos nombres algunos meses atrás, Tru se lo había quedado mirando, perplejo. Andrew había insistido en que tenía que escuchar *Friends in low places*. Era pegadiza, lo admitía, pero nada podía reemplazar su lealtad a los Beatles.

Consciente o inconscientemente, Tru había elegido el lado del embarcadero que permitía vislumbrar la casita de Hope de lejos. Pensó en la cena y el paseo: Hope había hecho que se sintiera a gusto toda la noche. Rara vez se había sentido así con Kim, a pesar de la excitante atracción de antaño; con demasiada frecuencia había tenido la sensación de decepcionarla. Incluso ahora que solo eran amigos, a veces todavía lo sentía, especialmente en lo que se refería al tiempo que pasaba con Andrew.

También le había cautivado cómo Hope hablaba de sus amigos y de su familia. Era evidente que le importaban de verdad. No solo era comprensiva, sino también empática por naturaleza. Tru creía que esa clase de personas escaseaban. Había percibido su empatía incluso cuando le habló de Andrew.

Al pensar en su hijo, se arrepintió de no haber atrasado su marcha,

87

pues no se encontraría con su padre hasta el sábado por la tarde. Era extraño que el hombre no hubiera llamado para darle alguna explicación, pero solo le molestaba en lo que concernía a Andrew. Se había despertado echando de menos a su hijo, por lo que decidió llamarle desde la cabina que había visto antes. Tendría que ser a cobro revertido, y la tarifa no era barata, pero Kim le dejaría devolvérselo cuando volviera. Entre la diferencia horaria y contando con que Andrew estaría en el colegio y tendría que hacer deberes, Tru calculó que todavía tendría que esperar un par de horas. Ya tenía ganas de subir al avión de regreso, el lunes.

Excepto por...

Levantó la vista de nuevo hacia la casita de Hope y sonrió cuando la vio detrás de Scottie, que trotaba por la pasarela y después bajó los escalones. Ya en la playa, Hope se agachó para liberar a su mascota de la correa, y el perro salió disparado. No había gaviotas cerca, pero Tru no tenía la menor duda de que Scottie al final daría con ellas. Mientras la miraba, se preguntó si estaría pensando en él; esperaba que también hubiera disfrutado de la noche anterior.

Hope se alejaba del embarcadero con cada paso que daba. Su imagen se hacía cada vez más minúscula. Él la seguía con la mirada, hasta que percibió un leve movimiento en el sedal. Al notar un tirón, alzó la punta de la caña; el anzuelo se hundió, y de pronto aumentó la tensión en la línea. Bajó la punta y empezó a recoger el carrete, manteniendo la tensión justa. De nuevo le sorprendió la fuerza que tenían los peces, independientemente de su tamaño. Eran todo músculo. Pero siguió con el juego, a sabiendas de que el pez se acabaría cansando.

Siguió enrollando el carrete. Finalmente vio emerger del agua un pez de aspecto curioso colgando del sedal. Lo balanceó hasta el embarcadero, sin saber qué hacer con él. Era plano y ovalado, con dos ojos en el lomo. Usó la punta de una bota para que dejara de moverse y cogió un guante y un par de tenazas de la caja para extraer el anzuelo, intentando no dañar la boca del pez. Mientras lo hacía, oyó una voz a su lado.

—Es un lenguado gigante. Vale la pena no devolverlo.

Tru alzó la vista y vio a un hombre mayor vestido con ropas demasiado grandes para su talla y con una gorra. En el lugar que debían ocupar los incisivos solo había un agujero; su acento, mucho más marcado que el de Hope, le resultó difícil de entender.

—¿Así se llama?

—¿No me digas que no has visto nunca un lenguado?

—No, es el primero que veo.

El hombre le escrutó entrecerrando los ojos.

—¿De dónde eres?

Considerando que tal vez nunca habría oído hablar de Zimbabue, respondió simplemente:

—África.

—¡África! No pareces africano.

Tru ya había extraído el anzuelo y, dejando a un lado las tenazas, estaba a punto de devolver el pez al mar cuando el hombre volvió a hablar.

—¿Qué haces?

—Iba a dejarlo libre.

—¿Me lo puedo quedar? Ayer no tuve mucha suerte, tampoco esta mañana. Me iría bien un lenguado para la cena.

Tru se lo pensó antes de encogerse de hombros.

—Claro.

El hombre se acercó y cogió el pez. Fue hacia el otro lado del embarcadero y lo guardó en una nevera.

—¡Gracias! —exclamó.

—De nada.

Tru volvió a preparar el sedal y lo lanzó por segunda vez. Para entonces, Hope solo era un punto en la distancia.

Sin embargo, todavía la reconocía. No pudo dejar de mirarla durante un buen rato.

Hope seguía vigilando a Scottie, llamándole cada vez que se acercaba a las dunas, aunque no parecía escucharla. Esperar que Scottie empezara a obedecer de repente era un ejercicio fútil. Aunque, por supuesto, eso iba en consonancia con cómo había ido la mañana.

En cuanto se despertó, sonó el teléfono en la cocina. Hope se tuvo que envolver con una manta y se dio un golpe en el dedo gordo del pie contra una esquina mientras corría para llegar a tiempo de responder. Pensó que podía ser Josh, pero se acordó de la diferencia horaria en el mismo instante en que oyó a Ellen llorando al otro lado de la línea. Más bien sollozando. En un primer momento, no entendió nada de lo que trataba de decirle: solo le salían palabras entrecortadas. En un principio, Hope creyó entender que la boda se había cancelado; tardó un poco en descifrar que Ellen lloraba por culpa del tiempo. Entre sollozos, la informó de que en teoría empezaría a llover más tarde ese mismo día. Además, el fin de semana, seguro que llegaban tormentas.

Hope pensó que era una reacción exagerada, pero Ellen parecía inconsolable, independientemente de lo que le dijera. Aunque no tuvo opción de decir gran cosa. La llamada consistió más bien en escuchar un lacrimógeno monólogo de cuarenta minutos sobre lo injusta que es la vida. Mientras su amiga hablaba sin parar, Hope se reclinó sobre la encimera con las piernas cruzadas, notando los latidos en el dedo gordo; se preguntó si Ellen siquiera se percataría en caso de dejar el auricular abandonado un momento para ir al baño. Tenía que ir urgentemente. Cuando por fin consiguió que Ellen colgara, dejó caer la manta al suelo y fue al baño renqueando lo más deprisa que pudo.

A continuación, como si alguna divinidad se la tuviera jurada a ambos, la máquina de café empezó a parpadear con una lucecita, que al final se encendió del todo, pero no calentaba el agua. Hope consideró la posibilidad de poner a hervir agua y verterla sobre el café molido. Para entonces, sin embargo, Scottie ya estaba en la puerta. Si no se daba prisa en sacarlo, tendría mucho que limpiar. Por eso se puso rápidamente la ropa y sacó al perro a la playa, con la esperanza de salvar la mañana con un paseo relajante. Pero Scottie hacía que eso fuera imposible. En dos ocasiones distintas corrió a lo más alto de la duna y se adentró en la pasarela de otra casa, ya fuera para volver a dar con el gato o con la intención de que le diera un infarto. A Hope no le quedó otra que perseguirlo. Se le ocurrió que podría volver a ponerle la correa, pero Scottie probablemente alternaría entre tratar de dislocarle el brazo y enfurruñarse. No estaba de humor para ninguna de las dos opciones.

Y a pesar de todo…

Mientras estaba al teléfono, había visto pasar a Tru de camino al embarcadero con el equipo de pesca. No pudo evitar sonreír. Todavía le costaba creer que hubieran cenado juntos. Su mente regresó a la conversación… Estaba sorprendida por lo agradable que había sido la velada, así como por lo bien que se entendían.

Se preguntó si seguiría su consejo y visitaría Kindred Spirit después de pescar. Si venían tormentas, al día siguiente seguramente sería demasiado tarde, también para ella. Supuso que después de sus compromisos tal vez le quedaría algo de tiempo para pasarse por el buzón, y mientras paseaba por la playa, tomó la decisión de hacerlo.

Pero tenía que ponerse en marcha o llegaría tarde. Tenía hora en la peluquería a las nueve, en Wilmington, y a las once en el salón de uñas. También quería encontrar unos zapatos adecuados para la boda. Los de tacón color burdeos que había elegido Ellen para las damas de honor le apretaban demasiado, y había decidido que no se pasaría toda la noche agonizando. Seguramente habría mucho tráfico, así que decidió acortar el paseo y llamó a Scottie antes de dar media vuelta. Poco después, el perro pasó como una bala a su lado con la lengua colgando. Mientras le observaba, echó un vistazo al embarcadero. Vislumbró un puñado de gente, pero solo eran sombras. Se preguntó si Tru estaría teniendo suerte.

De regreso a la casa, secó a Scottie con una toalla y se duchó. Después se vistió, con unos vaqueros, una blusa y unas sandalias. El día anterior llevaba más o menos lo mismo, pero al mirarse al espejo no pudo evitar pensar que su aspecto era distinto: estaba más guapa, quizás, o más atractiva. Y se dio cuenta de que se estaba mirando a sí misma con los ojos de un extraño. Como Tru la había mirado la noche anterior, sentado frente a ella.

Al darse cuenta de eso tomó otra decisión. Rebuscó en el cajón situado bajo el teléfono y encontró lo que necesitaba. Tras garabatear una nota, salió por la puerta de atrás y bajó hasta la playa. Después subió los peldaños y recorrió la pasarela de la casa de al lado para clavarla al lado del pestillo de la puerta, donde Tru seguro que la vería.

Volvió por donde había venido y cogió el bolso mientras se dirigía a la puerta. Al entrar en el coche, soltó un largo suspiro y se preguntó qué pasaría a continuación.

91

Tru no podía saber qué había hecho Hope.

La había visto salir a la terraza, unos cuarenta minutos después de que volviera de su paseo con Scottie y dirigirse hacia donde él se alojaba. Sintió una punzada de desilusión ante la idea de que hubiera ido a visitarle cuando no estaba, pero vio que se detenía en la verja. Imaginó que había dudado entre acercarse o no a la puerta trasera, pero solo se quedó un par de segundos allí, antes de desandar el camino para desaparecer en el interior de la casita de sus padres. No la había vuelto a ver.

Era extraño.

Siguió pensando en ella. Habría sido sencillo atribuir sus sentimientos a un capricho, quizás a la desesperación. Kim, sin duda, estaría de acuerdo con eso. Desde que se divorciaron, su ex le preguntaba de vez en cuando si había conocido a alguien. Cuando él respondía negativamente, ella bromeaba con que estaba tan desentrenado que seguramente acabaría enamorándose de la primera mujer que lo mirara.

No era eso lo que le estaba sucediendo. No estaba obsesionado con Hope, ni desesperado, pero tenía que reconocer que la encontraba cautivadora. Irónicamente, tenía algo que ver con Kim. Cuando la conoció, supo que era perfectamente consciente de lo atractiva que era y de que se había pasado la vida aprendiendo a aprovecharse de ello. Hope parecía ser exactamente lo contrario, aunque fuera igual de hermosa. Tenía la sensación de que era como cuando acababa un dibujo y de forma intuitiva pensaba: «Es exactamente como debe ser».

No le convenía pensar así; no podía traerle nada bueno. Aparte de que se iría el lunes, Hope volvería a su vida el domingo, una vida que incluía un hombre con el que pensaba casarse, aunque tuvieran problemas en ese momento. En realidad, a la vista de sus respectivos compromisos del fin de semana, no sabía si volverían a verse.

Notó otro tirón en el sedal, y el ritual recomenzó; calculó el momento justo y empezó a recoger el anzuelo. Tras una sorprendente lucha, acabó sacando un pez que tampoco reconoció. Era distinto del lenguado. El hombre con la gorra fue hacia él para ver cómo Tru le quitaba el anzuelo.

—Es un mújol magnífico —dijo.

—¿Un mújol?

—Una lisa. Bastante grande para conservarla. Me encantaría cocinarla. Si es que pensabas devolverla...

Tru le dio el pescado, que volvió a desaparecer en la nevera.

El resto de la mañana no tuvo tanta suerte. Y ya había llegado la hora de llamar a Andrew. Recogió el equipo, fue a la tienda a pedir cambio y luego a la cabina. Tardó medio minuto y usó un montón de monedas hasta poder contactar con una operadora internacional, pero al final oyó el tono habitual que confirmaba el establecimiento de la llamada.

Cuando Kim respondió y aceptó la llamada a cobro revertido, Andrew se puso al habla. Su hijo tenía todo tipo de preguntas sobre Estados Unidos, que en su mayoría tenían que ver con algunas películas que había visto. Pareció desilusionado cuando supo que no había continuos tiroteos por la calle, ni gente con sombrero de vaquero, ni estrellas de cine en cada esquina. Después la conversación derivó hacia temas más corrientes. Tru escuchó a Andrew mientras le contaba lo que había hecho en los últimos días. El sonido de su voz hizo pensar a Tru que estaba en la otra punta del mundo, y eso le dolía. Por su parte, Tru le habló a Andrew de la playa y describió los dos peces que había pescado; también le habló de Scottie y de cómo le había ayudado. Hablaron más de lo que Tru había calculado (casi veinte minutos), antes de que la voz de Kim al fondo le recordara a Andrew que todavía tenía deberes. Se puso al teléfono después de su hijo.

—Te echa de menos —dijo.

—Lo sé. Yo también.

—¿Ya has visto a tu padre?

—No —respondió, y le explicó que eso llegaría el sábado por la tarde.

Cuando acabó, Kim se aclaró la garganta.

—¿Qué es eso que he oído de un perro? ¿Lo atropellaron?

—No fue tan grave —respondió Tru antes de repetir la historia. Cometió el error de mencionar a Hope por su nombre.

Kim, inmediatamente, quiso saber más.

—¿Hope?

—Sí.

—¿Una mujer?

—Obviamente.

—Parece que has hecho buenas migas con ella.

—¿Por qué lo dices?

—Porque la has llamado por su nombre, lo cual significa que entablasteis conversación. Y eso es algo que ya no sueles hacer. Háblame de ella.

—No hay mucho que contar.

—¿Habéis salido juntos?

—¿Por qué te importa tanto?

En lugar de responder, Kim se rio.

—¡No puedo creerlo! ¡Por fin has conocido a una mujer…! Y, de todos los sitios del mundo, ¡tenía que ser en Estados Unidos! ¿Ha estado en Zimbabue?

—No…

—Quiero que me lo cuentes todo. A cambio no te pediré que me pagues la llamada…

Kim se quedó escuchando diez minutos más. Aunque Tru se esforzó en minimizar los sentimientos que le inspiraba Hope, casi podía oírla sonreír al otro lado de la línea. Cuando colgó, se sintió desconcertado y se tomó con calma el paseo de regreso. Bajo un montón de nubes que estaban adquiriendo un tono plomizo, se preguntó cómo Kim podía haber deducido tantas cosas tan rápidamente. Aunque aceptaba la idea de que le conocía mejor que nadie, le pareció algo insólito.

Las mujeres eran realmente un misterio.

Poco después, cuando ascendía los peldaños hasta la terraza, se quedó perplejo al ver un trozo de papel clavado cerca del pestillo. Por eso Hope había pasado por su casa: para dejarle una nota. Quitó la chincheta y la leyó: «¡Eh, hola! Iré después a Kindred Spirit. Si quieres acompañarme, nos encontramos en la playa a las tres».

Alzó una ceja. Sí, definitivamente, las mujeres eran un misterio.

Ya en la casa, buscó un bolígrafo y escribió una respuesta. Recordaba que Hope tenía algunos compromisos. Salió por la puerta delantera, fue hasta su casa e introdujo la nota en el marco de la puerta delantera, cerca del pomo. Se dio cuenta de que el coche no estaba aparcado en la entrada.

De regreso a la casa, hizo un poco de gimnasia y comió algo. Mientras estaba sentado en la mesa, miró por la ventana hacia el cielo, cada vez más amenazador. Ojalá la lluvia esperase a caer hasta la noche.

Ellen había recomendado a Hope no solo la peluquería en Wilmington, sino también la estilista por la que debía preguntar, Claire. Cuando Hope tomó asiento, vio el reflejo de una mujer con numerosos *piercings* en las orejas, un collar negro como de perro con tachuelas y mechas púrpuras en su pelo negro. Llevaba unas ajustadas mallas negras y una camiseta sin mangas, también negra. Aquello completaba el conjunto. Hope se preguntó en silencio en qué estaría pensando Ellen.

Resultó que Claire había trabajado en Raleigh antes de trasladarse a Wilmington a principios de año. Ellen había demostrado ser una clienta fiel. Hope todavía no estaba muy convencida, pero acabó reclinándose en la silla, rezando para que aquello saliera bien. Tras preguntarle la longitud y el estilo que deseaba, se puso manos a la obra sin dejar de hablar. Hope dio un grito ahogado al ver que le había cortado casi ocho centímetros de pelo, pero Claire le prometió que saldría encantada, antes de seguir hablando de lo que fuera que le estaba contando antes.

Hope estuvo inquieta durante toda la transformación, pero, después de hacerle reflejos, usar el secador y peinarla, tuvo que admitir que aquella chica tenía talento. Sus cabellos cobrizos ahora mostraban un tono más claro en algunas partes, como si hubiera pasado todo el verano al sol. Además, el corte parecía enmarcarle la cara de un modo que nunca habría imaginado. Hope le dejó a Claire una propina más generosa de lo habitual y cruzó la calle hasta el salón de uñas: abrió la puerta justo en el momento en que tenía la hora. La mujer que la recibió, una vietnamita de mediana edad, hablaba poco inglés, por lo que Hope señaló un color vino que combinaría con el vestido de dama de honor y se puso a leer una revista mientras le hacían la pedicura.

Después, Hope pasó por un Wal-Mart para comprar una cafetera. Escogió el modelo menos caro. No tenía mucho sentido, pues iban a vender la casita, pero tomar una taza de café formaba parte de su rutina matinal. Luego pensó que la envolvería en papel de regalo el sábado y se la daría a

Ellen como regalo de boda, con una nota que dijera que solo estaba un poco usada. «¡Es broma!» Pero la idea la hizo reírse por lo bajo. Después pasó un rato mirando las tiendas vecinas y, entusiasmada, descubrió unos cómodos zapatos de tacón de tiras que combinaban bien con el vestido. Eran un poco caros, pero estaba contenta de haberlos encontrado, teniendo en cuenta sus esfuerzos de última hora. También derrochó en unas sandalias blancas con cuentas para reemplazar las que llevaba, ya desgastadas. Entró en la *boutique* contigua y echó un vistazo por los estantes. Unas cuantas compras terapéuticas nunca hacen daño, después de todo: al final se compró un vestido con un estampado de flores y que estaba de oferta. Era de cuello redondo, iba ceñido a la cintura y le llegaba justo por encima de las rodillas. No era la clase de vestido que solía llevar (la verdad es que apenas compraba ese tipo de prenda, por no decir que no lo hacía nunca), pero era divertido y femenino. No pudo contenerse, aunque no sabía dónde ni cuándo tendría la oportunidad de ponérselo.

El viaje de vuelta fue más tranquilo, con menos tráfico; tuvo mucha suerte con los semáforos. La autopista pasaba por tierras bajas de cultivo antes de la salida Sunset Beach. Pocos minutos después, llegó a la entrada de la casa. Cogió las compras y subió las escaleras hasta la puerta, donde vio el trozo de papel cerca del pomo. Lo sacó del marco y reconoció la nota que Tru había escrito. En un primer momento, pensó que simplemente se la había devuelto sin ningún comentario y se sintió confundida. Pero al darle la vuelta al papel, se dio cuenta de que había algo escrito en respuesta: «Estaré en la playa a las tres, impaciente por una buena conversación y por conocer el misterio que envuelve Kindred Spirit; ya veo que me aguarda una sorpresa contigo de guía».

Hope parpadeó perpleja, pensando que aquel hombre sabía escribir. El texto le pareció tener un toque romántico, cosa que hizo que se ruborizaba aún más al pensar que realmente quería ir con ella.

Cuando abrió la puerta, Scottie empezó a girar alrededor de sus piernas, meneando el rabo. Cogió la vieja cafetera y la dejó en el contenedor de basura mientras Scottie hacía sus cosas; luego puso la nueva en su lugar. Dejó las demás bolsas en el dormitorio pensando que debía ser tarde: tenía una hora para prepararse. Como ya iba arreglada, simplemente tendría que coger una chaqueta de la maleta y ponerla en un lugar que hiciera imposible dejársela cuando estuviera a punto de salir.

Eso significaba que no tenía nada que hacer, aparte de intentar relajarse en el sofá, mirarse en el espejo y ser consciente de lo lento que pasaba el tiempo.

Una carta de amor

A las tres menos diez, Tru salió de la casa y bajó por la pasarela hacia la playa. La temperatura había descendido considerablemente desde por la mañana. El cielo estaba gris y una brisa constante agitaba el océano. La espuma rodaba en la orilla, como esos arbustos rodantes que había visto a veces en los *westerns* que ponían en la televisión cuando era niño.

Oyó a Hope antes de poder verla. Estaba gritándole a Scottie que no tirara tan fuerte de la correa. Al bajar a la playa, Tru advirtió que llevaba una chaqueta fina y que su pelo cobrizo no solo era más corto, sino que además algunos mechones parecían brillar. La observó mientras Scottie la arrastraba hacia él.

—Eh, hola —dijo Hope cuando estuvieron más cerca—. ¿Qué tal tu día?

—Tranquilo —respondió Tru, mientras pensaba que sus ojos, normalmente de un tono azul turquesa, ahora reflejaban el gris del cielo, con un aspecto casi etéreo—. Fui a pescar.

—Ya lo sé. Te vi esta mañana yendo hacia allá. ¿Has tenido suerte?

—Un poco —contestó—. ¿Y tú qué tal? ¿Has conseguido hacer todo lo que habías planeado?

—Sí, pero me he sentido como si no hubiera parado de correr desde que me levanté.

—Tu nuevo peinado te queda muy bien, por cierto.

—Gracias. La peluquera me ha cortado más de lo que yo pensaba, pero me conformo con que todavía me reconozcas. —Subió la cremallera de la chaqueta antes de agacharse para liberar a Scottie de la correa—. ¿No te hará falta algo para abrigarte? Hace fresco, y vamos a caminar un rato.

—No tengo frío.

—Debe de ser toda esa sangre de Zimbabue que corre por tus venas.

En cuanto Scottie notó que estaba libre, salió disparado haciendo volar la arena bajo sus pies. Ambos empezaron a seguirle.

—Ya sé que probablemente crees que está fuera de control —dijo

Hope—, pero le he llevado a cursos de obediencia. Es demasiado testa-rudo para aprender.

—Confío en tu palabra.

—¿No me crees?

—¿Por qué no iba a creerte?

—No estoy segura. Estaba pensando que tal vez crees que soy una pusilánime en lo que se refiere a mi perro.

—No creo que me convenga responder a ese comentario.

Hope se rio.

—Seguramente no. ¿Has podido hablar con Andrew?

—Sí. Pero estoy bastante seguro de que yo le echo más de menos que él a mí.

—Es normal en los niños, ¿no? Cuando íbamos de campamento, me lo pasaba tan bien que no tenía tiempo de pensar en mis padres.

—Gracias por el consuelo —dijo Tru, y la miró de reojo—. ¿Has pensado alguna vez en tener hijos?

—Todo el tiempo —admitió—. No puedo imaginarme no tener niños.

—¿Ah, sí?

—Supongo que me va todo eso del matrimonio y la familia. Me re-fiero a que, sí, me encanta mi trabajo, pero no lo es todo en la vida. Re-cuerdo cuando mi hermana tuvo su primer bebé. Al cogerlo en brazos, simplemente…, me derretí. Supe que ese era mi objetivo en la vida. Pero la verdad es que siempre lo he sentido así. —Sus ojos brillaban—. Cuan-do era una niña pequeña, solía caminar con un cojín debajo de la cami-seta, fingiendo que estaba embarazada. —Se rio al acordarse—. Siempre he imaginado que sería madre… De algún modo, la idea de ver crecer a una persona dentro de ti, traerla al mundo y amarla con una intensidad primaria me parece… algo profundo. Ya no voy tan a menudo a la igle-sia, pero supongo que eso conecta con mi parte espiritual.

La observó mientras se retiraba un mechón de pelo detrás de la ore-ja, como intentando deshacerse de una verdad dolorosa. Ver aquella vul-nerabilidad hizo que Tru sintiera ganas de abrazarla.

—Pero las cosas no siempre salen como imaginamos, ¿no? —Era una pregunta retórica, así que Tru no respondió. Tras avanzar algunos pasos, Hope prosiguió—. Sé que la vida es injusta, y conozco el viejo re-frán que dice que el hombre propone y Dios dispone, pero nunca pensé que llegaría soltera a mi edad. Es como si mi vida estuviera en suspenso. Y parecía que todo iba por el buen camino. Conocí un hombre fantásti-co, hicimos planes… y luego… nada. Estamos exactamente igual que

97

hace seis años. No vivimos juntos, no estamos casados, ni siquiera prometidos. Solo nos vemos. —Sacudió la cabeza—. Lo siento. Seguramente no te interesa oír nada de esto.

—Eso no es cierto.

—¿Por qué te iba a importar?

«Porque me importas», pensó. Pero, en lugar de eso, dijo:

—Porque, a veces, todo lo que necesita una persona es que alguien la escuche.

Mientras caminaban por la arena, Hope parecía reflexionar sobre las palabras de Tru. Scottie se había adelantado bastante, más allá del embarcadero. Estaba persiguiendo bandadas de aves, una tras otra, con su energía característica.

—Probablemente habría sido mejor no decir nada —comentó encogiéndose de hombros, en un gesto derrotado—. Solo es que ahora mismo estoy decepcionada con Josh, y eso hace que me pregunte qué nos deparará el futuro. Si es que tenemos un futuro… Pero solo es mi ira la que habla. Si me hubieras preguntado cuando las cosas nos iban bien, no habría parado de decir lo maravilloso que es.

Cuando Hope dejó de hablar, Tru la miró de soslayo.

—¿Sabes si quiere casarse? ¿O tener hijos?

—Esa es la cuestión… Él dice que sí. O, por lo menos, solía decirlo. En los últimos tiempos, no hemos hablado mucho de ello, y cuando intenté volver a sacar el tema, la discusión se salió de madre rápidamente. Por eso no está aquí. Porque acabamos discutiendo acaloradamente. Al final, en vez de ir conmigo a la boda, está con sus amigos en Las Vegas.

Tru se estremeció. Incluso en Zimbabue, todo el mundo había oído hablar de Las Vegas. Mientras pensaba en ello, Hope siguió hablando.

—No sé. Tal vez es culpa mía. Debería de haberlo gestionado mejor. Soy consciente de que ahora estoy haciendo que parezca que es un completo egoísta. Pero no lo es. Es solo que, a veces, tengo la sensación de que no ha acabado de madurar.

—¿Cuántos años tiene?

—Casi cuarenta. ¿Cuántos años tienes tú, por cierto?

—Cuarenta y dos.

—¿Y cuándo te empezaste a considerar adulto?

—Cuando tenía dieciocho y me fui de la granja.

—No me extraña. Con todo lo tuviste que pasar, no tenías más remedio que madurar.

Llegaron al embarcadero y Tru advirtió que muchos de los pilares ya no estaban sumergidos. Tal como Hope le había dicho, estaba bajando la marea.

—¿Y qué piensas hacer? —preguntó Tru.

—No lo sé —respondió ella—. Ahora mismo, imagino que al final volveremos a estar juntos para intentar seguir donde lo dejamos.

—¿Es eso lo que quieres?

—Le quiero —admitió—. Y él a mí. Sé que ahora mismo se está portando como un imbécil, pero la mayoría del tiempo ha sido... fantástico.

Aunque Tru esperaba que dijera algo así, una parte de él deseaba que no hubiera dicho esas palabras.

—No me cabe duda.

—¿Por qué lo dices?

—Porque —respondió— elegiste estar con él durante seis años. Y por lo poco que te conozco, no lo habrías hecho si él no tuviera numerosas características admirables.

Hope se detuvo para recoger una concha de colores, pero al examinarla vio que estaba rota.

—Me gusta cómo hablas. A menudo suena muy británico. Nunca he oído a nadie describir una persona diciendo que tiene «numerosas características admirables».

—Es una lástima.

Hope arrojó la concha y se rio.

—¿Quieres saber qué pienso?

—¿Qué es lo que piensas?

—Creo que Kim tal vez se equivocó dejándote.

—Muy amable por tu parte. Pero no se equivocó. No estoy seguro de estar hecho para ser un marido.

—¿Quiere eso decir que nunca volverás a casarte?

—No me lo he parado a pensar. Entre el trabajo y el tiempo que paso con Andrew, conocer a alguien no está dentro de los primeros puestos en mi lista de prioridades.

—¿Cómo son las mujeres en Zimbabue?

—¿Te refieres al ambiente en que me muevo? ¿Mujeres solteras?

—Claro.

—Hay muy pocas, y están demasiado lejos. La mayoría de las mujeres que conozco ya están casadas, y viven en el *lodge* con sus maridos.

—Tal vez deberías cambiar de país.

—Zimbabue es mi casa. Y Andrew vive allí. Nunca podría abandonarle.

—No —dijo—. No puedes.

99

—¿Y tú? ¿Has pensado alguna vez irte de Estados Unidos?

—Nunca —contestó—. Y ahora que mi padre está enfermo sería imposible. Tampoco estoy segura de que pudiera hacerlo en un futuro. Mi familia está aquí, y mis amigos también. Pero espero poder ir a África algún día. Y hacer un safari.

—Si lo haces, no bajes la guardia con los guías. Algunos pueden resultar extremadamente encantadores.

—Sí, ya lo sé. —Hope se acercó a Tru para darle un empujoncito travieso en el hombro—. ¿Estás listo para Kindred Spirit?

—Todavía no sé qué es.

—Es un buzón que hay en la playa —respondió.

—¿A quién pertenece?

Se encogió de hombros.

—A nadie, supongo. Y a todo el mundo.

—¿Se supone que debo escribir una carta?

—Solo si tú quieres —contestó—. La primera vez que fui allí, yo lo hice.

—¿Cuándo fue eso?

Hope tardó un poco en responder.

—Hará unos cinco años.

—Suponía que lo conocías desde que eras niña.

—No lleva tanto tiempo allí. Creo que mi padre me dijo que lo pusieron en 1983, pero no estoy segura. Solo he ido unas cuantas veces. Incluido el día después de la Navidad del año pasado, que fue un poco especial.

—¿Por qué?

—Porque nevó cuarenta centímetros. Es la única vez que he visto nieve en la playa. Cuando volvimos a casa, hicimos un muñeco de nieve cerca de las escaleras. Creo que hay una foto por ahí.

—Nunca he visto nevar.

—¿Nunca?

—En Zimbabue no nieva, y solo he estado en Europa en verano.

—En Raleigh casi nunca nieva, pero mis padres solían llevarnos a esquiar a Snowshoe en West Virginia en invierno.

—¿Eres buena?

—No se me da mal. Pero no me gusta bajar demasiado rápido. No soy amante del riesgo. Solo quiero pasarlo bien.

En el distante horizonte ante ellos, Tru vio un fogonazo tras las nubes.

—¿Era eso un rayo?

—Probablemente.

—¿Es una señal de que deberíamos dar media vuelta?

—Está en el mar —señaló Hope—. La tormenta vendrá del noroeste.

—¿Estás segura?

—Bastante —continuó—. Estoy dispuesta a correr el riesgo, si tú estás de acuerdo.

—Sigamos entonces —dijo él, acompañando las palabras con un gesto de confirmación.

Continuaron avanzando. El embarcadero se veía cada vez más pequeño a sus espaldas. Llegaron al final de la playa de Sunset Beach. Justo delante vieron Bird Island. Tuvieron que bordear la duna para no mojarse los pies. Tru se sorprendió pensando en la manera en que Hope le empujó, bromeando. Le parecía que todavía podía sentir el roce, con un hormigueo que le recorría el brazo.

—Es un buzón —dijo Tru.

Habían llegado a Kindred Spirit. Hope lo observó mientras él examinaba el buzón.

—Ya te lo dije.

—Creía que era una metáfora.

—*Nooo* —respondió—. Es real.

—¿Quién se encarga de él?

—No tengo ni idea. Seguramente, mi padre te lo podría decir; supongo que es alguien de aquí. Vamos.

Mientras se acercaban al buzón, Hope miró de reojo a Tru: se fijó en el hoyuelo de su barbilla y en el pelo despeinado por el viento. Por encima de su hombro vio a Scottie olfateando cerca de la duna, con la lengua colgando; su misión interminable de obligar a las aves a salir volando le había agotado.

—Seguramente exportarás la idea a Zimbabue y pondrás un buzón en medio de la sabana. ¿No sería genial?

Negó con un gesto.

—Las termitas se comerían el correo en menos de un mes. Además, no sería fácil que alguien pudiera introducir una carta o sentarse por allí cerca a leerla. Demasiado peligroso.

—¿Alguna vez vas tú solo por la sabana?

—Solo si voy armado. Y cuando puedo prever que es seguro, porque sé qué animales están las proximidades.

—¿Cuáles son los más peligrosos?

101

—Eso depende del momento, del lugar y de cómo se sienta el animal —respondió—. En general, si estás cerca del agua, los cocodrilos y los hipopótamos. En la sabana, durante el día, los elefantes, especialmente si están en celo. Por la noche, los leones. Y las mambas negras siempre. Son serpientes. Muy venenosas. Su mordedura suele ser letal.

—En Carolina del Norte, tenemos mocasines de agua. Y cabezas de cobre. Una vez llegó un niño a urgencias con una mordedura. Pero teníamos el antídoto en el hospital y se recuperó. ¿Por qué estamos hablando de esto?

—Me propusiste que ponga un buzón en la sabana.

—¡Ah, sí! —Hope tenía la mano en la palanca que abría el buzón—. ¿Estás listo?

—¿Hay un protocolo?

—Claro que sí —dijo—: primero tienes que dar diez saltos en tijera, luego cantar *Auld Lang Syne*, y se supone que se debe dejar en el banco una tarta Red Velvet como ofrenda.

Tru se quedó mirándola, y ella se rio.

—Vale. No, no hay protocolo. Solo hay que... leer lo que hay dentro. Y si quieres, puedes escribir algo.

Hope abrió el buzón y sacó el montón de cartas que había dentro para llevarlas hasta el banco. Cuando las dejó sobre el banco, Tru tomó asiento a su lado, lo bastante cerca como para que ella pudiera sentir el calor que irradiaba su cuerpo.

—¿Qué te parece si yo empiezo a leer y luego te las paso?

—Acepto la propuesta —respondió Tru—. Procede.

Hope puso los ojos en blanco.

—Procede —repitió—. También puedes decir simplemente «vale», ¿sabes?

—Vale.

—Espero que haya alguna que valga la pena. He leído algunas cartas impresionantes las otras veces que vine.

—¿Cuál es la que mejor recuerdas?

Hope tardó unos segundos en responder.

—Leí una de un hombre que estaba buscando a una mujer que había conocido en un restaurante. Estaban sentados a la barra y hablaron un rato, hasta que los amigos de ella llegaron y se sentaron en la mesa que tenían reservada. Pero él supo que era el amor de su vida. Había una frase romántica sobre estrellas colisionando, enviando haces de luz a través de su alma. Escribía con la esperanza de que alguien supiera quién era aquella mujer y pudiera decirle que él la estaba buscando. Dejó incluso su nombre y número de teléfono.

—¿Y apenas habían hablado? Suena un poco loco, de obseso.

—Tendrías que haberla leído —comentó Hope—. Era muy romántica. A veces, una persona, simplemente, reconoce al amor de su vida.

Tru la observó mientras ella cogía una postal del montón, con una foto de un barco de la Segunda Guerra Mundial, el *USS North Carolina*. Cuando acabó de leerla, se la pasó a Tru sin hacer ningún comentario.

Él la examinó y después se giró hacia Hope.

—Es una lista de la compra para una barbacoa.

—Ya lo sé.

—No sé por qué podría interesarme algo así.

—No tiene por qué —dijo—. Por eso es tan emocionante. Porque tenemos la ilusión de encontrar un diamante en bruto... y, quién sabe —continuó, cogiendo otra carta del montón—, tal vez sea esta.

Tru dejó la postal a un lado; cuando ella acabó con la carta, se la pasó. Era de una niña, un poema dedicado a sus padres. Le recordó a algo que Andrew podría haber escrito cuando era más joven. Mientras leía, sintió la pierna de Hope muy cerca de la suya. Cuando acabó con el poema, Hope le dio un fajo de hojas arrancadas de un cuaderno. Tru pensó si ella era consciente de que sus piernas se rozaban, o si simplemente estaba tan absorta en las palabras de los escritores anónimos que ni siquiera se daba cuenta. De vez en cuando, veía que ella alzaba la vista para comprobar que Scottie no se había alejado demasiado; como allí no había aves, se había tumbado un poco más cerca de la orilla.

Había otra postal y unas cuantas fotografías con comentarios en el reverso. Después encontraron una carta de un padre a sus hijos, con los cuales apenas hablaba, en la que había más culpa y rencor que tristeza por la relación rota. Tru se preguntó si el hombre aceptaba su parte de responsabilidad.

Al dejarla a un lado, vio que Hope seguía leyendo la siguiente carta. En medio del silencio, un pelícano sobrevoló el agua, justo por donde rompían las olas. Más allá, el mar se tornaba más oscuro, casi negro cerca del horizonte. La arena dura y suave que la marea había dejado al descubierto estaba salpicada de conchas rotas. La brisa hacía revolotear los cabellos de Hope, que parecían ser la única nota de color bajo aquella luz grisácea.

Hope todavía le pasó otra carta. Solo entonces Tru se dio cuenta de que estaba leyendo la que tenía en las manos por segunda vez. Escuchó un sonido quedo, como si estuviera reprimiendo una lágrima.

103

—Guau —dijo por fin.

—¿También va de estrellas colisionando que envían haces de luz a través del alma?

—No. Y ahora que lo pienso, seguramente tienes razón. Aquel tipo estaba completamente obsesionado.

Tru se rio mientras ella le pasaba la carta. Pero Hope no empezó a leer la siguiente, sino que se quedó mirándolo.

—No vas a mirarme mientras leo, ¿no? —preguntó Tru.

—Tengo una idea mejor —dijo—. ¿Por qué no la lees en voz alta?

La sugerencia le pilló desprevenido, pero cogió la carta y sintió el roce de la mano de Hope en la suya. ¿Cómo era posible que ambos parecieran sentirse tan a gusto juntos? Sería tan fácil enamorarse de alguien como ella. En realidad, tal vez, solo tal vez, ya estaba enamorándose. No había nada que pudiera hacer para impedirlo.

En medio de aquel silencio, Tru notó que Hope se acercaba aún más. Podía oler su pelo, el aroma dulce y fresco, como de flores, y reprimió las ganas de rodearla con un brazo. En lugar de eso, aspiró profundamente y bajó la vista para empezar a leer aquellos garabatos temblorosos.

104

Querida Lena:

Los granos del reloj de arena han ido deslizándose sin piedad a lo largo de mi vida, pero intento recordarme a mí mismo los años maravillosos que compartimos, especialmente ahora que me ahogo en la aguas turbulentas de la pena y la pérdida.

Me pregunto quién soy yo sin ti. Incluso cuando ya era un viejo cansado, tú eras quien me ayudaba a enfrentarme a cada nuevo día. A veces me parecía que podías leerme la mente. Siempre parecías saber lo que quería o necesitaba. Aunque a veces discutíamos, puedo mirar atrás, al más de medio siglo que pasamos juntos, y sé que fui yo el que tuvo suerte. Me inspirabas y fascinabas, y pude seguir adelante porque estabas a mi lado. Cada vez que te abrazaba, sentía que no necesitaba nada más. Lo daría todo por poder abrazarte una vez más.

Me gustaría oler tu pelo y sentarme contigo a la mesa para cenar a tu lado. Me gustaría verte cocinar el pollo frito con el que siempre se me hacía la boca agua, y que el doctor me prohibió. Me gustaría ver cómo deslizas las manos en los bolsillos de la sudadera azul que te compré por tu cumpleaños y que solías ponerte por la noche, cuando te arrellanabas a mi lado en la sala de estar. Me gustaría que nos sentáramos con nuestros hijos y nietos, y con Emma, nuestra única bisnieta. ¿Cómo puedo ser tan viejo? Me acuerdo de cuando la abrazaba y tú me tomabas el pelo, pero ahora no oigo tu voz. Y eso me rompe el corazón.

No soy bueno en esto. En pasar mis días solo. Echo de menos tu sonrisa cómplice y el sonido de tu voz. A veces imagino que todavía te oigo llamarme desde el jardín, pero cuando voy a la ventana, solo hay cardenales rojos, esos para los que me hiciste colgar un comedero para pájaros.

Siempre tienen comida. Sé que te gustaría que siga haciéndolo. Siempre te gustó observar esos pájaros. Nunca entendí por qué, hasta que el hombre de la tienda de mascotas comentó que esas aves se aparean de por vida.

No sé si es cierto, pero quiero creerlo. Y mientras los observo, tal como tú solías hacer, pienso para mis adentros que siempre fuiste mi cardenal rojo, y yo siempre seré el tuyo. Te echo tanto de menos.

Feliz aniversario,

JOE

Cuando Tru acabó de leer, siguió mirando fijamente la carta, más afectado por las palabras de lo que quería admitir. Sabía que Hope le estaba observando. Cuando se giró hacia ella, se quedó embelesado por su belleza espontánea y abierta.

—Esta carta —dijo Hope en voz baja— es la razón por la que me gusta venir a Kindred Spirit.

Tru dobló el folio y lo volvió a introducir en el sobre, para dejarlo después encima del montoncito a su lado. Mientras veía a Hope alargar la mano hacia el montón de cartas todavía sin leer, tuvo la sensación de que las demás serían decepcionantes, y así fue. La mayoría eran profundas y sinceras, pero ninguna tocaba la fibra sensible como la carta de Joe. Cuando se levantaron del banco y devolvieron las cartas al buzón, Tru seguía pensando en aquel hombre: dónde vivía, qué hacía y cómo había podido llegar hasta esa aislada franja costera en una isla que sería algo inaccesible, teniendo en cuenta su edad.

Emprendieron el camino de vuelta, a veces charlando, aunque casi todo el rato se contentaron con guardar silencio mientras caminaban. Aquella sensación de paz hizo que Tru pensara de nuevo en Joe y Lena. Era una relación basada en la confianza, en el respeto y en el deseo constante de estar juntos. Se preguntó si Hope estaría pensando lo mismo.

Unos metros más adelante, Scottie corría en zigzag: de las dunas a la orilla. Las nubes cada vez eran más oscuras y cambiaban rápidamente de forma con el viento. Pocos minutos después, empezó a chispear. La marea estaba subiendo y tuvieron que subir a una duna para evitar que las olas los alcanzaran, aunque Tru pronto se dio cuenta de que no tenía sentido intentar no mojarse. Vieron dos relámpagos a los que siguieron dos estruendosos truenos. De repente, el mundo se ensombreció. Las gotas se convirtieron en lluvia y luego en un aguacero.

Hope chilló y empezó a correr, pero el embarcadero todavía estaba lejos. Al final, redujo la marcha de nuevo. Se volvió hacia Tru levantando las manos.

—Parece que me he equivocado al calcular el tiempo, ¿no? —gritó—. ¡Perdón!

—No pasa nada —respondió Tru, caminando hacia ella—. Aunque llueva, tampoco hace tanto frío.

—No llueve —contestó ella—, está diluviando. Ha sido una aventura, ¿no?

En medio del chaparrón, Tru vio una mancha de rímel en la mejilla, una pequeña imperfección en una mujer que, por lo demás, le parecía casi perfecta en todos los sentidos. Se preguntó por qué había aparecido en su vida y cómo era posible que le importara tanto. Todos sus pensamientos giraban en torno a ella. No pensaba en su vida en Zimbabue ni en el motivo de su visita a Carolina del Norte. En lugar de eso, se sentía maravillado ante su belleza; reproducía en su mente los momentos que habían pasado juntos como una serie de vívidas imágenes. Era una oleada de sensaciones y emociones. De pronto sintió que cada paso que había dado en su vida formaba parte del camino que le conducía hasta ella. Como si Hope fuera su destino.

Ella parecía haberse quedado paralizada. Tal vez había reparado en lo que estaba pensando. ¿Sentiría aquella mujer lo mismo que él? No podía saberlo, pero ella no se movió cuando él se acercó y, finalmente, posó una mano sobre su cadera.

Permanecieron así mucho tiempo, mientras la energía pasaba de uno a otro a través de aquel simple y único punto de contacto. Tru la miró fijamente y ella le sostuvo la mirada, en un momento que parecía interminable. Finalmente, avanzó un poco más. Ladeó la cabeza y acercó su rostro al de ella, antes de notar que Hope ponía la mano suavemente sobre su pecho.

—Tru... —susurró.

Su voz bastó para detenerle. Sabía que tenía que separarse de ella, retroceder un paso, pero se sentía incapaz de moverse.

Ella tampoco retrocedió. En lugar de eso, se miraron a la cara bajo la lluvia. Tru sintió emerger un instinto ancestral que no podía controlar.

Con una repentina claridad, comprendió que se había enamorado. Puede que, tal vez, hubiera estado esperando toda su vida por alguien exactamente como ella.

Hope miraba fijamente a Tru. Un torbellino de pensamientos atravesó su mente. Intentó ignorar la calidez y la intensidad que le trasmitía su mano. Intentó ignorar el deseo y el anhelo que percibía en aquel contacto. Parte de ella quería que la besara, aunque la otra, la que se imponía poco a poco, le había advertía en contra, haciendo que colocara una mano entre ellos.

No estaba preparada para aquello...

Finalmente, muy a su pesar, desvió la mirada, percibiendo la decepción de Tru y al mismo tiempo su conformidad. Cuando él por fin dio un paso atrás, Hope notó que podía volver a respirar, aunque la mano de él seguía apoyada en su cadera.

—Creo que deberíamos regresar —murmuró.

Tru asintió, y cuando iba a retirar la mano de la cadera, Hope se la tomó con la intención de apretársela. Al mismo tiempo, él giró la mano y sus dedos se entrecruzaron como si todo formara parte de una coreografía. A continuación, sin saber cómo, reanudaron la marcha cogidos de la mano.

Era una sensación abrumadora, aunque sabía que ir de la mano no significaba nada en el gran esquema del universo. Recordaba vagamente haber hecho lo mismo con Tony, el chico al que había besado en la casa de sus padres, cuando fueron al cine juntos al día siguiente. En aquel entonces, ese gesto tan simple probablemente la había impresionado como una señal de madurez, como si por fin se estuviera convirtiendo en adulta. Sin embargo, en ese momento, aquel mismo gesto le parecía una de las cosas más íntimas que le habían pasado en la vida. Y el contacto de la mano de Tru implicaba que la cosa podía ir a más. Hope se centró en no perder de vista a Scottie para evitar pensar demasiado en ello.

Finalmente, dejaron atrás Clancy's y, luego, el embarcadero. No mucho después, llegaron a las escaleras que conducían a la casa de Hope. Tru solo liberó su mano cuando ella se detuvo. Mientras la chica le miraba a los ojos, supo que ahí no acabaría su tiempo juntos.

—¿Te gustaría cenar conmigo hoy? ¿En casa? Ayer... compré pescado fresco en el mercado.

—Sí —respondió—. Me encantaría.

107

La hora de la verdad

*E*n cuanto Hope abrió la puerta, Scottie se precipitó al interior de la casa y paró en seco, para luego sacudirse vigorosamente, rociando una fina capa de agua a su alrededor. Hope se apresuró a coger una toalla, pero el perro volvió a sacudirse antes de que pudiera evitarlo. Hizo una mueca de disgusto, puesto que, después de ponerse ropa seca, tendría que limpiar los muebles y las paredes. Pero, primero, un baño.

Habían quedado en verse una hora y media más tarde, de modo que tenía mucho tiempo. Abrió el grifo de la bañera, se quitó la ropa empapada y la metió en la secadora. Cuando volvió al baño, la bañera estaba llena hasta la mitad; añadió jabón para que fuera un baño de espuma. Se dio cuenta de que faltaba algo, así que se envolvió en una toalla, fue a la cocina y se sirvió un vaso de vino de la botella que había abierto el día anterior. De camino al cuarto de baño cogió unas velas y una caja de cerillas del armario.

Encendió las velas antes de deslizarse en el agua caliente y jabonosa. Luego dio un largo trago de la copa de vino. Reclinó la cabeza hacia atrás y pensó que la experiencia no era como la del baño del día anterior, sino de alguna manera más suntuosa. Mientras se relajaba, reprodujo en su mente el momento vivido en la playa, cuando Tru casi la había besado. Aunque en última instancia lo había impedido, el recuerdo era como una imagen de ensueño, y quería revivirlo. No solo porque volvía a sentirse atractiva. Había algo armonioso y natural en su conexión con Tru, algo que hacía que se sintiera en paz. No tenía ni idea de cuánto deseaba esa sensación hasta que le conoció.

Lo que no sabía era si esa sensación era algo nuevo o si llevaba enterrada en su subconsciente todo el tiempo, perdida entre las preocupaciones, frustraciones y la ira que sentía hacia Josh. Solo sabía con certeza que los problemas emocionales de los últimos tiempos la habían dejado con poca energía para cuidarse a sí misma. En esa época, los periodos de paz o de relajación habían sido escasos; se dio cuenta de que, lamentablemente, ni siquiera le apetecía ver a sus amigas el próximo fin de semana. En algún momento del camino, había perdido la ilusión.

El tiempo que había pasado con Tru le había hecho despertar ante el hecho de que no quería ser la persona en la que últimamente se había convertido. Quería ser la persona que ella recordaba ser: alguien que abrazaba la vida, entusiasmada con las cosas ordinarias y las extraordinarias. No en el futuro, sino empezando desde ya.

Se depiló las piernas y permaneció dentro un poco más, hasta que el agua empezó enfriarse. Se secó y cogió una loción de la estantería. Se extendió la crema por las piernas, los pechos y el abdomen, disfrutando de la sedosa sensación de una piel revitalizada.

Sacó de la bolsa el vestido nuevo y se lo puso. También las sandalias que acababa de comprar. Pensó en ponerse un sujetador, pero decidió que no era necesario. Sentía que estaba siendo un tanto atrevida, pero sin querer pensar en las implicaciones que eso podría tener más tarde, tampoco se puso bragas.

Se secó el pelo y se peinó, intentando recordar cómo lo había hecho Claire exactamente. Cuando se sintió satisfecha, empezó a maquillarse. Como sombra de ojos, eligió polvos de tono *aqua*, con la esperanza de que acentuasen el color de sus ojos. Se puso un toque de perfume y escogió unos pendientes con forma de gotas de cristal que Robin le había regalado por su cumpleaños.

Después se miró al espejo. Ajustó las tiras del vestido y se retocó el pelo hasta que le pareció perfecto. A veces no estaba del todo contenta con su apariencia, pero esa noche no pudo evitar sentirse complemente a gusto con su aspecto.

Llevó la copa con el resto de vino a la cocina. Tras las ventanas, el mundo se tornaba cada vez más oscuro. En lugar de empezar a preparar la cena, limpió los restos de agua salpicada por Scottie en la entrada y dio un repaso a la sala de estar, poniendo los cojines en su lugar; guardó la novela que había estado leyendo en la estantería. Encendió algunas lámparas y utilizó el regulador de intensidad para conseguir el ambiente ideal. Puso la radio y encontró una emisora con jazz clásico. Perfecto.

Ya en la cocina, abrió otra botella de vino y la puso en la nevera a enfriar. De paso sacó calabacines, un poco de calabaza y cebollas, los puso en la encimera y los troceó en dados. Lo siguiente fue la ensalada: tomates, pepino, zanahoria y lechuga romana. Cuando estaba acabando de poner todos estos ingredientes en un bol de madera, oyó que llamaban a la puerta delantera.

Al instante, sintió mariposas en el estómago.

—¡Pasa! —gritó mientras iba hacia el fregadero—. ¡Está abierto!

El ruido de la lluvia se intensificó de pronto cuando Tru abrió la puerta. Enseguida volvió a quedar amortiguado.

—Dame un minuto, ¿vale?

—Tómate tu tiempo. —La voz de Tru resonó con el eco del vestíbulo.

Hope se lavó y se secó las manos. Luego sacó el vino de la nevera. Mientras lo servía, se le ocurrió que faltaba algo para picar. No había gran cosa en los armarios, pero en la nevera encontró algunas aceitunas *kalamata*. Eso estaría bien. Puso un puñado en un pequeño cuenco de cerámica que llevó a la mesa del comedor. Después encendió la luz que iluminaba directamente los fuegos de la cocina, apagó la luz del techo y cogió las copas. Inspiró profundamente antes de asomarse al salón.

Tru estaba de espaldas a ella, agachado para hacerle unas carantoñas a Scottie. Llevaba una camisa de manga larga azul. Hope se fijó en la forma en que los vaqueros se ajustaban a sus muslos y nalgas. Se quedó absorta mirándolo fijamente: era casi lo más sensual que había visto nunca.

Él debió de oírla entrar, porque se puso en pie y se dio la vuelta con una sonrisa automática antes de poder verla. Al verla, se quedó boquiabierto. Parecía paralizado, luchando por encontrar las palabras.

—Estás… indescriptiblemente hermosa —murmuró—. De veras.

De repente, a Hope no le quedó duda: Tru estaba enamorado. A pesar de que no era propio de ella, se deleitó en aquella sensación, con la certeza de que los dos se habían encaminado hacia ese instante toda su vida. Aún más, ahora sabía que había deseado que todo eso ocurriera, porque comprendía que, sin duda, ella también estaba enamorada de él.

Cuando Tru por fin bajó la mirada, Hope fue hacia él y le dio una copa de vino.

—Gracias —dijo, volviendo a admirar su aspecto—. Debería haberme puesto una chaqueta. De haber traído alguna.

—Estás perfecto —respondió con sinceridad: no lo querría vestido de ninguna otra forma—. Es otra clase de vino. Espero que te guste.

—No soy tan exigente —dijo Tru—. Seguro que es bueno.

—Todavía no he empezado a cocinar. No estaba segura de que tuvieras hambre tan pronto.

—Como tú prefieras.

—Hay unas cuantas aceitunas, por si quieres picar algo.

—Vale.

—Están en la mesa del comedor.

Hope sabía que estaban bordeando el abismo, pero, en aquel torbellino de emociones, fue lo único que se le ocurrió para evitar derramar el vino. Aspiró profundamente y se dirigió hacia el comedor. Por la ventana podía verse el horizonte iluminado intermitente, como si ocultara en lo más profundo una luz estroboscópica.

Se sentó a la mesa. Tru la imitó. Ambos de cara a la ventana. Hope sentía la garganta seca y dio un sorbo al vino, pensando que ambos actuaban imitando inconscientemente al otro. Tru dejó la copa en la mesa, pero los dedos de ambas manos seguían asiéndola. Ella sabía que él estaba igual de nervioso. Curiosamente, eso la reconfortaba.

—Me alegro de que me acompañaras hoy.

—Yo también —dijo Tru.

—Y de que estés aquí.

—¿Dónde podría estar si no?

Sonó el teléfono.

El aparato estaba adosado a la pared, cerca de Tru, pero durante unos cuantos latidos, siguieron mirándose. Solo cuando sonó por segunda vez, Hope volvió su atención al sonido. Una parte de ella se inclinaba por dejar que saltara el contestador, pero luego pensó en sus padres. Se puso en pie, pasó al lado de Tru y descolgó el auricular.

—Eh, hola —dijo Josh—. Soy yo.

A Hope se le encogió el estómago. No tenía ganas de hablar con él. No mientras Tru estuviera allí, no ahora.

—Hola —respondió con voz tensa.

—No estaba seguro de encontrarte. Pensaba que habrías salido.

Por la forma en que arrastraba las palabras, notó que había estado bebiendo.

—Estoy aquí.

—Acabo de salir de la piscina. Hace bastante calor afuera. ¿Cómo estás?

Tru seguía sentado en silencio. Estaba tan cerca…

Advirtió la forma de su cuerpo bajo la camisa, los músculos bajo la tela, y recordó la sensación que le produjo sentir su mano sobre la cadera.

—Estoy bien —contestó, intentando dar a su voz un tono indiferente—. ¿Y tú?

111

—Muy bien —dijo Josh—. Anoche gané algo de dinero jugando al *blackjack*.

—Me alegro por ti.

—¿Cómo está la casa? ¿Hace buen tiempo en la playa?

—Está lloviendo, y se supone que seguirá así todo el fin de semana.

—Ellen debe de estar disgustada, ¿no?

—Claro —respondió Hope, y por un instante se hizo un silencio incómodo en ambos extremos de la línea.

—¿Estás segura de que estás bien? —preguntó. Hope casi podía verle frunciendo el ceño—. Estás muy callada.

—Ya te he dicho que estoy bien.

—Creo que sigues enfadada conmigo.

—¿Y qué esperabas? —Hope luchó por mantener la rabia bajo control.

—¿No crees que estás exagerando un poco?

—Preferiría no hablar de eso por teléfono —respondió.

—¿Por qué no?

—Porque es algo que deberíamos hablar cara a cara.

—No entiendo por qué te comportas así —contestó Josh.

—Entonces quizás es que no me conoces.

—Oh, vamos, no seas tan melodramática…

Hope percibió el sonido de un cubito de hielo cuando Josh tomó un trago de su bebida.

—Creo que es mejor que cuelgue —dijo Hope, cortando la conversación—. Adiós.

Todavía pudo oír a Josh prosiguiendo con la discusión cuando colgó el auricular.

Hope miró fijamente el teléfono un instante antes de dejar caer los brazos a un lado.

—Lo siento —se disculpó con Tru, suspirando—. No debería haberlo cogido.

—¿Quieres hablar de ello?

—No.

En la radio sonaba el comienzo de una nueva melodía. La música era melancólica, inquietante. Hope vio cómo Tru se levantaba de la mesa. Ahora estaba muy cerca de ella; podía sentir su espalda apoyada contra la pared mientras él la miraba fijamente. Lo observó, sin titubeos. Y él se acercó aún más.

Hope era consciente de lo que estaba pasando. No hacían falta palabras. Volvió a pensar que tal vez no era real, pero cuando él apretó su cuerpo contra el suyo, de pronto aquello le pareció más real que todo lo que había vivido.

Todavía podía detenerlo. Quizá debería hacerlo. Dentro de un par de días, él estaría en la otra punta del mundo. El vínculo físico y emocional entre ellos estaba destinado a romperse. Haría daño a Tru, y a sí misma, y sin embargo…

No podía evitarlo. Ya no.

La lluvia arremetía contra las ventanas y tras las nubes seguía relampagueando. Tru deslizó el brazo por su espalda, sin dejar de mirarla a los ojos. Con los pulgares trazaba pequeños círculos; la tela del vestido era tan fina y ligera que ella podía sentir el contacto como si no llevara nada. Se preguntó si él se había dado cuenta de que no llevaba bragas, y notó que su sexo estaba cada vez más húmedo.

Tru la atrajo hacia sí, y ella notó el calor de su cuerpo. Con un leve suspiro, Hope rodeó el cuello de Tru con los brazos. Podía oír la música, y empezaron a girar en lentos círculos. Él se balanceaba levemente y entonces le sonrió, como invitándola a entrar en su mundo. Ella sintió que la última de sus defensas empezaba a desmoronarse. Sabía que quería que ocurriera. Cuando notó la calidez de su aliento en el cuello, se estremeció.

Tru la besó suavemente en los lóbulos de las orejas, en la mejilla, dejando un rastro de humedad. Cuando finalmente sus labios se encontraron, notó que él se estaba conteniendo, como dándole todavía una oportunidad de detenerlo. La sensación le pareció estimulante, casi liberadora. Cuando él enterró las manos en su pelo, ella abrió la boca. Oyó un débil gemido, que apenas reconoció como suyo, cuando sus lenguas se encontraron. Tru deslizó sus manos por la espalda, sus brazos, su vientre, y ella sintió como una estela de descargas eléctricas. Pasó un dedo por debajo de la curva de sus pechos. Hope notó que sus pezones se endurecían.

Podía sentir sus cuerpos pegados. Posó una mano sobre su mejilla y recorrió con los dedos la barba incipiente, mientras él volvía a mordisquearle suavemente el cuello y le acariciaba los senos. Finalmente, Hope le cogió de la mano y le condujo al dormitorio.

Mientras buscaba unas velas y cerillas para encenderlas, Hope vio a través del espejo del dormitorio que Tru la estaba observando. Puso una vela en la mesita y otra en el escritorio. La tenue luz hacía bailar las sombras en la pared. Cuando se volvió hacia él, sus ojos se encontraron: lo único que podían hacer era extasiarse en la visión del otro.

Hope notó el deseo de Tru y se permitió regodearse en la sensación antes de dar un paso hacia él. Tru hizo lo mismo. Entonces, el mundo se redujo a ellos dos. Cuando se besaron, Hope gozó de la humedad y la calidez de su lengua. Sacándole la camisa del pantalón, la desabrochó lentamente y después recorrió con una uña su abdomen y el hueso de la cadera. El cuerpo de Tru era esbelto y fornido, con los abdominales marcados. Hope le quitó la camisa hacia atrás por los hombros y la dejó caer al suelo.

Llevó su boca al cuello de Tru y le mordisqueó suavemente mientras sus manos buscaban el cinturón. Abrió la hebilla y desabrochó el botón de los vaqueros. Mientras empezaba a bajar la cremallera, notó sus manos avanzando hacia sus pechos. Empujó los pantalones para bajarlos. Tru dio un paso atrás para quitarse botas y calcetines. Luego los vaqueros; por último, la ropa interior.

Estaba de pie ante ella, con su cuerpo perfecto, como una antigua estatua esculpida en mármol. Hope alzó un pie sobre la cama, y luego el otro, quitándose las sandalias con una lentitud deliberadamente seductora. Tru avanzó hacia ella, y volvió a abrazarla. Con su lengua le lamió el lóbulo de la oreja mientras buscaba con la mano las tiras del vestido. Retiró una tira deslizándola hacia un lado sobre el hombro y repitió el proceso con la otra tira. El vestido cayó arrugado a sus pies. Sus cuerpos desnudos se fundieron. Hope notó la piel caliente de Tru sobre la suya propia, mientras él le recorría la columna con un dedo. Exhaló un suspiro cuando la mano siguió deslizándose hacia abajo. Con un solo movimiento, la levantó en brazos, besándola mientras la llevaba al lecho.

Tru se subió a la cama, a su lado, y le acarició los pechos y el vientre. Hope mordisqueó suavemente el labio inferior de Tru mientras sus dedos le apretaban con fuerza la espalda, sintiéndose hermosa bajo la luz de las velas, sintiéndose deseada entre sus brazos. Tru deslizó la lengua por el espacio de entre sus senos, y después por el vientre, antes de hacer el recorrido en sentido contrario. A continuación, repitió la operación descendiendo aún más con su boca. Ella introdujo los dedos en su pelo mientras su lengua la provocaba y excitaba. Tru siguió hasta que ella no pudo aguantar más y le atrajo hacia sí, aferrándose a su cuerpo aún más.

Tru se puso encima de ella, irradiando calor. Le cogió la mano y le besó uno a uno los dedos. Después le besó en la mejilla, la nariz y, de nuevo, en la boca. Cuando por fin la penetró, ella se arqueó y gimió, dándose cuenta de que le deseaba más de lo que había deseado nunca a ningún hombre.

114

Se movían en sintonía, ambos completamente atentos a la necesidad del otro, intentando darse placer mutuamente. Ella notó que su cuerpo se estremecía con una ansiedad cada vez mayor. Cuando la embargó una inmensa oleada de placer, Hope gritó. La intensidad decreció un instante, pero inmediatamente volvió aumentar. Alcanzó el clímax una y otra vez, en una secuencia interminable de placer. Cuando finalmente él también llegó al orgasmo, Hope estaba agotada, y su cuerpo mojado por el sudor. Seguía jadeando mientras Tru la abrazaba. Incluso entonces, sus manos no dejaban de moverse sobre su piel. Cuando las velas se fueron apagando, Hope se dejó llevar por la sensación que acababan de compartir.

Más tarde volvieron a hacer el amor, esta vez más despacio, pero con idéntica intensidad. Hope tuvo un orgasmo aún más intenso; cuando él también lo alcanzó, estaba temblando de agotamiento. Se sentía completamente exhausta, pero mientras la tormenta seguía arreciando, volvió a sentir de forma inverosímil cómo el deseo volvía a despertar en ella. Pensó que una tercera vez no sería posible, pero lo fue. Solo después de volver a tener un orgasmo, pudo por fin dormir tranquila.

115

Por la mañana, Hope se despertó con la luz grisácea que entraba por la ventana, y el aroma del café que salía de la cocina. Se puso un albornoz en el cuarto de baño y caminó lentamente por el pasillo, notando que tenía un hambre voraz. Entonces se acordó de que no habían cenado la noche anterior.

Tru estaba sentado a la mesa. Hope vio que había preparado huevos revueltos y había troceado algo de fruta. Estaba vestido con la misma ropa con la que había venido el día antes. Al verla, se levantó de la mesa y la rodeó con sus brazos.

—Buenos días —dijo.

—Buenos días —respondió ella—. Pero no me beses aún. No me he lavado los dientes.

—Espero que no te moleste que haya preparado el desayuno.

—Es perfecto —dijo ella, admirando el banquete—. ¿Cuánto rato hace que estás despierto?

—Un par de horas.

—¿No has dormido?

—Lo suficiente. —Se encogió de hombros—. Y he descubierto cómo funciona la máquina de café. ¿Te pongo una taza?

—Por supuesto —contestó Hope.

A continuación le besó en la mejilla y tomó asiento antes de servirse una porción de huevos y un poco de fruta en el plato. Por la ventana pudo ver que había parado de llover, pero por el color del cielo supuso que la tregua era temporal.

Tru volvió con una taza y la dejó al lado de Hope.

—Hay leche y azúcar en la mesa —añadió.

—Estoy impresionada; lo has encontrado todo.

—Yo también lo estoy —comentó él, que se sentó a su lado.

Hope pensó cuánto le gustaba Tru, y la naturalidad con la que estaba transcurriendo la mañana.

—Aparte de preparar el desayuno, ¿qué has estado haciendo?

—Fui a la casa y traje algunas toallas. Y otras cosas.

—¿Para qué necesitabas toallas?

—Quería secar las sillas de la terraza —dijo.

—Se volverán a mojar.

—Lo sé —replicó él—. Pero esperaba poder aprovechar un poco antes de que vuelva a llover.

Hope le examinó mientras cogía la taza de café.

—Estás siendo muy misterioso. ¿Qué pasa?

Tru le cogió una mano y la besó en el dorso.

—Te quiero —dijo simplemente.

Al oír las palabras en voz alta, de pronto se sintió mareada, y se dio cuenta de que ella sentía exactamente lo mismo por él.

—Yo siento lo mismo —murmuró.

—Entonces, ¿harás algo por mí?

—Lo que sea.

—Después de desayunar, ¿podrías sentarte afuera, en la terraza?

—¿Por qué?

—Quiero dibujarte —respondió Tru.

Hope asintió con la cabeza, perpleja.

Después de desayunar, fueron a la terraza, y Tru señaló una silla. Ella se sentó, sintiéndose extrañamente cohibida, asiendo con ambas manos la taza de café.

—¿Quieres que la ponga a un lado? —preguntó, señalando la taza con un gesto.

—No importa.

—¿Cómo quieres que pose?

Tru abrió el cuaderno de dibujo.

—Sé tú misma y haz como si yo no estuviera.

No era fácil. Nadie le había pintado nunca un retrato.

Cruzó una pierna sobre otra, luego probó al revés. Pero no sabía qué hacer con el café. Nuevamente pensó si debería dejar la taza en la mesa, pero, en vez de eso, tomó un sorbo. Se inclinó hacia delante, luego hacia atrás. Se volvió hacia la casa en la que se alojaba Tru, después hacia el océano, y de nuevo hacia él. Nada le parecía adecuado, pero se dio cuenta de que él la miraba con una concentración tranquila.

—¿Cómo se supone que debo hacer como si no estuvieras, si me miras así?

—No lo sé —respondió Tru riendo—. Nunca he estado en el otro lado.

—Eso me ayuda mucho —bromeó ella, y se sentó sobre una pierna, intentando ponerse cómoda. «Mejor», pensó.

Afortunadamente, Scottie los había seguido fuera y ella decidió concentrarse en él, que yacía enroscado bajo la ventana de la cocina.

Tru guardaba silencio y Hope le vio asir el lápiz. Sus ojos iban del dibujo a ella alternativamente. Hope se fijó en el movimiento seguro de la mano al dibujar y difuminar el carboncillo con la facilidad que daba la práctica. De vez en cuando, Tru entrecerraba los ojos o fruncía el ceño. Ella se dio cuenta de que Tru ni siquiera era consciente de ello. De algún modo, aquel destello de desnudez bajo su porte seguro hacía que le deseara aún más.

Cuando las nubes empezaron a tornarse más oscuras de nuevo, ambos supieron que había llegado el momento de parar.

—¿Quieres verlo? No está acabado, pero sí lo bastante avanzado para que te hagas una idea.

—Tal vez después de ducharme —respondió, poniéndose en pie.

Tru recogió el cuaderno y los lápices, y, justo después de traspasar el umbral, se detuvo para besarla con ternura. La atrajo hacia sí y ella se apoyó en él, aspirando su olor, preguntándose qué fuerzas misteriosas los habían unido.

117

Juntos

*T*ras darse una ducha, Hope se sentó junto a Tru en el sofá mientras él le enseñaba el dibujo que le había hecho, así como otros del cuaderno. Hope se tomó su tiempo para admirarlos. Después, cuando la lluvia amainó, se aventuraron a salir para comer fuera, en un café en Ocean Isle Beach, mientras la tormenta se desataba con furia tras las ventanas.

Cuando Hope finalmente tuvo que empezar a prepararse para el ensayo de la boda, Tru se sentó al borde de la cama, con la mirada fija en ella. Siempre le había parecido sensual observar a una mujer mientras se maquillaba, y notó que a ella le gustaba tenerle de público.

Ya en la puerta, cuando a Hope le llegó la hora de irse, se besaron un buen rato. Tru la abrazaba con fuerza, como si quisiera que quedara una impronta de la forma de su cuerpo en el suyo propio. Luego se quedó en el porche delantero, saludando mientras ella salía con el coche. Hope le había pedido que sacara a Scottie más tarde y le dijo que se podía quedar en la casita si quería.

Tru fue a la casa donde se alojaba a buscar un bistec y algunos aderezos, y se preparó la cena en la cocina de Hope. Mientras comía, intentó imaginársela con sus amigos, preguntándose si podrían intuir por su rostro todo lo que había sucedido en los últimos días.

Pasó un rato añadiendo algunos detalles al dibujo que había comenzado antes, hasta que por fin se sintió satisfecho. Sin embargo, todavía no dejó a un lado los lápices, sino que empezó otro dibujo que representaba a ambos de perfil, en la playa, mirándose. Ahora no necesitaba que Hope estuviera allí; bastaba con imaginarse la escena y pudo avanzar bastante rápido. Para cuando decidió hacer una pausa, habían pasado horas. La ausencia de Hope le hacía sufrir: la echaba de menos.

Ella regresó a medianoche. Hicieron el amor, pero Hope seguía exhausta de la noche anterior. Poco después, Tru percibió un cambio en su respiración: se había dormido en sus brazos. Por su parte, a él le costó conciliar el sueño. Su tiempo juntos acabaría pronto; sin embargo, sabía que era la mujer con la que quería pasar el resto de su vida.

Se quedó mirando el techo, intentando desesperadamente conciliar ambas cosas.

Por la mañana, Tru estaba más callado de lo normal. En lugar de hablar, la abrazó un buen rato mientras estaban en la cama. Sentía un millón de cosas por dentro.

Al mismo tiempo, se sentía asustada, y sospechaba que él sentía lo mismo. Deseaba que todo aquello, lo que había pasado esos últimos días, durase para siempre, mientras el tiempo se detenía en el resto del mundo. Pero el tictac del reloj parecía sonar más fuerte a cada minuto.

Seguía lloviendo un poco cuando se levantaron de la cama, pero, de todos modos, decidieron dar otro paseo por la playa. Hope encontró un par de chubasqueros en el armario y sacaron a Scottie. Caminaban de la mano. Sin haberse puesto de acuerdo, se detuvieron en el lugar donde se habían conocido. Tru la besó. Cuando ella se apartó un poco, le cogió ambas manos entre las suyas.

—Creo que desde el momento en que te conocí deseaba que pasara todo esto.

—¿Cuál de las dos partes? ¿Acostarte conmigo o enamorarte?

—Ambas.

—¿Y cuándo te diste cuenta?

—Creo que supe que tal vez nos acostaríamos cuando tomamos un vino en el porche, después de cenar. No supe que estaba enamorada de ti hasta la noche en la que viniste a casa a cenar. —Ella le apretó la mano—. Siento haberme apartado cuando intentaste besarme por primera vez.

—No tienes por qué sentirlo.

Emprendieron el regreso, deteniéndose en la casa en la que Tru se alojaba. En el contestador había un mensaje de su padre: decía que esperaba llegar entre las dos y las tres. Hope pensó que el horario encajaba a la perfección, ya que ella tendría que irse más o menos a esa hora para la boda. Aunque la ceremonia empezaba a las seis, tenía que estar antes para las fotos.

Tru le enseñó rápidamente la casa mientras Scottie exploraba por su cuenta. Ella tuvo que admitir que la decoración era de mejor gusto de lo que imaginaba. A pesar de sus prejuicios, pudo imaginarse alquilar la

119

casa con sus amigos para pasar una semana estupenda. Cuando llegaron al baño principal, Hope señaló el *jacuzzi*.

—¿Te apetece? —propuso.

Enseguida se desnudaron y metieron la ropa y las chaquetas en la secadora. Cuando por fin se sumergieron en el agua espumosa, ella se reclinó sobre Tru, emitiendo suspiros mientras él le pasaba la manopla con suavidad sobre el vientre, los pechos, los brazos y las piernas.

Tomaron un almuerzo tempranero en albornoz, mientras la ropa se secaba. Hope se la puso todavía caliente de la secadora, y ambos se sentaron a la mesa a hablar hasta que llegó el momento de regresar a la casa para prepararse para la boda.

Al igual que el día anterior, Tru observó desde la cama cómo Hope se peinaba y se maquillaba. Luego llegó el turno del vestido de dama de honor y de los nuevos zapatos. Cuando estuvo lista, dio una vuelta ante él.

—¿Estoy bien?

—Arrebatadora —contestó Tru, con una mirada de admiración sincera—. Siento la gran tentación de besarte, pero no quiero arruinar tu maquillaje.

—Me arriesgaré —replicó Hope, y se inclinó para darle un beso—. Si no fueras a conocer a tu padre hoy, te pediría que me acompañaras.

—Tendría que haberme comprado un atuendo adecuado.

—Seguro que estarías increíblemente atractivo con un traje. —Hope le dio unas palmaditas sobre el pecho y se encaramó a la cama a su lado—. ¿Estás nervioso por conocer a tu padre?

—La verdad es que no.

—¿Y si no recuerda gran cosa de tu madre?

—Entonces supongo que será un encuentro breve.

—¿De verdad no te interesa saber quién es? ¿Qué clase de persona es? ¿Dónde ha estado todos estos años?

—No especialmente.

—No entiendo cómo puedes mantenerte tan indiferente ante esto. Tal vez él sí quiera tener algún tipo de relación contigo. Aunque sea mínima.

—Yo también he estado considerando esa posibilidad, pero lo cierto es que lo dudo.

—Pero te envió los billetes.

—Sí, pero todavía no le he visto. Si quería algún tipo de relación, supongo que debería haberse dejado caer antes por aquí.

—Entonces ¿por qué crees que quería que vinieras?

—Creo que quiere contarme por qué dejó a mi madre.

Pocos minutos después, Tru acompañó a Hope al coche asiendo dos paraguas, para no volver a mojarse.

—Sé que suena estúpido, pero creo que te voy a echar de menos —dijo ella.

—Yo también —respondió Tru.

—¿Me explicarás lo que pase con tu padre?

—Por supuesto. Y seguro que sacaré a Scottie a dar una vuelta.

—No sé a qué hora volveré. Puede que se haga tarde. Si quieres, puedes esperarme en la casa. No me enfadaré si ya estás durmiendo cuando vuelva.

—Pásalo bien.

—Gracias —dijo Hope, mientras se ponía al volante.

Aunque ella se despidió con un animado saludo mientras daba marcha atrás, por alguna razón Tru sintió una punzada de aprensión cuando desapareció de su vista. No supo por qué, pero tuvo un mal presentimiento.

121

El padre

*T*ras decidir que probablemente sería mejor que Scottie se quedara en la casita, Tru recogió el cuaderno y los lápices y volvió a la casa donde debía esperar a su padre.

Una vez allí, siguió avanzando a buen ritmo en el dibujo de Hope y de sí mismo. Enseguida llegó el momento de empezar a centrarse en los detalles, una señal inequívoca de que el dibujo estaba casi terminado. Absorto en el trabajo, tardó un instante en darse cuenta de que alguien llamaba a la puerta.

Su padre.

Se puso en pie y atravesó la sala de estar. Se detuvo al asir el pomo, preparándose para el momento. Al abrir la puerta, vio la cara de su padre por primera vez. Para su sorpresa, reconoció algunos de sus propios rasgos en el anciano que estaba de pie frente a él: los mismos ojos azul oscuro y aquel hoyuelo en la barbilla. Se estaba quedando sin pelo; el que todavía conservaba era cano, con algunas mechas grisáceas. Estaba un poco encorvado, tenía la piel pálida y un aspecto frágil; la chaqueta que llevaba parecía un envoltorio, como si fuera de alguien mucho más corpulento. Por encima de la tormenta, Tru oyó su respiración sibilante.

—Hola, Tru —dijo finalmente, esforzándose por hablar. En una mano llevaba un paraguas; en el porche, Tru vio un maletín.

—Hola, Harry.

—¿Puedo pasar?

—Por supuesto.

Su padre se inclinó para coger el maletín, pero se quedó quieto, con una mueca de dolor. Tru hizo ademán de cogerlo.

—¿Puedo ayudarte con esto?

—Por favor —respondió Harry—. Cuanto más viejo me vuelvo, más lejos parece estar el suelo.

—Pasa.

Tru recogió el maletín mientras su padre pasaba a su lado, arrastrando los pies lentamente hacia la sala de estar, hasta llegar a las ventanas. Tru se acercó a él. De pie, a su lado, observó a su padre con una visión periférica.

—Vaya tormenta —dijo Harry—, aunque en el interior es aún peor. He tardado una eternidad en llegar por la culpa de la manta de agua que caía sobre la autopista. Mi chófer ha tenido que buscar rutas alternativas en más de una ocasión.

Era un comentario y no una pregunta, así que Tru no dijo nada. En vez de hablar, examinó a su padre: era como ver el futuro. «Así seré yo algún día, si llego a su edad», pensó Tru.

—¿Te ha gustado la casa?

—Es grande —respondió, acordándose de la primera descripción de Hope de aquel lugar—. Pero sí. Es una casa bonita.

—La hice construir hace unos pocos años. Mi mujer quería tener una casa en la playa, pero apenas la hemos usado. —Inspiró dos veces profundamente, resollando, antes de proseguir—. ¿Había bastante comida en la nevera?

—Demasiada —contestó Tru—. Seguramente, sobrará mucha cuando me vaya.

—Eso está bien. El servicio de limpieza se ocupará de todo. Me alegro de que el pedido llegara a tiempo. Se me había olvidado completamente lo de la comida, y tú ya estabas volando, pero no podía hacer gran cosa. Estaba en la UCI y no permiten hacer llamadas, así que pedí a mi hija que se encargara de los detalles. Acordó con el administrador de la propiedad que se ocupara de recibir el pedido.

Las palabras siguieron dando vueltas en su mente incluso después de que su padre dejara de hablar: «Mujer, UCI, hija…». Le costaba concentrarse. Hope había tenido razón cuando predijo que aquel encuentro iba a ser un poco surrealista.

—Comprendo —fue todo lo que se le ocurrió a Tru.

—También me gustaría disculparme por no haber puesto a tu disposición un coche de alquiler, en lugar de hacer que te fuera a buscar un chófer. Seguramente te habría ido mejor.

—No me importa. No habría sabido adónde ir. ¿Has dicho que estabas en la UCI?

—Me dieron el alta ayer. Mis hijos intentaron disuadirme de que viniera, pero no podía dejar pasar la oportunidad de conocerte.

—¿Te gustaría sentarte? —preguntó Tru.

123

—Creo que sería lo mejor.

Se dirigieron a la mesa del comedor y Harry pareció desmoronarse en una silla. Bajo la luz grisácea que entraba por la ventana, parecía aún más agotado que al llegar.

Tru se sentó a su lado.

—¿Puedo preguntar por qué estabas en la UCI?

—Cáncer de pulmón. Fase cuatro.

—No sé gran cosa del cáncer.

—Es terminal —dijo Harry—. Los médicos me han dado un par de meses, quizá menos. Tal vez un poco más. Está en manos de Dios, supongo. Lo sé desde que empezó la primavera.

Tru sintió una punzada de tristeza, aunque era esa clase de pena que uno sentía cuando las malas noticias afectaban a un desconocido, y no a la familia.

—Siento oír eso.

—Gracias, te lo agradezco —dijo. A pesar de la información que habían compartido, Harry sonrió—. No lamento nada. He tenido una buena vida. Además, a diferencia de lo que le sucede a otra mucha gente, se me ha dado la oportunidad de decir adiós. En tu caso, he podido decir: hola. —Sacó un pañuelo del bolsillo de su chaqueta y tosió tapándose con él. Cuando dejó de toser, dio un par de trabajosas bocanadas, que sonaban como si hubiera humedad en su interior—. Quiero darte las gracias por hacer el viaje hasta aquí —añadió—. Cuando envié los billetes, no estaba seguro de que aceptaras.

—En un principio, yo tampoco lo estaba.

—Pero tenías curiosidad.

—Sí —admitió Tru.

—Yo también. Desde que supe de tu existencia. Hace unos pocos años.

—Y, sin embargo, esperaste a conocerme.

—Sí.

—¿Por qué?

—No quería complicarte la vida. Ni complicármela a mí mismo.

Era una respuesta sincera, pero Tru no estaba seguro de cómo debía interpretarla.

—¿Cómo supiste de mí?

—Es una larga historia, pero intentaré ser lo más breve posible. Frank Jessup, un hombre que conocí hace mucho tiempo, estaba de visita en la ciudad. No le había visto desde hacía casi cuarenta años, pero seguíamos en contacto desde entonces. Tarjetas de Navidad, alguna carta de vez en cuando, pero no mucho más. Mientras comíamos juntos, me habló de tu madre. Mencionó que había rumores de que había tenido un hijo menos de un año después de que me fuera del país. No dijo que fuera mío, pero creo que lo pensaba. Tras aquella conversación, yo también lo pensé, así que contraté a un detective privado, que se puso manos a la obra. Tardó bastante tiempo. Todavía mucha gente tiene miedo de hablar de tu abuelo, aunque ya no esté entre los vivos, y ambos sabemos que el país se fue al infierno... Y los registros no son precisos. En resumen, el detective era bueno y al final envié a alguien al *lodge* de Hwange. Hizo fotos de ti. Cuando las vi, no tuve la menor duda. Tienes mis ojos, aunque tu cara sea la de tu madre.

Harry se volvió hacia la ventana, dejando que se hiciera el silencio. Mientras tanto, Tru pensó en algo que acababa de decir aquel hombre.

—¿A qué te referías cuando has dicho que no querías complicarme la vida? —preguntó Tru.

Pasaron unos instantes antes de que su padre respondiera.

—La gente habla de la verdad como si fuera la solución a todos los problemas. Pero yo he vivido lo suficiente como para saber que a veces la verdad hace más mal que bien.

Tru no dijo nada. Sabía que su padre estaba elaborando una explicación.

—Eso es lo que he tenido en cuenta. Desde que supe que aceptabas mi invitación, he venido preguntándome cuánto debería contarte. Hay algunos... aspectos del pasado que pueden ser dolorosos para ti, y algunas partes que, con el tiempo, quizá desearías no haber escuchado. Así pues, supongo que lo que diga depende de ti. ¿Quieres toda la verdad o una selección de momentos? Recuerda que no seré yo quien tenga que vivir con todo eso durante años. Aunque haya cosas de las que me arrepiento, mi pena no durará mucho más. Por razones obvias.

Tru juntó las manos y sopesó las posibilidades.

Aquellas referencias tan opacas y la cuidadosa forma de expresarse despertaron su curiosidad, pero la advertencia le dio que pensar. Realmente, ¿cuánto quería saber? En lugar de responder enseguida, se levantó de la mesa.

—Voy a por agua. ¿Quieres que te traiga un vaso?

—Tomaré un té caliente, si no te importa.

—En absoluto —dijo Tru.

Encontró una tetera en uno de los armarios, la llenó de agua y la puso al fuego. En otro armario encontró bolsitas de té. Llenó su vaso de agua, bebió un trago y volvió a llenarlo. La tetera no tardó mucho en emitir un pitido. Tru preparó una taza de té y la llevó a la mesa. Volvió a sentarse.

Su padre no había abierto la boca. Al igual que Tru, no parecía tener ganas de llenar el silencio con una conversación superficial.

Interesante.

—¿Ya has decidido? —preguntó.

—No —respondió Tru.

—¿Hay algo que quieras saber?

«Quiero saber cosas sobre mi madre», pensó de nuevo. Sin embargo, en vez de eso, estar sentado en una mesa al lado de aquel anciano le hizo preguntar algo totalmente distinto.

—Primero, háblame de ti —dijo Tru.

Su padre se rascó una mancha en la piel de la mejilla, de esas que salen con los años.

—De acuerdo —empezó—. Nací en 1914, en Colorado, en una casa humilde, aunque resulte difícil de creer. Tengo tres hermanas mayores. Mi adolescencia fue en la época de la Gran Depresión. Eran tiempos duros, pero mi madre era maestra y siempre insistió en nuestra educación. Fui a la Universidad de Colorado y conseguí un par de títulos. Después me alisté en el ejército. Creo que mencioné en mi carta que estaba en el Cuerpo de Ingenieros, ¿no?

Tru asintió.

—Al principio, casi todo mi trabajo se desarrollaba en Estados Unidos, pero entonces llegó la guerra. Pasé algún tiempo en el norte de África, en Italia… y en otras partes de Europa. Al principio, casi siempre se trataba de trabajos de demolición, pero a finales de 1944 y en la primavera de 1945, principalmente había que construir puentes, bajo las órdenes de Montgomery. Los aliados avanzaban rápidamente hacia Alemania y había muchos obstáculos hídricos, incluido el río Rin. Durante la guerra, trabé amistad con uno de los ingenieros del lado británico. Había crecido en Rodesia y tenía muchos contactos allí. Me habló de la minería y de los minerales que aún estaban por explotar. Así pues, tras la guerra, me fui con él. Me ayudó a encontrar un trabajo en la mina de Bushtick, donde permanecí unos cuantos años. Allí conocí a tu madre.

Tomó un sorbo de té, pero Tru sabía que estaba reflexionando sobre cuánto debía contarle.

—Después de eso, volví a Estados Unidos. Empecé a trabajar en Exxon y conocí a mi mujer, Lucy, en la fiesta de Navidad de la empresa. Era la hermana de uno de los ejecutivos… Nos caímos bien. Empezamos a salir juntos, nos casamos y tuvimos hijos. Trabajé en muchos países durante años, algunos seguros, otros no tanto. Lucy y los niños se venían conmigo o se quedaban en el país mientras yo trabajaba en el extranjero. La familia perfecta para la empresa, por decirlo de algún modo. Eso me ayudó en mi carrera profesional. Me fueron ascendiendo y trabajé hasta la jubilación. Acabé mi carrera como uno de los vicepresidentes y fui haciendo una fortuna. Nos trasladamos a Carolina del Norte hace once años. Lucy había crecido aquí y quería volver a casa.

Tru le examinó, reflexionando sobre la nueva familia y la nueva vida que su padre había creado para sí tras sus años en África.

—¿Cuántos hijos tienes?

—Tres. Dos chicos y una chica. Todos tienen ya más de treinta años. Mi mujer y yo celebraremos nuestro cuarenta aniversario en noviembre. Si es que llego.

Tru dio un trago de agua.

—¿Hay algo que quieras saber de mí?

—Creo que sé bastantes cosas de ti. El investigador me informó de tu vida.

—Entonces sabes que tengo un hijo. Tu nieto.

—Sí.

—¿Te gustaría conocerlo?

—Sí —respondió—. Pero seguramente no es buena idea. Soy un extraño y me estoy muriendo. No veo en qué podría beneficiarle.

Tru pensó que probablemente tenía razón. Pero…

—Sin embargo, no pensabas eso respecto a mí. La misma realidad, pero sacaste una conclusión distinta.

—Tú eres mi hijo.

Tru dio otro trago del vaso de agua.

—Háblame de mi madre —dijo por fin.

Su padre bajó la barbilla y el tono de voz se hizo más suave.

—Era hermosa —comenzó—. Una de las mujeres más bellas que he visto. Era bastante más joven que yo, pero… era inteligente y madura para su edad. Podía hablar largamente de poesía y de arte, materias de las que yo no sabía nada. Y lo hacía con pasión y conocimientos expertos. Y tenía la risa más maravillosa que escuché jamás. Era sumamente atractiva. Creo que me enamoré de ella la primera noche que la conocí.

Era... extraordinaria. —De nuevo, se secó la boca con el pañuelo—. Pasamos gran parte del siguiente año juntos: ella estaba en la universidad, y la mina tenía allí un laboratorio. Nos veíamos siempre que podíamos. Yo trabajaba muchísimo, por supuesto, pero encontrábamos el tiempo. Recuerdo que solía llevar consigo aquel libro de poesía de Yeats... No sabría decirte la de veces que nos leímos el uno al otro aquellos poemas en voz alta. —Hizo una pausa y su respiración se volvió entrecortada—. Le gustaban los tomates. Siempre estaban presentes en todas las comidas que compartimos. Y siempre espolvoreaba con un poco de azúcar. Adoraba las mariposas y opinaba que Humphrey Bogart, en *Casablanca*, era el hombre más atractivo que había visto nunca. Empecé a fumar antes de alistarme, pero, después de que me hablara de Bogart, comencé a coger los cigarrillos como él lo hacía en esa película: entre el índice y el pulgar.

Hizo girar la taza, aparentemente perdido en sus pensamientos.

—Le enseñé a conducir, ¿sabes? No sabía. Recuerdo que pensé que era algo inusual, especialmente porque había crecido en una granja. Con el tiempo, empecé a notar algo más en ella. Bajo la superficie, a pesar de lo lista y madura que era, percibí una inseguridad profundamente arraigada, aunque no le encontraba el sentido. Desde mi punto de vista, ella lo tenía todo, y era todo lo que yo podría haber deseado en mi vida. Pero cuanto más la conocía, más me daba cuenta de que, en realidad, era muy reservada. Durante mucho tiempo, apenas supe nada de su padre ni de su poder. Casi nunca hablaba de él. Pero hacia el final de la relación, solía hacerme prometer que la llevaría conmigo cuando regresara a Estados Unidos. Por cómo me lo pedía a veces, llegué a pensar que su deseo tenía más que ver con escapar de su vida que con lo que sentía por mí. No quiso presentarme a su padre, ni que conociera la granja. Siempre teníamos que encontrarnos en sitios poco concurridos. Y curiosamente, nunca se refería a él como «su padre», o «papá». Siempre era «el Coronel». Al final, todo eso me hizo sospechar.

—¿Sospechar qué?

—Creo que ahora es cuando tienes que decidir cuánto quieres saber realmente. Última oportunidad.

Tru cerró los labios y asintió.

—Continúa.

—Cuando por fin estuvo dispuesta a hablar de tu abuelo, describía a dos personas completamente distintas. En una de las versiones, lo adoraba, y recalcaba cuánto se necesitaban el uno al otro. Por otro lado, me decía que le odiaba, que era malvado y que quería alejarse lo máximo posible de él y no volver a verlo nunca. No conozco al detalle lo que pasaba en esa casa mientras ella vivía allí, tampoco creo que me gustara saberlo. Lo que sí sé es que cuando tu abuelo supo de mí, a tu madre le entró pánico. Vino a verme histérica, y farfullaba que teníamos irnos inmediatamente del país, porque el Coronel estaba furioso. Insistía en que no había tiempo ni de recoger mis cosas. No conseguí tranquilizarla, pero cuando se dio cuenta de que no iba a hacer lo que me pedía, se fue corriendo. Fue la última vez que la vi. En ese momento, yo no sabía que estaba embarazada. Tal vez, si me lo hubiera dicho, todo habría sido distinto. Me gusta pensar que habría ido tras ella y la habría ayudado a huir. Pero no tuve la oportunidad de hacerlo.

Juntó las manos, apretándolas, como si quisiera reunir fuerzas.

—Aparecieron en mi casa aquella noche, cuando ya estaba durmiendo. Un grupo de hombres. Me dieron una buena paliza y me pusieron una capucha sobre la cabeza antes de arrojarme al maletero de un coche. Me llevaron a una especie de sótano, tras arrastrarme desde el coche y tirarme por las escaleras. Me quedé inconsciente. Cuando desperté, pude oler la humedad y el moho. Me habían esposado a unas tuberías. Sentía un intenso dolor, porque se me había dislocado el hombro en la caída.

Aspiró profundamente un par de veces, como haciendo acopio de fuerzas para un último esfuerzo.

—Cuando por fin me quitaron la capucha, me enfocaron con una linterna en los ojos. No podía ver nada. Pero sabía que él estaba allí. El Coronel. Me dijo que tenía dos opciones: podía irme de Rodesia a la mañana siguiente, o morir en aquel sótano, esposado a las tuberías, sin agua ni comida.

Se volvió hacia Tru.

—He estado en la guerra. He visto cosas terribles. Me dispararon (me dieron incluso un Corazón Púrpura), y en ocasiones pensé que tal vez no sobreviviría. Pero nunca he sentido tanto miedo como en ese momento, porque supe que era un asesino a sangre fría. Pude oírlo en su voz. Al día siguiente, me subí al coche y no me detuve hasta llegar a Sudáfrica. Allí cogí un vuelo de regreso a Estados Unidos. Nunca volví a ver a tu madre ni a hablar con ella.

Tragó saliva.

—Me he pasado la vida cargando con la certeza de que fui un cobarde. Por dejarla con él. Por desaparecer completamente de su vida. Y no ha pasado un solo día sin que me haya arrepentido. No me malinterpretes… Quiero a mi mujer, pero nunca he sentido por ella la pasión profunda y abrasadora que sentía por tu madre. Dejé a Evelyn con ese hombre, y en mi corazón sé que es lo peor que he hecho nunca. Deberías saber también que no quería verte para pedirte perdón. Algunas cosas no se pueden perdonar. Pero quiero que sepas que, de haber sabido de ti, todo podría haber sido distinto. Sé que solo son palabras y que no me conoces, pero es la verdad. Siento que las cosas fueran de ese modo.

Tru no dijo nada: no costaba demasiado conciliar la historia que acababa de escuchar con el abuelo que había conocido. Se sintió indignado. Pero, sobre todo, aquella historia le causó una pena desgarradora por su madre, así como de lástima por el hombre que estaba sentado a su lado en aquella mesa.

Su padre señaló el maletín.

—¿Te importaría acercármelo?

Tru lo cogió y lo puso sobre la mesa. Luego observó cómo su padre lo abría.

—También quería darte algunas cosas —dijo—. Las metí en el maletero el día que me fui de Rodesia, y con los años me había olvidado de ellas. Pero cuando vi tu foto, hice que uno de mis hijos buscara en el desván y me las trajera. En caso de que no hubieras aceptado mi invitación, te las habría enviado.

Dentro del maletín había un sobre encima de un montón de papeles amarillentos en los bordes. Se lo dio.

—Uno de mis amigos en esa época era fotógrafo; solía llevar la cámara consigo. Hay un par de fotos de nosotros dos, pero la mayoría son de tu madre. Quería convencerla de que se hiciera modelo.

Tru sacó las fotos del sobre. Había ocho en total; la primera mostraba a su madre y su padre sentados juntos delante de un río, ambos riendo. En la segunda también estaban los dos, de perfil, mirándose a los ojos, de forma similar al dibujo en el que había estado trabajando de Hope y de sí mismo. Las demás eran de su madre en varias poses y con distintos atuendos, con fondo plano, un estilo fotográfico típico de finales de 1940. Tru sintió una opresión en la garganta al verla, así como una sensación de pérdida repentina que no había previsto.

Su padre le dio después los dibujos. El primero era un autorretrato de su madre mirando su reflejo en el espejo. A pesar de su belleza, la expresión de su rostro misteriosamente sombreada le hacía parecer angustiada. El siguiente era un dibujo de su madre de espaldas. Estaba envuelta en una sábana, mirando por encima del hombro, lo cual hizo a pensar a Tru que tal vez había usado una foto similar como inspiración. Había más autorretratos y muchos paisajes parecidos a los que Tru creaba para Andrew. Uno de ellos, sin embargo, representaba la casa familiar antes del incendio, con sus imponentes columnas que adornaban el porche. Se dio cuenta de que había olvidado los detalles del aspecto de la casa en aquel entonces.

Cuando Tru por fin dejó a un lado los dibujos, su padre se aclaró la garganta.

—Le dije que era lo bastante buena para abrir su propio estudio, pero a ella no parecía interesarle. Decía que dibujaba porque le gustaba abstraerse en el proceso. En esa época, no comprendía a qué se refería, pero pasé muchas tardes viéndola dibujar. Tenía la encantadora costumbre de pasar la lengua por encima de los labios y fruncir el ceño cuando trabajaba, y nunca estaba del todo satisfecha con el resultado. En su mente, ninguno de sus dibujos estaba concluido.

Tru tomó un trago de agua, mientras reflexionaba.

—¿Era feliz? —preguntó por fin.

Su padre le miró a los ojos fijamente.

—No sé cómo responder. Me gusta pensar que sí lo era cuando estábamos juntos. Pero…

Su padre no acabó la frase. Tru le dio vuelta a lo que le había contado y a qué habría sucedido de verdad en aquella casa de su infancia.

—Si te parece bien, ahora me gustaría hacerte una pregunta —dijo su padre.

—Adelante.

—¿Quieres alguna cosa de mí?

—No estoy seguro de entender la pregunta.

—¿Te gustaría mantener una línea de comunicación abierta? ¿O prefieres que desaparezca de tu vida cuando me vaya, hoy mismo? Ya te he dicho que no me queda mucho tiempo, pero, después de todos estos años, creo que lo mejor para ti es que seas tú quien lo decidas.

Tru se quedó mirando fijamente al anciano sentado a su lado, reflexionando.

—Sí —respondió finalmente, sorprendiéndose a sí mismo—. Me gustaría poder volver a hablar contigo.

—De acuerdo. —Su padre asintió—. ¿Qué hay de mis otros hijos? —preguntó—. ¿O de mi mujer? ¿Te gustaría hablar con ellos?

Después de unos segundos, Tru negó con la cabeza.

—No —contestó—. A menos que ellos quieran hablar conmigo. Somos completos desconocidos. Tal como dijiste antes, supongo que no tienen ganas de complicarse la vida.

Su padre le ofreció una media sonrisa.

—Me parece bien. Pero todavía tengo que pedirte un favor. Por supuesto, puedes negarte.

—¿De qué se trata?

—¿Tienes alguna foto de mi nieto que pueda ver?

Su padre se quedó allí cuarenta minutos más. Dijo que su mujer y sus hijos le habían apoyado en su decisión de contactar con él, a pesar de la confusión que sintieron sobre aquella relación que desconocían hasta entonces, con alguien surgido de un pasado anterior que nada tenía que ver con ellos. Cuando dijo que el viaje de vuelta a Charlotte era largo y que no quería que se preocuparan aún más por él, Tru supo que era su forma de decir que había llegado el momento de partir. Cargó con el maletín y sostuvo el paraguas para su padre, mientras descendían las escaleras hasta el coche que había estado esperando todo ese tiempo en la entrada.

132

Tru lo vio alejarse en el coche y luego fue a la casita a sacar a Scottie. A pesar de la tormenta, quería pasear por la playa; necesitaba salir al aire libre y tiempo para pensar.

Aquel había sido un encuentro sorprendente, por no decir otra cosa. Nunca habría podido imaginar que su padre era un hombre familiar, casado con la misma mujer durante décadas. O que hubiera tenido que huir del país temiendo por su vida, por culpa del abuelo de Tru. Mientras avanzaba por la arena, no pudo deshacerse del sentimiento de asco que crecía al recordar a la figura masculina más dominante de su infancia.

Luego estaba la familia de la que no sabía nada, sus otros tres medio hermanos. Había declinado la oferta de conocerlos, pero pensó en ellos. ¿Quiénes eran? ¿Cómo eran? Era poco probable que ninguno de ellos hubiera sentido la necesidad de irse de casa en cuanto tuvieron dieciocho años, como fue su caso; sus vidas seguramente no se habían parecido en nada a la suya. Dedicó un rato a imaginar cómo habría sido su vida si sus padres hubieran encontrado la forma de seguir juntos, pero era tan inverosímil que pronto desistió.

Con la mirada perdida en el agitado oleaje, pensó que todavía quedaban muchas preguntas por responder, demasiadas cosas que nunca sabría. También sobre su madre. Solo sabía que su corta vida había sido aún más trágica de lo que imaginaba y que se alegraba de que su padre la hubiera hecho feliz.

Tru se sorprendió a sí mismo deseando haberse encontrado con su padre algunos años antes, para haber tenido más tiempo de conocerse mejor. Pero algunas cosas no estaban destinadas a pasar. Cuando el sol inició su descenso, retomó el camino de regreso a la casa. Caminaba lentamente, vigilando a Scottie con aire ausente, abrumado por las revelaciones de la tarde y por una inefable desazón. Ya era casi de noche para cuando hubo regresado a la casa de su padre. Dejó a Scottie en el porche trasero mientras se duchaba y se ponía ropa seca. Luego cogió las fotos y los dibujos que le había dejado su padre.

Ya en casa de Hope, se sentó en la mesa de la cocina y examinó las imágenes. Ojalá Hope estuviera allí, con él; ella sabría ayudarle a encontrar un sentido a todo aquello. Sin ella, se sentía inquieto. Para calmarse, retomó el dibujo que estaba haciendo de los dos. Afuera seguía lloviendo. Tras los cristales parpadeaban los relámpagos, como si fueran un reflejo de sus propias emociones.

Pensó en el curioso paralelismo entre las vidas de su padre y la suya propia: Harry había dejado a su madre en África y había regresado a América; al cabo de un par de días, Tru volvería a África y dejaría a Hope en Estados Unidos. Su padre y su madre no pudieron encontrar la manera de estar juntos, pero Tru deseaba creer que en su caso sería diferente. Quería que ambos crearan una vida juntos. Mientras seguía dibujando, pensó en cómo podría conseguirlo.

Exhausto, no se dio cuenta de que Hope había regresado de la boda hasta que notó su cuerpo deslizándose junto al suyo en la cama. Era pasada medianoche, y ya se había desvestido. Notó la calidez de su piel, y sin una palabra, ella empezó a besarle. Tru respondió con caricias; cuando empezaron a hacer el amor, percibió el sabor salado de las lágrimas de Hope. Pero no dijo nada. Era lo único que podía hacer para evitar no llorar también ante la idea de lo que traería el mañana. Después, Hope se enroscó en él. Tru la abrazó mientras la chica caía rendida con la cabeza sobre su pecho.

Tru escuchó el sonido de su respiración, con la esperanza de que le calmara, pero no fue así. En lugar de eso, se quedó mirando el techo en la oscuridad, sintiéndose extraño y completamente solo.

No habrá más mañanas

*T*ru se despertó al amanecer, justo cuando la luz de la mañana empezaba a inundar el dormitorio a través de la ventana, y alargó el brazo para abrazar a Hope. Entonces se dio cuenta de que la cama estaba vacía. Se apoyó sobre un codo y se restregó los ojos, sorprendido y un poco decepcionado. Le habría gustado pasar la mañana tranquilamente en la cama con Hope, susurrándole cosas al oído y haciendo el amor, posponiendo tener que afrontar que ese sería su último día juntos.

Se levantó de la cama y se puso los vaqueros y la camisa que llevaba el día anterior. En la almohada vio restos de rímel, un recordatorio de las lágrimas de la última noche; sintió una oleada de pánico ante la idea de perder a Hope. Quería otro día, otra semana, otro año con ella. Quería una vida llena de años, y estaba dispuesto a hacer lo que ella quisiera para poder estar juntos para siempre.

Ensayó mentalmente qué le diría a Hope mientras iba hacia la cocina. Percibió el aroma del café, pero, para su sorpresa, Hope no estaba allí. Se sirvió una taza y siguió buscándola, asomando la cabeza al comedor y a la sala de estar sin éxito. Finalmente, la localizó a través de la ventana en el porche trasero, sentada en una mecedora. La lluvia había cesado. Mientras Hope miraba fijamente hacia el océano, Tru volvió a pensar que era la mujer más bella que había visto nunca.

Se detuvo un instante antes de empujar la puerta.

Hope se volvió al oír el ruido. Aunque le ofreció una sonrisa vacilante, tenía los ojos rojos. La exquisita tristeza de su expresión le hizo preguntarse cuánto tiempo llevaba sola con sus pensamientos, dándole vueltas a la imposibilidad de su relación.

—Buenos días —dijo Hope con voz suave.

—Buenos días.

Al besarla, Tru notó en ella una indecisión que no esperaba. De pronto, todos los posibles discursos que había ensayado se volvieron irrelevantes. Tuvo la sensación de que, aunque dijera las palabras que había pensado, ella ya no estaba dispuesta a escucharlas. Algo había cambiado, lo sentía como una premonición, aunque no podía saber qué era.

—¿Te he despertado? —preguntó Hope.

—No —respondió—. No te oí salir del dormitorio.

—Intenté no hacer ruido. —Las palabras parecían salir de forma automática.

—Me sorprendió que ya estuvieras despierta, porque llegaste muy tarde.

—Supongo que hoy no me tocaba levantarme tarde. —Tru la observaba mientras ella daba un sorbo a su café, antes de seguir hablando—. ¿Has dormido bien?

—La verdad es que no —admitió Tru.

—Yo tampoco. Llevo despierta desde las cuatro. —Señaló la mecedora a su lado, con la mano que asía la taza—. La he secado para ti, pero tal vez necesite otra pasada para secarla del todo.

—Volveré a secarla.

Tru cogió la toalla que Hope había dejado sobre la mecedora y la pasó por los listones de madera antes de sentarse en el borde. Sentía una gran agitación en su interior. Por primera vez en los últimos días, el cielo aparecía azul en parte, aunque todavía quedaban retazos de nubes blancas sobre el mar, los restos de la tormenta que se alejaba. Hope volvió a fijar la vista en el océano, como si no fuera capaz de mirarle, sin decir nada.

—¿Estaba lloviendo cuando te has despertado? —preguntó Tru en medio del silencio.

Era consciente de lo superficial de la conversación, pero no se le ocurrió nada más.

Hope negó con la cabeza.

—No. Paró anoche, en algún momento. Probablemente no mucho después de que volviera a la casa.

Tru giró la mecedora hacia Hope, y esperó a que ella hiciera lo mismo con la suya. Pero no lo hizo. Tampoco dijo nada.

Entonces Tru se aclaró la voz.

—¿Qué tal la boda?

—Muy bonita —respondió, todavía negándose a mirarle a la cara—. Ellen estaba resplandeciente, y mucho menos estresada de lo que me imaginaba. Sobre todo después de su llamada el otro día.

135

—¿La lluvia no fue un problema?

—Acabaron celebrando la ceremonia en el porche. Los invitados tuvieron que apretarse hombro con hombro, pero eso le dio un toque más íntimo. Y la fiesta salió perfecta: la comida, el grupo de música, el pastel... Todo el mundo se divirtió mucho.

—Me alegro de que saliera bien.

Hope parecía perdida en sus pensamientos. Finalmente se giró para mirarle a la cara.

—¿Cómo te fue con tu padre? No he dejado de pensar en ello desde que me fui ayer.

—Fue... —Tru vaciló, buscando la palabra apropiada— interesante.

—¿Cómo es? ¿Qué pinta tiene?

—No es como me había imaginado.

—¿A qué te refieres?

—Supongo que me esperaba una especie de sinvergüenza. Pero no lo es absoluto. Tiene más de setenta años y lleva casado con la misma mujer casi cuarenta. Tiene tres hijos adultos y trabajaba para una de las grandes compañías de petróleo. Me recordó a muchos de mis clientes de Estados Unidos que vienen al *lodge*.

—¿Te dijo qué pasó entre él y tu madre?

Tru asintió y empezó a contarle la historia desde el principio. Por primera vez esa mañana, tuvo la sensación de que Hope salía de su concha, escapando de la prisión de sus oscuros pensamientos. Fascinada por su relato, no pudo disimular su conmoción cuando Tru acabó de hablar.

—¿Y está seguro de que fue tu abuelo quien lo secuestró? —preguntó—. No le conocía, de modo que no podía reconocer su voz.

—Era mi abuelo —dijo Tru—. No me cabe duda. Estoy igual de seguro que él.

—Eso es... terrible.

—Mi abuelo podía ser terrible.

—¿Cómo te sientes? —preguntó Hope con voz suave.

—Pasó hace mucho tiempo.

—Esa respuesta no dice mucho.

—Pero es la verdad.

—¿Te ha hecho pensar diferente sobre tu padre?

—Bastante —contestó Tru—. Siempre había supuesto que había huido sin que le importara mi madre. Pero me equivocaba.

—¿Podría ver las fotos y los dibujos?

Tru regresó a la casa y fue a la mesa rinconera donde los había dejado. Le dio a Hope el montón de fotos y dibujos, y se sentó nuevamente en la mecedora, observándola mientras los examinaba.

—Tu madre era muy guapa —dijo.

—Sí, sí que lo era.

—Se puede ver que estaba enamorada. Y que él sentía lo mismo por ella.

Tru asintió, con la mente más centrada en Hope que en los acontecimientos del día anterior. Estaba intentando memorizar su aspecto al completo, cada gesto y peculiaridad. Cuando Hope acabó de mirar las fotografías, cogió el primero de los dibujos, en el que la madre de Tru estaba mirando su reflejo en un espejo.

—Tenía mucho talento —comentó—. Pero creo que tus dibujos son mejores.

—Era muy joven. Tenía más talento natural que yo.

Cuando acabó de examinar el montón de dibujos, tomó el último sorbo de café.

—Sé que acabas de levantarte, pero ¿te apetecería dar un paseo por la playa? —preguntó—. Tengo que sacar a Scottie pronto.

—Claro —contestó él—. Deja que me ponga las botas.

Para cuando Tru regresó, Scottie ya estaba esperando cerca de la puerta de la terraza, meneando el rabo. Tru abrió la puerta y dejó que Hope saliera primero; cuando llegaron a la playa, Scottie salió disparado hacia una bandada de aves. Le siguieron lentamente, en una mañana más fresca que las de los días anteriores. Durante un rato, ninguno de los dos parecía querer romper el silencio. Cuando Tru la cogió de la mano, Hope pareció resistirse antes de relajarse. Estaba activando sus defensas. Tru las percibió con una punzada de dolor.

Caminaron en silencio un buen rato. Hope le miraba de soslayo de vez en cuando; el resto del tiempo parecía tener la mirada fija en algún punto lejano o en el horizonte, más allá del mar. Al igual que durante casi toda la semana, la playa estaba desierta y tranquila. No había barcas, y tampoco gaviotas o charranes. Tru tuvo la certeza de que había sucedido algo, algo que confirmaba su corazonada. Había algo que ella temía decirle. Estaba seguro de que ella tenía algo *in mente* que le sorprendería y le haría daño. Se le encogió el corazón. Desesperado, volvió a pensar en todo lo que quería decirle, pero, antes de que pudiera hablar, Hope alzó la mirada hacia él.

—Siento estar tan callada —se disculpó, forzando una sonrisa—. No soy una buena compañía esta mañana.

137

—No pasa nada —respondió Tru—. Ayer llegaste tarde.

—No es por eso —prosiguió Hope—. Es que... —Dejó la frase sin acabar, y Tru notó que le rociaba la espuma de las olas. Sintió el frío y la humedad.

Hope se aclaró la voz.

—Quiero que sepas que no tenía la menor idea de que esto iba a pasar.

—No sé muy bien a qué te refieres.

Ella bajó el tono de voz y apretó los dedos entrelazados con los de él.

—Josh apareció en la boda.

Tru sintió que se le encogía el estómago, pero no dijo nada. Hope siguió hablando.

—Tras la llamada de la otra noche, reservó un vuelo a Wilmington. Supongo que no le gustó mi tono. Llegó justo antes de la ceremonia... Simplemente se presentó allí, y se dio cuenta de que no estaba... encantada. —Avanzó unos cuantos pasos, con la mirada fija en la arena a sus pies—. No me costó mucho evitarle al principio. Después de la ceremonia, los invitados por parte de la novia tuvimos que posar para las fotos, y me senté en la mesa principal con Ellen. No me separé de mis amigas en casi toda la noche, pero, hacia el final de la fiesta, salí fuera y él me buscó. —Aspiró profundamente, como si estuviera invocando las palabras que necesitaba—. Se disculpó, dijo que quería hablar y...

Mientras Hope hablaba, Tru sintió que todo se le escapaba de las manos.

—¿Y? —La animó a seguir.

Hope se detuvo y se volvió hacia él.

—Cuando le vi, solo podía pensar en esta semana y cuánto ha significado para mí. La semana pasada, ni siquiera sabía de tu existencia, por lo que una parte de mí no puede evitar pensar que me he vuelto loca. Porque sé que te quiero.

Tru tragó saliva y advirtió el brillo en los ojos de Hope, que delataba sus lágrimas.

—Incluso ahora, aquí, contigo, solo sé que esta emoción me hace sentir bien. Y que no quiero dejarte.

—Pues quédate conmigo —imploró Tru—. Encontraremos la manera.

—No es tan sencillo, Tru. También quiero a Josh. Sé que te duele oírlo, y lo cierto es que no siento lo mismo por él que por ti. —Parecía rogarle con los ojos—. Sois tan distintos... —Era como si quisiera asir algo fuera de su alcance—. Me siento en guerra conmigo misma, como si fuera dos personas diferentes, que quieren cosas distintas. Pero…

Cuando parecía incapaz de continuar, Tru la cogió por ambos brazos.

—No puedo imaginar mi vida sin ti, Hope. No quiero vivir sin ti. Te quiero a ti. Solo a ti. Para siempre. ¿De verdad podrías dejar lo que tenemos sin lamentarlo?

Hope se quedó paralizada, con una expresión angustiada en su rostro.

—No. Sé que parte de mí se arrepentirá toda la vida.

Tru la miró fijamente, intentando leer su mente, aunque ya sabía lo que intentaba decirle.

—No le vas a contar lo nuestro, ¿no?

—No quiero herirle…

—¿Y estás dispuesta a ocultárselo?

Tru se arrepintió de aquellas palabras en cuanto las dijo.

—Eso no es justo —gritó Hope, liberándose de sus manos—. ¿Crees que me gusta esta situación? No vine aquí para complicarme la vida aún más. Ni tampoco para enamorarme de otro hombre. Pero, decida lo que decida, alguien saldrá herido, y eso es algo que nunca he querido.

—Tienes razón —murmuró—. No debería haberlo dicho. No ha sido justo, perdóname.

Hope dejó caer los hombros. La ira fue paulatinamente dando paso a la confusión.

—Esta vez, Josh parecía distinto. Asustado. Serio… —murmuró, casi para sí misma—. No sé qué pensar…

De pronto, Tru se dio cuenta de que era ahora o nunca. Volvió a tomarla de la mano.

—Quería hablarte de esto antes, pero ayer, cuando no podía dormir, estuve pensando mucho rato. Sobre ti, sobre mí. Sobre nosotros. Quizá no estés preparada para oír esto, pero… —Tru tragó saliva, mirándola fijamente—. Quiero que vengas conmigo a Zimbabue. Sé que es pedir mucho, pero conocerías a Andrew y podríamos construir nuestra vida allí. Si no quieres que pase tanto tiempo en la sabana, encontraré otro trabajo.

Hope parpadeó sin hablar, intentando asimilar las palabras. Abrió la boca para responder, pero luego volvió a cerrarla, incluso después de liberarse de la mano de Tru. Le dio la espalda para mirar el océano, antes de negar con la cabeza.

—No quiero que cambies por mí —insistió Hope—. Tu trabajo de guía es importante para ti...

—Tú eres más importante —dijo, percibiendo el tono desesperado de su voz. Sentía que el futuro, todas sus esperanzas, empezaban a desvanecerse—. Te quiero. ¿Acaso tú no?

—Claro que sí.

—Entonces, antes de decirme que no, ¿puedes por lo menos pensártelo?

—Ya lo he hecho —respondió Hope en un tono tan bajo que Tru casi no pudo oír su voz con el oleaje—. Ayer, cuando volvía de la boda, pensé exactamente lo mismo. Simplemente..., irme a África contigo. Marcharme, sin pensármelo dos veces. Parte de mí lo desea. Me imaginé explicándoselo a mis padres; seguro que me darían su bendición. Pero...

Hope alzó la vista para encontrarse con los ojos de Tru. Podía verse su angustia.

—¿Cómo podría abandonar a mi padre, sabiendo que le quedan pocos años? Necesito pasar esos últimos años a su lado. Por mí, más que por él. Porque sé que no me perdonaré nunca si no lo hago. Y mi madre va a necesitarme, aunque ella crea lo contrario.

—Podrías venir cuando quisieras. Una vez al mes si es necesario. O más. El dinero no es un problema.

—Tru...

Él sintió una punzada de pánico.

—¿Y si me mudo aquí? —propuso—. ¿A Carolina del Norte?

—¿Y Andrew?

—Iría cada mes a verle. Tal vez le vería más que ahora. Haré todo lo que necesites.

Ella le miró con expresión torturada, apretándole la mano.

—¿Y si no puedes? —preguntó, su voz apenas un susurro—. ¿Y si hay algo que necesito... y no puedes darme?

Al oír aquellas palabras, Tru se estremeció: fue como si le hubieran dado una bofetada. De pronto, comprendió lo que ella evitaba decirle: estar con él significaba cerrar la puerta a tener hijos propios. ¿Acaso no le había hablado del sueño de toda su vida? ¿La imagen ansiada de sostener al bebé que acabara de dar a luz, de crear una vida humana con el hombre al que amase? Más que ninguna otra cosa quería ser madre, quería dar a luz un bebé. Eso era lo único que él no podía darle. Al mismo tiempo, el rostro de Hope expresaba un ruego silencioso de perdón y un profundo dolor.

Tru le dio la espalda, incapaz de mirarla. Siempre había creído que todo era posible en el amor, que todos los obstáculos podían superarse. Una verdad que daba por supuesta casi todo el mundo. Mientras luchaba contra lo implacable de las palabras de Hope, ella le rodeó con sus brazos.

—Me odio a mí misma —dijo llorando, con voz quebrada—. Esa parte de mí que necesita tener un bebé. Ojalá pudiera imaginar una vida sin hijos, pero no puedo. Sé que podríamos adoptar y que, hoy en día, la tecnología médica es increíble, pero... —Movió la cabeza de un lado a otro y soltó un largo suspiro—. No sería lo mismo. Odio que sea mi verdad, pero lo es.

Durante un buen rato, ninguno de los dos habló. Ambos miraban fijamente las olas. Al final, Hope dijo con voz ronca:

—No quiero tener que pensar algún día que renuncié a mi sueño por ti. En ningún caso quiero tener una razón para estar resentida contigo... La sola idea me aterra. —Volvió a sacudir la cabeza—. Sé que suena egoísta... y que te estoy haciendo mucho daño. Pero, por favor, no me pidas que me vaya contigo, porque lo haría.

Tru le tomó una mano y se la llevó a los labios para besarla.

—No eres egoísta —dijo.

—Pero me desprecias.

—Nunca.

Tru la atrajo hacia sí entre sus brazos.

—Siempre te querré. No hay nada que puedas hacer o decir para impedirlo.

Hope negó con la cabeza, intentando contener las lágrimas sin éxito.

—Hay algo más —dijo, con la voz rota al empezar a llorar con más intensidad—. Algo que todavía no te he dicho.

Tru se preparó en su interior para lo que, de algún modo, ya sabía que iba a decir.

—Josh me pidió que me casara con él —dijo Hope—. Me dijo que está preparado para tener una familia.

Tru no dijo nada. En vez de hablar, se desplomó en los brazos de Hope, sintiéndose mareado, como si sus miembros se hubieran tornado de plomo. Aunque deseaba consolarla, sentía un entumecimiento que se extendía por todo su ser.

—Lo siento, Tru —dijo—. No sabía cómo decírtelo anoche. Todavía no le dado ninguna respuesta. Quiero que lo sepas... y que comprendas que no tenía ni idea de que me lo fuera a pedir.

141

Tru tragó saliva, intentando mantener sus propias emociones bajo control.

—¿Acaso importa realmente que no lo esperaras?

—No lo sé —respondió ella—. Ahora mismo, me parece que no entiendo nada. Solo sé que no quería que esto acabara así. Nunca quise hacerte daño.

Tru comenzó a sentir un dolor físico fluyendo por su cuerpo, empezando por el pecho y extendiéndose hasta notar los latidos en la punta de los dedos.

—No puedo obligarte a quedarte conmigo —susurró—. Por mucho que lo desee, no puedo. Tampoco lo intentaré, aunque eso signifique no volver a verte. Pero me gustaría pedirte algo.

—Lo que sea —murmuró Hope.

Tru tragó saliva.

—¿Intentarás recordarme?

Ella hizo un ruido ahogado, y él comprendió que no podía hablar. En su lugar, apretó los labios y asintió. Tru la abrazó con más fuerza y percibió que el cuerpo de la chica se desmoronaba sobre el suyo, como si le fallaran las piernas. Cuando empezó a sollozar, Tru sintió que se derrumbaba. Más allá, las olas seguían rompiendo a su ritmo, indiferentes ante el hecho de que el mundo se hubiera detenido entre Tru y Hope.

Él la quería a ella y solo ella, para siempre. Pero ese amor no era posible. Ya no. A pesar del amor que sentían el uno por el otro, Tru ya sabía cuál sería la respuesta que Hope le daría a Josh.

Una vez en la casa, Hope sacó de la nevera los alimentos que pudieran estropearse y los tiró a la basura. Cuando fue a ducharse, Tru sacó la bolsa a los contenedores. La cabeza le daba vueltas. Para cuando volvió a la cocina, oyó el agua de la ducha en el cuarto de baño. Rebuscó en los cajones hasta encontrar papel y bolígrafo. Devastado, intentó poner en orden sus sentimientos y escribirlos en aquel folio. Había tantas cosas que quería decir.

Cuando acabó, regresó a la casa de su padre y cogió dos de sus dibujos, que puso, junto a la carta, en la guantera del coche de Hope, consciente de que cuando los descubriera, su tiempo juntos sería historia.

Cuando Hope por fin salió, ya cargaba con la maleta. Vestida con vaqueros, una blusa blanca y las sandalias que había comprado un par de días antes, estaba desgarradoramente hermosa. Tru estaba de nuevo sentado a la mesa. Tras apagar todas las luces, Hope fue a sentarse en su regazo. Le rodeó con sus brazos y se quedaron abrazados durante un buen rato. Solo eso. Cuando ella se separó de él, tenía una expresión derrotada.

—Debería irme —dijo por fin.

—Lo sé —susurró Tru.

Se puso en pie y, tras atar a Scottie con la correa, se dirigió lentamente a la puerta.

Había llegado el momento. Tru le llevó la maleta, junto con la caja de recuerdos que había seleccionado aquella semana. La siguió hasta la puerta principal. Se detuvo a su lado mientras cerraba con llave, inhalando el aroma de flores silvestres del champú que solía usar.

Introdujo el equipaje en el maletero mientras ella colocaba a Scottie en la parte trasera del coche. Después de cerrar la puerta, se acercó a él lentamente. Tru volvió a abrazarla; ninguno de los dos era capaz de hablar. Cuando Hope por fin se separó de él, Tru intentó forzar una sonrisa, aunque se estuviera rompiendo por dentro.

—Si alguna vez quieres hacer un safari, dímelo. Puedo recomendarte algún *lodge*. No tiene por qué ser en Zimbabue. Tengo contactos en toda la región. Siempre podrás localizarme en el *lodge* de Hwange.

—De acuerdo —respondió ella con voz temblorosa.

—Y si simplemente quieres hablar conmigo o que nos veamos, me las arreglaré para que sea posible. Los aviones hacen del mundo un lugar mucho más pequeño. Si me necesitas, vendré. ¿De acuerdo?

Hope asintió, incapaz de mirarle mientras se colocaba el bolso al hombro. Tru quería rogarle que fuera con él; quería decirle que un amor como el suyo no podría repetirse. Sentía las palabras formándose en su interior, pero no pudo pronunciarlas.

Tru la besó suavemente una última vez. Luego le abrió la puerta. Cuando ella ya estaba tras el volante, Tru volvió a cerrarla. Le pareció que aquel sonido era el de sus esperanzas y sueños haciéndose añicos. El motor se encendió y Hope bajó la ventanilla.

Ella alargó el brazo para tomarle de la mano.

—Nunca te olvidaré —dijo.

Y entonces, de repente, liberó la mano de Tru, puso la marcha atrás y empezó la maniobra para salir de la entrada.

Él miró el coche como si estuviera en trance.

Un rayo de luz atravesó las nubes, iluminando el automóvil como un foco cuando este por fin empezó a avanzar..., a alejarse de él. Hope no miró atrás. Él todavía siguió el coche, adentrándose en la calzada.

143

Para entonces, el coche ya se estaba haciendo pequeño en la distancia. Debía de estar a unos cincuenta metros y se alejaba cada vez más; ya no podía ver su imagen a través del cristal trasero, pero Tru seguía mirando. Se sintió vacío, como un cascarón.

Las luces de freno se encendieron un instante, y después, de repente, permanecieron encendidas. El coche se detuvo. Tru vio que la puerta del conductor se abría. Hope salió y se volvió para mirarle. Parecía estar tan lejos. Cuando ella le lanzó un último beso al aire, cargado de ternura, él no consiguió devolverle el gesto. Ella esperó un momento. Luego volvió al coche y cerró la puerta tras ella. Y el coche siguió su camino.

—Vuelve a mí —susurró él, todavía observando el coche cuando llegó al desvío que conducía a la carretera principal de la isla.

Pero Hope no le oyó. El coche redujo la marcha, pero no se detuvo. Incapaz de seguir mirando, Tru se inclinó hacia delante y apoyó las manos en las rodillas. Bajo sus pies, se veían las lágrimas en el asfalto. Eran como machas de tinta.

Cuando volvió a alzar la vista, el coche había desaparecido del todo. La carretera estaba desierta.

144

El día después

$\mathcal{H}$ope nunca conseguiría recordar el trayecto de vuelta a Raleigh. Ni tampoco recordaría gran cosa del almuerzo con Josh aquel domingo por la tarde. Desde la boda había intentado ponerse en contacto con ella por teléfono en varias ocasiones, dejando mensajes en el contestador en los que le suplicaba un encuentro. Ella aceptó a regañadientes encontrarse con él en un café de la ciudad, pero mientras Josh le hablaba, sentado frente a ella a la mesa, solo podía pensar en Tru, de pie en la carretera, mientras la veía partir. De repente, le dijo a Josh que necesitaba algunos días para pensar y se fue del restaurante antes de que llegara la comida, percibiendo la mirada atónita de Josh mientras se alejaba a toda prisa.

Josh se presentó en su apartamento pocas horas después. Hablaron en el umbral de la puerta. Volvió a disculparse, y Hope consiguió disimular su confusión. Tras acordar que se verían el jueves, cerró la puerta y se apoyó en ella, completamente agotada. Se tumbó en el sofá de la salita con la intención de echar una siesta, pero durmió hasta la mañana siguiente. Lo primero que pensó al despertarse fue que Tru ya estaría de camino a Zimbabue: con cada minuto que pasaba, aumentaba el abismo entre ellos.

Solo podía intentar concentrarse en eso para funcionar en el trabajo. Actuaba como si hubiera puesto el piloto automático. Con excepción de una adolescente que había sufrido un terrible accidente de tráfico, no recordaba a ninguno de los pacientes. Si las otras enfermeras percibieron su desconexión, no lo evidenciaron.

El miércoles había planeado visitar a sus padres después del trabajo. Su madre le había dejado un mensaje en el contestador hacía un par de días para decirle que haría un estofado, y Hope decidió comprar un pastel de arándanos en una pastelería que quedaba de camino. Se encontró con que solo aceptaban efectivo. Debido al aturdimiento en el que se hallaba inmersa en los últimos días, había olvidado ir al banco. Recordó que siempre tenía algo de dinero en la guantera por si acaso, así que volvió al coche y abrió el compartimento. Rebuscando entre su contenido, parte de él cayó al suelo; cuando empezó a recogerlo, reconoció el dibujo que le había hecho Tru.

Al descubrirlo en el coche, se quedó sin aliento. Debía de haberlo dejado en la guantera la misma mañana en que se fue. Se quedó mirando fijamente la imagen y empezaron a temblarle las manos, antes de acordarse de que todavía tenía que pagar el pastel. Dejó el dibujo cuidadosamente sobre el asiento del copiloto y volvió a la tienda.

De regreso en el coche, no lo puso en marcha. En lugar de eso, volvió a admirar el dibujo. Examinó su propia imagen y reconoció a una mujer perdidamente enamorada del hombre que la había dibujado. Deseó intensamente volver a estar entre los brazos de Tru, aunque solo fuera una última vez. Quería respirar su olor, sentir la aspereza de su barba incipiente, mirar el rostro del hombre que la comprendía de forma intuitiva como nadie antes lo había hecho. Quería estar con el hombre que le había robado el corazón.

Al dejarlo sobre su regazo, vio otro papel de dibujo en la guantera, cuidadosamente doblado; sobre el papel había un sobre con su nombre. Hope cogió ambas cosas con manos temblorosas.

Lo primero que hizo fue mirar el dibujo: estaban los dos de pie, en la playa, de perfil, mirándose. Se quedó sin respiración. Apenas se dio cuenta de que un coche había aparcado al lado del suyo, con la radio a todo volumen. Examinó la imagen de Tru, desbordada por la nostalgia. Entonces se obligó a dejar de mirarlo.

Notaba el peso del sobre en las manos. No quería abrirlo, no allí. Debería esperar hasta más tarde, cuando hubiera regresado a su apartamento, cuando estuviera sola.

Pero aquel mensaje estaba reclamando su atención. Abrió el sobre, sacó la carta y empezó a leer.

> Querida Hope:
>
> No estoy seguro de quieras leer esto, pero, en mi confusión, me agarro a un clavo ardiendo. Junto con la carta, habrás encontrado dos dibujos. Seguramente ya los has visto. Puede que reconozcas el primero. Hice el segundo mientras estabas en el ensayo del banquete y el día de la boda. Tengo la intuición de que querré hacer más dibujos de ti cuando vuelva a casa, pero me gustaría quedármelos, si te parece bien. Si no, házmelo saber. Te

los enviaré o me desharé de ellos, y no empezaré ningún otro. Espero que creas que soy, y siempre seré, alguien en quien puedes confiar.

Quiero que sepas que, aunque la idea de vivir sin ti me resulta insoportable, comprendo tus motivos. Vi tu expresión radiante cuando hablabas de tener hijos, y nunca podré olvidarla. Sé cuánto sufrimiento ha supuesto para ti tener que elegir. Para mí, ha sido demoledor, pero no puedo encontrar en mi corazón ninguna razón para culparte de ello. Después de todo, tengo un hijo, y no puedo imaginarme mi vida sin él.

Cuando te vayas, supongo que daré un paseo por la playa, como he hecho cada día desde que llegué, pero nada será igual. Porque, en cada paso, estaré pensando en ti. Te sentiré caminando a mi lado, dentro de mí. Ya formas parte de mi vida, después de todo, y sé a ciencia cierta que eso nunca cambiará.

Nunca pensé que podría sentirme así. ¿Cómo hubiera podido? Durante casi toda mi vida, y con excepción de mi hijo, siempre he sentido que mi destino era estar solo. No quiero decir que haya vivido como un ermitaño, porque no ha sido así, y ya sabes que mi trabajo requiere cierto nivel de sociabilidad. Pero nunca me había sentido incompleto sin alguien a mi lado en la cama; nunca sentí que solo fuera la mitad de algo mejor. Hasta que apareciste tú. Y cuando sucedió, comprendí que me había estado engañando a mí mismo y que, en realidad, te había estado echando de menos todos estos largos años.

147

No sé qué implicara todo esto en mi futuro. Pero sí sé que no puedo seguir siendo la persona que era antes, puesto que eso ya no es posible. No soy tan ingenuo como para creer que el recuerdo bastará. En momentos de calma, puede que acuda al dibujo para intentar capturar lo que queda. Espero que no me niegues esa posibilidad.

Desearía que las cosas hubieran sido distintas para nosotros, pero parece ser que el destino tiene otros planes. Sin embargo, has de saber esto: el amor que siento por ti es auténtico, y toda la tristeza que ahora se suma a él es un precio que pagaría mil veces. Porque conocerte y amarte, aunque fuera por poco tiempo, ha dado a mi vida un nuevo significado, y sé que será así para siempre.

No te pido que sientas lo mismo. Soy consciente de lo que te depara el futuro, una nueva vida en la que no hay sitio para una tercera persona. Lo acepto. El filósofo chino Lao-Tzu dijo que ser amado intensamente confiere fortaleza, pero amar a alguien intensamente otorga valor. Ahora comprendo qué quería decir. Gracias a tu aparición en mi vida, ahora puedo hacer frente a los años por venir con una clase de valor que nunca supe que tenía. Amarte me ha hecho más persona de lo que era.

Sabes dónde estoy y estaré, si quieres ponerte en contacto conmigo. Puede que tarde en contestar; como te comenté, el mundo se mueve a un ritmo más lento en la sabana. Y algunas cartas nunca llegan a su destino. Pero creo de veras que tú y yo hemos compartido algo tan especial que, si deseas contactarme, el universo me lo hará saber. Después de todo, gracias a ti, ahora creo en milagros. Y quiero creer que todo será siempre posible entre nosotros.

Con amor,

TRU

Hope releyó la carta y volvió a leerla una vez más antes de devolverla al sobre. Se imaginó a Tru escribiéndola sentado en la cocina. Deseaba incluso leerla de nuevo, pero tal vez no sería capaz de ir a casa de sus padres si lo hacía.

Guardó los dibujos y la carta en la guantera, pero no arrancó de inmediato. Se reclinó en el reposacabezas, intentando dominar sus emociones. Finalmente, tras lo que se le antojó una eternidad, se obligó a ponerse en marcha.

Le temblaban las piernas cuando entró por la puerta de casa de sus padres. Forzó una sonrisa mientras entraba y veía cómo su padre se esforzaba por levantarse de la butaca para saludarla. El aroma procedente de la cocina llenaba la casa, pero Hope no tenía apetito.

Ya en la mesa, compartió con sus padres algunas anécdotas de la boda. Cuando le preguntaron por el resto de la semana, no mencionó a Tru. Tampoco les contó que Josh le había pedido que se casara con él.

Después del postre, se retiró al porche delantero, con la excusa de que necesitaba un poco de aire fresco.

Para entonces, el cielo estaba lleno de estrellas. Cuando escuchó el chirrido de la puerta al abrirse, vio la silueta de su padre recortada por la luz de la cocina. Le sonrió y posó la mano en su hombro al acercarse lentamente hasta la silla vacía que había a su lado. Traía consigo una taza de café descafeinado; tras acomodarse, dio un sorbo.

—Tu madre sigue haciendo el mejor estofado que he probado nunca.

—Estaba muy bueno —confirmó Hope.

—¿Te encuentras bien? Estabas muy callada durante la cena.

Ella se acomodó sentándose sobre una pierna.

—Sí. Supongo que todavía me estoy recuperando del fin de semana.

El padre de Hope dejó la taza sobre la mesa. En una esquina había una polilla bailando alrededor de la luz; los grillos habían comenzado a entonar su canto nocturno.

—He oído que Josh fue a la boda. —Cuando Hope se giró hacia su padre, él se encogió de hombros—. Me lo ha dicho tu madre.

—¿Cómo se ha enterado?

—No lo sé —respondió—. Supongo que alguien se lo ha contado.

—Sí —contestó Hope—, estuvo allí.

—¿Habéis hablado?

—Un poco —respondió. Hasta la semana anterior, nunca habría imaginado que guardaría en secreto la propuesta de matrimonio ante su padre, pero, en el ambiente bochornoso y oprimente de aquella noche de septiembre, no pudo articular las palabras. Simplemente dijo—: Cenaremos juntos mañana por la noche.

Su padre alzó la vista hacia Hope; con su dulce mirada, parecía querer leer su mente.

—Espero que vaya bien —comentó—. Sea lo que sea.

—Yo también.

—En mi opinión, debería darte alguna explicación.

—Lo sé —respondió ella.

Oyó las campanadas del carillón del abuelo en el interior de la casa. Ese mismo día había cogido un atlas polvoriento de la estantería para calcular la diferencia horaria con Zimbabue. Contó las horas que había que sumar: allí debía de ser de madrugada. Supuso que Tru estaría en Bulawayo con Andrew. Se preguntó que habrían planeado para el día siguiente. ¿Llevaría a Andrew a la sabana a ver animales, o se dedicarían a darle patadas a un balón? ¿O simplemente darían un paseo? Pensó si Tru todavía pensaría en ella, igual que ella no podía dejar de pensar en él. En el silencio, las palabras de la carta intentaban abrirse paso hacia el exterior.

Hope sabía que su padre estaba esperando que dijera algo. En el pasado, siempre que tenía problemas o había algo que la preocupaba, había acudido a él. Su forma de escuchar siempre la reconfortaba. Era empático por naturaleza. Casi nunca daba consejos, sino que le preguntaba que pensaba hacer, animándola de forma tácita a confiar en su propio juicio e instinto.

Pero ahora, tras leer las palabras de Tru, no podía evitar pensar que había cometido un terrible error. Allí, sentada junto a su padre, la última mañana con Tru empezó a desplegarse en su mente en cámara lenta. Recordó su imagen al salir a la terraza, la sensación de su mano en la suya mientras paseaban por la playa. Y la expresión afligida en su rostro cuando le habló de la propuesta de Josh.

149

Sin embargo, no eran esos los recuerdos más lacerantes. Pensó en cómo Tru le había pedido que le acompañara a Zimbabue. Y lo vio doblado sobre sí mismo cuando ella tomó la última curva, alejándose de una posible vida juntos.

Sabía que todavía podía cambiar las cosas. No era demasiado tarde. Podía reservar un vuelo a Zimbabue mañana mismo para estar con él; le diría que ahora sabía que estaban destinados a envejecer juntos. Harían el amor en un escenario distinto. Ella se convertiría en alguien nuevo, con una vida con la que hasta ahora solo había fantaseado.

Quería decirle todo aquello a su padre. Contárselo todo. Quería que él le dijera que lo que más le importaba era su felicidad, pero, antes de que ella pudiera decir nada, notó un soplo de brisa y, de repente, se imaginó a Tru sentado a su lado en Kindred Spirit, con su grueso pelo despeinado por el viento.

Había hecho bien, ¿no?

¿Acaso no había hecho bien?

Seguía oyéndose el canto de los grillos. La noche se había abierto paso, cargada con un ambiente casi asfixiante. La luz de la luna se entretejía en las ramas de los árboles. Un coche pasó por la calle con las ventanillas bajadas y con música sonando en la radio. Recordó el programa de *jazz* que sonaba cuando Tru la abrazaba en la cocina.

—Aunque sé que hubo tormentas casi toda la semana, se me olvidó preguntarte si conseguiste ir a Kindred Spirit —dijo por fin su padre.

Al oír aquello, la presa que contenía sus emociones se resquebrajó. Hope ahogó un grito y empezó a sollozar.

—¿Qué he dicho? —preguntó su padre, presa del pánico. Pero ella apenas podía oírle—. ¿Qué pasa? Cuéntame, tesoro...

Hope sacudió la cabeza de un lado a otro, incapaz de responder. En medio de su confusión, notó que su padre le posaba la mano sobre su rodilla. No necesitaba abrir los ojos para saber que la estaba mirando alarmado de preocupación. Pero ella solo podía pensar en Tru. No podía hacer nada por contener sus lágrimas.

Parte II

Los granos del reloj de arena

Octubre de 2014

«Los recuerdos son una puerta al pasado; cuanto más se valoran, más se abre esa puerta.» Era una frase que el padre de Hope solía decir, y como sucedía con muchas otras cosas que le había dicho, con el paso del tiempo ella sentía que la sabiduría encerrada en sus palabras era cada vez mayor.

Sin embargo, el tiempo tenía la virtud de tergiversarlo todo, pensó. Cuando reflexionaba sobre su vida, le parecía imposible que hubiera pasado casi un cuarto de siglo desde aquellos días en Sunset Beach. Habían sucedido tantas cosas desde entonces… Y con frecuencia se sentía como si se hubiera convertido en una persona completamente distinta a la Hope del pasado.

Ahora estaba sola. Era la última hora de la tarde. El frío en el ambiente anunciaba la llegada del invierno. Estaba sentada en el porche trasero de su casa en Raleigh, Carolina del Norte. La luz de la luna arrojaba un resplandor fantasmagórico sobre el césped y confería un tono plateado a las hojas que se movían con la brisa. El susurro de las hojas se le antojaba como si voces del pasado estuvieran llamándola, algo que solía pasarle a menudo en aquella época. Pensó en sus hijos y, mientras se balanceaba en la mecedora, los recuerdos se entremezclaban como un caleidoscopio de imágenes. En la oscuridad, recordó la emoción que sintió al cogerlos por primera vez en brazos tras a dar a luz en el hospital; sonrió con la imagen de sus niños pequeños corriendo desnudos por el pasillo después del baño. Se acordó de sus sonrisas desdentadas cuando se cayeron los dientes de leche, y revivió la mezcla de orgullo y preocupación que había sentido cuando pasaron por la adolescencia. Eran buenos chicos. Estupendos. Para su sorpresa, se dio cuenta de que incluso podía pensar en Josh con afecto, algo que en su momento le había parecido imposible. Se habían divorciado hacía ocho años, pero, a sus sesenta, a Hope le gustaba pensar que había llegado a un punto en el que perdonar no era tan difícil.

Jacob había venido de visita el viernes por la noche, y Rachel le trajo rosquillas para desayunar el domingo por la mañana. Ninguno de los dos se había sorprendido cuando Hope les dijo que volvería a alquilar una casa en la costa, igual que el año anterior. Su falta de interés no le llamaba la atención. Al igual que muchos jóvenes, estaban demasiado absortos en sus propias vidas. Rachel se había licenciado en mayo, Jacob el año anterior, y ambos habían encontrado trabajo antes incluso de conseguir sus diplomas. Jacob se encargaba de la publicidad en una emisora de radio local, y Rachel trabajaba en una empresa de *marketing* por Internet. Cada uno vivía en su propio apartamento y pagaba sus propias facturas, algo que Hope reconocía como una especie de rareza en los tiempos que corrían. La mayoría de sus amigos habían vuelto a vivir con sus padres después de la universidad; para sus adentros, consideraba la independencia de sus hijos aún más valiosa que sus diplomas.

Antes de hacer la maleta ese mismo día, Hope había ido a la peluquería. Desde que se jubiló hacía un par de años, iba a un suntuoso salón de belleza cercano a unos grandes almacenes de lujo. Era su único capricho en esos tiempos. Había conocido a algunas de las mujeres que acudían allí de forma habitual, y cuando se sentaba en la silla, escuchaba las conversaciones sobre maridos, sobre niños o acerca de las vacaciones de verano. Para Hope, la espontaneidad de la conversación era como un bálsamo; mientras estaba allí, aquel día se sorprendió pensando en sus padres.

Se habían ido hacía mucho tiempo. Su padre murió de esclerosis lateral amitrófica hacía dieciocho años; su madre le había sobrevivido cuatro tristes años más. Todavía los echaba de menos, pero la pena de su pérdida, mitigada por los años, se había transformado en algo más fácil de gestionar: un dolor sordo que solo la asaltaba cuando se sentía especialmente deprimida.

Cuando salió del salón de belleza, Hope se fijó en los BMW y Mercedes, así como en las mujeres que salían del gran almacén cargadas con voluminosas bolsas. Se preguntó si sus compras eran realmente necesarias o si se trataba de un tipo de adicción, la atracción de los objetos dispuestos en los estantes, que ofrecían un momentáneo respiro de su ansiedad o depresión. Hubo un tiempo en su vida en el que ella también había ido de compras por las mismas razones, pero esos días habían quedado atrás hacía tiempo. No pudo evitar pensar cuánto había cambiado el mundo en las últimas décadas. La gente parecía más materialista, más preocupada por mantener el estatus social, pero Hope había aprendido que una vida plena y con sentido casi nunca tenía nada que ver con el consumismo, sino con las experiencias y las relaciones; con la salud y la familia, con amar a alguien y ser correspondido. Había hecho todo lo posible para inculcar esos conceptos a sus hijos, pero ¿cómo saber si lo había conseguido?

En aquellos días, las respuestas se negaban a llegar. Últimamente se había sorprendido preguntándose el porqué de muchas cosas. Aunque alguna gente afirmara conocer todas las respuestas (había programas de televisión plagados de semejantes expertos), Hope era bastante escéptica. Había una pregunta sencilla que sí le gustaría que le respondieran: «¿Por qué el amor parece exigir siempre un sacrificio?».

No lo sabía. Solo sabía lo que había observado en su matrimonio, como madre y como hija de un hombre condenado a apagarse lentamente. Pero, por mucho que analizara la cuestión, no podía identificar el porqué. ¿Era el sacrificio un componente necesario del amor? ¿Acaso ambos eran conceptos sinónimos? ¿Era el primero prueba del segundo, y viceversa? No quería pensar que el amor implicaba pagar un precio intrínseco, que exigía decepción, pena o ansiedad, pero a veces no podía evitarlo.

A pesar de los acontecimientos imprevisibles de su vida, Hope no era infeliz. Comprendía que la vida no era fácil para nadie. Se sentía satisfecha de haber hecho lo mejor que pudo con ella. Y, sin embargo, como todo el mundo, se lamentaba de algunas cosas. En el último par de años, había pensado en ellas con más frecuencia. La asaltaban por sorpresa, y a menudo en los momentos más inesperados: mientras dejaba algunas monedas en el cepillo de la iglesia, por ejemplo, o al barrer restos de azúcar que habían caído al suelo. Entonces se encontraba repasando momentos que desearía poder cambiar, discusiones que debería haber evitado, disculpas no pronunciadas. Parte de ella deseaba poder dar marcha atrás al reloj y tomar otras decisiones, pero, si era sincera consigo misma, tenía que cuestionarse qué habría cambiado realmente. Era inevitable cometer errores y había llegado a la conclusión de que las cosas de las que uno se lamenta podían verse como importantes lecciones de la vida, siempre que se estuviera dispuesto a aprender. Y, en ese sentido, se daba cuenta de que su padre solo tenía razón a medias en cuanto a los recuerdos. Después de todo, no eran solo puertas hacia el

155

pasado. Quería creer que también podían ser la clave hacia un nuevo y distinto futuro.

Hope se estremeció cuando una ráfaga de aire frío recorrió el porche. Era momento de volver adentro.

Había vivido en aquella casa durante más de dos décadas. La habían comprado poco después de casarse. Mientras aspiraba su olor familiar, pensó de nuevo cuánto le había gustado siempre ese lugar. Era una casa de estilo georgiano, con grandes columnas en la fachada y paneles de madera en la mayoría de las habitaciones de la planta principal. No obstante, probablemente había llegado el momento de vender. Era demasiado grande para ella sola; mantener todas las habitaciones limpias era un arduo trabajo, además de fútil. Las escaleras también se estaban convirtiendo en todo un desafío, pero cuando Hope había comentado la idea de vender la casa, Jacob y Rachel se habían opuesto a renunciar al hogar de su infancia.

Se vendiera o no, daba mucho trabajo. Los suelos de madera noble presentaban marcas y arañazos; en el comedor, el papel pintado estaba descolorido y había que cambiarlo. La cocina y los baños seguían siendo funcionales, pero estaban pasados de moda y necesitaban reformas. Había mucho por hacer. Y Hope se preguntaba cuándo lo haría, o si estaría dispuesta a hacerlo.

156

Avanzó por el interior de la casa, apagando las luces. Le costó accionar algunos de los interruptores de las lámparas y tardó más de lo que pensaba. Después cerró la puerta principal y fue hacia el dormitorio.

La maleta estaba al lado de la puerta, cerca de la caja de madera que había rescatado del desván. Al verla, pensó en Tru, aunque en realidad nunca había dejado de pensar en él. Ahora debía de tener sesenta y seis años. Se preguntó si se habría jubilado, o si seguiría viviendo en Zimbabue; quizás se había mudado a Europa, o Australia, o algún lugar aún más exótico. Conjeturó con que tal vez viviría cerca de Andrew, y quizá ya sería abuelo. Se preguntó si se habría vuelto a casar, pensó en las personas con las que habría salido o en si se acordaría de ella. Incluso se preguntó si todavía estaría vivo. Le gustaba pensar que, de haber dejado este mundo, ella lo habría sabido de forma intuitiva; que estaban unidos de algún modo. Pero sabía que se estaba haciendo ilusiones. Casi siempre acababa pensando en las últimas palabras de su carta, si podrían ser ciertas, si para ellos todo sería posible siempre.

Soltó un suspiro y se puso el pijama que Rachel le había regalado por Navidad. Era caliente y de tacto agradable, exactamente lo que Hope necesitaba en ese momento. Se metió en la cama y colocó bien la colcha, con la esperanza de poder dormir bien, algo que últimamente echaba en falta.

El año pasado en la playa había pasado una noche en vela pensando en Tru. Había deseado que volviera a ella, reviviendo los días que pasaron juntos con una vívida intensidad. Recordó su encuentro en la playa y el café que compartieron la primera mañana; reprodujo en su mente por enésima vez la cena en Clancy's y el paseo de regreso a la casa. Sintió su mirada mientras tomaban vino en el porche, así como el sonido de su voz mientras leía aquella carta en el banco de Kindred Spirit. Más que nada, se acordaba de la forma tierna y sensual en que hicieron el amor; de la intensidad de la expresión de su rostro y de las palabras que le susurraba.

Se maravilló ante la sensación de inmediatez que todo aquello seguía teniendo: el peso tangible de los sentimientos de Tru hacia ella; incluso aquella culpa implacable. Algo se había quebrado en su interior aquella última mañana, pero quería creer que, entre los pedazos, había algo más fuerte que había arraigado en ella. En el tiempo que siguió, cuando la vida le resultaba insoportablemente complicada, pensaba en Tru y se recordaba a sí misma que, si algún día llegaba al límite en el que necesitaba su ayuda, él acudiría. Se lo había dicho aquella última mañana juntos, y esa promesa le bastaba para seguir adelante.

Esa noche en la playa, cuando el sueño se resistía a llegar, intentó reescribir la historia, en una versión que le hiciera sentir en paz. Se imaginaba dando media vuelta en su coche y apresurándose para volver a él; sentada en una mesa frente a Josh, contándole que había conocido a otra persona. En su mente surgían imágenes fantasiosas de su reencuentro en el aeropuerto, en las que ella habría ido a recoger a Tru cuando volviera de Zimbabue; en su imaginación, se abrazaban cerca de la zona de recogida de equipajes y se besaban en medio de la muchedumbre. Tru la rodeaba con un brazo mientras iban hacia el coche; podía ver la forma natural de arrojar el petate en el maletero como si hubiera pasado de verdad. Se imaginaba a los dos haciendo el amor en el apartamento que solía ser su casa, hacía tantos años.

Pero, después de eso, su visión se enturbiaba. No podía visualizar la casa que habrían elegido; cuando se imaginaba a ambos en la cocina, era en la casita que sus padres vendieron hacía tiempo, o en la que ha-

157

bía comprado con Josh. No podía imaginarse qué habría hecho Tru para ganarse la vida; cuando lo intentaba, le veía volviendo a casa al final del día vestido con la misma ropa que llevaba la semana que se conocieron, como si regresara de una excursión en coche por la sabana. Sabía que volvía regularmente a Bulawayo para ver a Andrew, pero no tenía un marco de referencia para evocar su casa, ni siquiera el barrio en el que vivía. Y, en todo caso, Andrew siempre tenía diez años, con los rasgos congelados en el tiempo, igual que Tru seguía teniendo cuarenta y dos.

Curiosamente, cuando dejaba volar su fantasía imaginando una vida con Tru, Jacob y Rachel siempre estaban presentes. Si Tru y ella estaban sentados comiendo a la mesa, Jacob se negaba a compartir las patatas fritas con su hermana; si Tru estaba dibujando en el porche de sus padres, Rachel pintaba con los dedos en la mesa de pícnic. En el auditorio de la escuela, Tru se sentaba a su lado mientras Jacob y Rachel cantaban en el coro; en Halloween, ambos perseguían a los niños, disfrazados de Woody y Jessie, de *Toy Story 2*. Siempre, siempre, sus hijos aparecían en la vida que imaginaba con Tru, y aunque le molestaba la intrusión, Josh también estaba por allí. Jacob se parecía mucho a su padre, y Rachel había crecido pensando que algún día sería médica.

Finalmente, Hope se había levantado de la cama. Hacía frío en la playa. Se puso una chaqueta, sacó la carta que Tru le había escrito hacía tanto tiempo y se sentó en el porche trasero. Le hubiera gustado leerla, pero fue incapaz de reunir la suficiente fuerza de voluntad. Se quedó mirando fijamente la oscuridad del océano, aferrando aquel sobre tan deteriorado, abrumada por una oleada de soledad.

Pensó para sí misma que estaba sola en la playa, lejos de todo lo que conocía. Solo Tru estaba con ella; excepto por el hecho de que, en realidad, nunca estaba.

Hope había regresado de su semana en la playa el año anterior con una mezcla de esperanza y temor. Esta vez sería distinto, se dijo a sí misma. Había decidido que sería su último viaje allí. Por la mañana, tras colocar la caja en el asiento trasero, hizo rodar su maleta hasta el maletero del coche con paso decidido. El vecino, Ben, estaba rastrillando el césped, y acudió para ayudarla a ponerla en el maletero. Hope le estaba agradecida. A su edad era más fácil lesionarse, y a menudo la recuperación era lenta. El año pasado había resbalado en la cocina, y aunque no se había caído, evitar el golpe le había costado un hombro dolorido durante semanas.

Hizo un repaso mental a la lista de cosas que debía comprobar antes de entrar en el coche: puertas cerradas, luces apagadas, cubos de basura en la acera, y Ben recogería el correo y los periódicos. Tardaría poco menos de tres horas en llegar, pero no tenía prisa. Después de todo, lo que importaba era estar allí al día siguiente. Solo de pensar en ello se puso nerviosa.

Afortunadamente, el tráfico fue fluido durante casi todo el trayecto. Conducía pasando por campos y pueblos, con una velocidad constante hasta llegar a las afueras de Wilmington, donde se detuvo a comer en un pequeño restaurante que recordaba del año anterior. Después fue a una tienda de comestibles para aprovisionar la nevera, paró en la agencia de alquileres para recoger las llaves y se dispuso a recorrer el tramo final de su viaje. Llegó hasta el cruce donde debía desviarse y tuvo que girar por unas cuantas calles más hasta llegar al aparcamiento de la casa.

Esta se parecía a la que habían tenido sus padres, con la pintura descolorida, escalones que conducían hasta la puerta principal y un porche delantero un tanto deteriorado. Al verla sintió una gran nostalgia por la vieja casa familiar. Tal como había supuesto, los nuevos propietarios no habían tardado en derribarla y construir una nueva, más grande, similar a aquella en la se alojó Tru hacía ya tantos años.

Desde entonces, casi nunca había vuelto a Sunset Beach: ya no sentía que fuera su hogar. Como muchos de los pueblos que jalonaban la costa, había cambiado con el paso del tiempo. El puente sobre pontones había sido sustituido por otro más moderno, las nuevas casas eran normalmente de mayor tamaño, y Clancy's también había desparecido; el viejo restaurante había aguantado un año o dos en el nuevo milenio. Su hermana Robin le había contado que cerraban; en un viaje a Myrtle Beach hacía diez años, había hecho con su marido un desvío para visitar la isla donde solían veranear de niñas, porque ella también sentía curiosidad por ver los cambios que había sufrido.

En aquella época, Hope prefería ir a Carolina Beach, una isla situada un poco más al norte, que además estaba más cerca de Wilmington. Había ido allí por primera vez siguiendo el consejo de su terapeuta, en diciembre de 2005, cuando los trámites de su divorcio de Josh estaban en su momento más crítico. Josh había planeado llevar a Jacob y Rachel al oeste durante una semana en las vacaciones de invierno. Ya eran jóvenes adolescentes, con bruscos cambios de humor, y la ruptura del matrimo-

159

nio de sus padres había agravado el estrés propio de la edad. Aunque Hope reconocía que aquellas vacaciones podrían resultar una beneficiosa distracción para los niños, su terapeuta le había hecho ver que pasar las vacaciones sola en casa no sería bueno para su estado mental. Le había sugerido que fuera a Carolina Beach; en invierno, dijo, la isla era un lugar tranquilo y relajante.

Hope había reservado un alojamiento sin verlo, pero la pequeña casita en la playa había resultado ser exactamente lo que necesitaba. Allí comenzó su proceso de recuperación. Allí encontró la perspectiva que necesitaba para abordar aquella nueva fase de su vida.

Sabía que no había reconciliación posible con Josh. Había llorado por su culpa durante años. A pesar de que su última aventura había sido el motivo de la ruptura, la primera seguía siendo la que provocaba recuerdos más dolorosos. En aquella época, los niños todavía no iban a la escuela y la necesitaban constantemente; además, la enfermedad de su padre había dado un giro para peor. Cuando Hope se enteró, Josh le pidió disculpas y prometió ponerle fin. Sin embargo, siguió en contacto con aquella mujer incluso cuando su padre empeoró. Hope se sintió al borde de un ataque de pánico durante meses. Fue la primera vez que consideró acabar con su matrimonio. Pero, abrumada por el caos que eso generaría, temerosa del efecto devastador que el divorcio podría tener en los niños, aguantó y se esforzó en perdonar. Sin embargo, hubo otras aventuras. Hope derramó más lágrimas y tuvieron muchas discusiones. Cuando por fin le dijo a Josh que quería el divorcio, llevaban durmiendo en habitaciones separadas desde hacía casi de un año. El día en que Josh se fue, él le dijo que estaba cometiendo el mayor error de su vida.

A pesar de sus buenas intenciones, el divorcio hizo aflorar el rencor y la amargura. Le sorprendieron sus propios sentimientos de rabia y tristeza. Josh también se mostró furioso y a la defensiva. Los acuerdos sobre la custodia habían sido bastante sencillos, pero el tema económico había sido una pesadilla. Hope había dejado el trabajo para estar en casa con los niños cuando eran pequeños, y no volvió a trabajar hasta que ambos fueron al colegio, aunque ya no como enfermera en urgencias, sino en un centro de medicina familiar a media jornada, para poder estar en casa cuando los niños volvían de la escuela. Aunque el horario era mejor, cobraba menos, y el abogado de Josh argüía enérgicamente que, puesto que Hope tenía las capacidades necesarias para tener un salario mejor, la pensión conyugal debía reducirse drásticamente. Como muchos otros hombres, su marido tampoco creía en un reparto igualitario de los bienes. A esas alturas, Josh y Hope se comunicaban básicamente a través de sus abogados.

Se sentía abatida por distintas emociones: sensación de fracaso, pérdida, ira, determinación y miedo. Pero mientras caminaba por la playa en aquellas vacaciones de Navidad, sobre todo le preocupaban los niños. Quería ser la mejor madre para ellos, pero su terapeuta le recordaba continuamente que, si no se cuidaba a sí misma en primer lugar, no podría ofrecer a sus hijos un pilar sólido donde apoyarse.

En lo más profundo de su interior, sabía que su terapeuta estaba en lo cierto, pero le parecía una blasfemia solo pensarlo. Había sido únicamente madre durante tanto tiempo que ya ni siquiera estaba segura de quién era ella de verdad. Pero en Carolina Beach había acabado aceptando el concepto de que su salud emocional era tan importante como la de sus hijos. No más importante, pero tampoco menos.

Llegó a comprender que el camino sería aún más resbaladizo si no tomaba nota de aquellos consejos. Había visto cómo algunas mujeres perdían o ganaban mucho peso al enfrentarse al divorcio; las había oído hablar de las noches de los fines de semana en las que acudían a bares y aceptaban dormir con extraños, hombres que apenas conocían. Algunas volvían a casarse rápidamente, y casi siempre resultaba un fracaso. Incluso aquellas que no habían caído en el desenfreno, a menudo desarrollaban hábitos autodestructivos. Hope tenía amigas divorciadas que habían pasado de dos copas de vino el fin de semana a tres o cuatro varias veces la semana. Una de ella se había sincerado y le había dicho que beber era la única forma de sobrevivir a su divorcio.

161

Hope no quería caer en esa trampa, y el tiempo que pasó en la playa fue revelador. Cuando volvió a Raleigh, se apuntó al gimnasio y empezó a asistir a clases de *spinning*. Añadió yoga a su rutina y preparaba comidas sanas para ella y los chicos; incluso las noches que no podía dormir, se obligaba a quedarse en la cama, respirando profundamente, intentando controlar su mente. Aprendió a meditar y puso un énfasis renovado en reavivar amistades con las que había perdido el contacto en los últimos años.

También se había prometido a sí misma evitar decir nada malo de Josh, lo cual no había resultado fácil, pero seguramente había sentado las bases de su relación posterior. En aquella época, la mayoría de sus amigos no podían entender por qué todavía le dedicaba tiempo, teniendo en cuenta todo el daño que le había hecho. Los motivos eran muy diversos, pero formaban parte de su intimidad. Cuando le preguntaban, ella simplemente decía que, por muy malo que hubiera sido como marido, siempre había sido un buen padre. Josh había pasado mucho tiempo con los niños cuando eran pequeños, llevándoles a las actividades extraescolares, por ejemplo, y luego como entrenador de sus equipos escolares, y había pasado los fines de semana con la familia, y no con los amigos. Hope había insistido en esa condición antes de aceptar casarse con él.

Eso sí, no había aceptado la propuesta de matrimonio de Josh enseguida. «Vamos a darnos un tiempo para ver cómo va todo», le había dicho. Cuando Josh ya se iba, se detuvo un momento en el umbral.

—Hay algo diferente en ti —comentó.

—Tienes razón —contestó ella—. Soy diferente.

Pasaron ocho semanas antes de que finalmente aceptara casarse con él. A diferencia de todas sus amigas, insistió en que quería una boda sencilla al cabo de un par de meses, solo con los amigos más íntimos y la familia como invitados. El banquete no fue nada lujoso, uno de sus cuñados se encargó de las fotos, y los invitados acabaron la noche bailando en una discoteca local. El breve periodo de compromiso y la discreta boda sorprendieron a Josh. No podía entender por qué no quería la clase de boda que todas sus amigas habían insistido en celebrar. Hope le dijo que no deseaba despilfarrar, pero la verdad era que sospechaba que ya estaba embarazada. En efecto, lo estaba, de Jacob. Por un breve instante, se le pasó por la cabeza la posibilidad de que Tru fuera el padre. Aunque eso era imposible. Las fechas no cuadraban. Además, Tru era estéril. En ese momento, comprendió que no tenía ningún deseo de sonreír en un romance falso de una boda de cuento de hadas. Ya que entonces, después de todo, conocía la verdadera naturaleza del romance y sabía que tenía muy poco que ver con intentar crear una fantasía. El romance real era espontáneo, impredecible. Podía ser tan simple como escuchar a un hombre leer una carta de amor encontrada en un buzón solitario, en una tarde tormentosa de septiembre.

Ya en la casa, Hope empezó a instalarse. Dejó la caja de madera sobre la mesa de la cocina, colocó la comida en su sitio, desempaquetó sus pertenencias y las dispuso en cajones para no tener que ir sacando las cosas de la maleta durante toda una semana; después envió un mensaje a sus hijos, para decirles que ya había llegado. Luego se puso una chaqueta, salió a la terraza trasera y bajó lentamente los escalones hasta la arena. Sentía la espalda y las piernas rígidas por el viaje. Le apetecía dar un paseo, pero no iría lejos. Quería guardar fuerzas para el día siguiente.

El cielo era de color cobalto, pero la brisa era fresca. Hope metió las manos en los bolsillos de la chaqueta. El aire olía a sal, un olor primitivo y fresco. Cerca de una camioneta aparcada en la orilla, vio a un hombre que estaba sentado en una tumbona flanqueada por una hilera de cañas de pescar, con las líneas sumergidas en el mar. Hope se preguntó si habría tenido suerte. Nunca había visto sacar un pez a ninguno de los pescadores que se ponían en la orilla, pero parecía ser un pasatiempo popular.

Notó el móvil vibrando en el bolsillo. Esperaba que fuera alguno de sus hijos, pero comprobó que era una llamada perdida de Josh. Volvió a dejarlo en el bolsillo. A diferencia de Jacob y Rachel, Josh se había mostrado por qué la había movido a ir a la playa. Él creía que odiaba el mar, puesto que nunca había querido hacer esa clase de vacaciones mientras estaban casados. Siempre que Josh había propuesto que alquilaran una casa en la playa, Hope sugería otras alternativas: Disneyworld, Williamsburg o acampadas en las montañas. Fueron a esquiar a West Virginia y Colorado, y pasaron algunos días en Nueva York, Yellowstone y el Gran Cañón. Con el tiempo habían comprado una cabaña cerca de Asheville, que Josh se había quedado tras el divorcio. Durante años, la idea de estar en la playa había sido demasiado dolorosa para Hope. En su mente, la playa estaría siempre vinculada a Tru.

No obstante, sí que había enviado a los chicos a campamentos de verano cerca de Myrtle Beach, y a escuelas de surf en Nags Head. Tanto Jacob como Rachel se habían aficionado al surf. Irónicamente, fue tras una de las estancias de Rachel en un campamento para aprender a surfear cuando Josh y Hope empezaron a curar las heridas de su divorcio. Estando en aquel campamento, Rachel se había quejado de que le costaba respirar y de palpitaciones en el corazón. Ya en casa, la llevaron a un cardiólogo pediatra: en un solo día, le diagnosticaron un defecto congénito que desconocían previamente y que exigía una operación a corazón abierto.

Hope y Josh no se habían hablado desde hacía casi cuatro meses, pero entonces dejaron a un lado sus diferencias en favor de su hija. Hicieron turnos para pasar la noche en el hospital con ella, y nunca alzaron la voz para discutir. El sufrimiento compartido los había unido, aunque volvieron a distanciarse en cuanto Rachel salió del hospital. Pero

163

aquello bastó para iniciar otro tipo de relación que les permitía hablar sobre sus hijos de forma cordial. Con el paso del tiempo, Josh se volvió a casar, con una mujer llamada Denise. Entonces, para sorpresa de Hope, algo parecido a una amistad empezó a surgir lentamente.

En parte tenía que ver con el matrimonio de Josh y Denise. Cuando su relación empezó a deteriorarse, Josh volvió a llamar a Hope. Ella intentaba ofrecerle su apoyo, pero, al final, el divorcio de Josh y Denise acabó siendo aún más enconado que el suyo propio.

El estrés de ambos divorcios había pasado factura a Josh, que ya no se parecía al hombre con el que se había casado. Había engordado y tenía la piel pálida y con manchas; se le había caído el pelo. Además, sus andares encorvados habían tomado el lugar de su antiguo porte atlético. En una ocasión, después de meses sin verse, Hope había tardado algunos segundos en reconocerle cuando Josh la saludó desde el otro extremo del comedor del club de campo. Ya no le parecía atractivo; en varios aspectos, le daba pena.

Poco antes de jubilarse, Josh se presentó en su casa vestido con una chaqueta deportiva y pantalones de vestir. Parecía que acababa de asearse, lo cual indicaba que no se trataba de una visita normal. Hope le señaló el sofá y se aseguró de sentarse en el lado opuesto.

Josh tardó un poco en ir al grano. Empezó con una conversación superficial, habló de sus hijos y un poco del trabajo. Le preguntó si seguía haciendo los crucigramas del *New York Times*, una costumbre que Hope adquirió poco después de que los niños empezaran el colegio, y que se había convertido paulatinamente en toda una adicción. Hope le respondió que había hecho uno hacía pocas horas. Cuando vio que Josh juntaba las manos, le preguntó qué tendría *in mente*.

—Hace unos días estaba pensando que eres la única amiga de verdad que me queda —dijo por fin—. Están los compañeros de trabajo, pero no puedo hablar con ellos como lo hago contigo.

Hope no dijo nada. Esperó.

—Somos amigos, ¿no?

—Sí —contestó—. Supongo que sí.

—Hemos pasado por muchas cosas juntos, ¿no crees?

Hope asintió.

—Sí.

—He estado pensando mucho en eso últimamente… En ti y en mí. El pasado. En cuánto tiempo hace que nos conocemos. ¿Te has dado cuenta de que nos conocimos hace más de treinta años?

—No puedo decir que haya pensado mucho en eso.

—Sí… Lo entiendo. —Aunque Josh asintió con un gesto, ella supo que le hubiera gustado otra respuesta—. Supongo que lo que intento decir es que soy consciente de que he cometido muchos errores en nuestra relación. Siento lo que hice. No sé qué se me pasaba por la cabeza entonces.

—Ya te disculpaste —respondió ella—. Además, eso es el pasado. Nos divorciamos hace mucho tiempo.

—Pero éramos felices, ¿no? Cuando estábamos casados.

—A veces —admitió—. No siempre.

Josh volvió a hacer un gesto con la cabeza, que contenía el indicio de una súplica.

—¿Crees que podríamos volver a intentarlo? ¿Darnos otra oportunidad?

Hope no estaba segura de haber oído bien.

—¿Te refieres al matrimonio?

Josh alzó las manos.

—No, no hablo de casarnos de nuevo. Me refiero a… salir juntos. Por ejemplo, quedar para cenar juntos el sábado por la noche. Solo para ver cómo nos sentimos. Tal vez no tenga sentido, pero, como ya te he dicho, eres mi amiga más íntima ahora…

—No creo que sea buena idea —le interrumpió Hope.

—¿Por qué?

—Creo que estás un tanto decaído ahora mismo —respondió—. Y cuando te sientes así, a veces una mala idea puede parecer lo contrario. Para los chicos es importante saber que nos llevamos bien, y no quisiera poner eso en peligro.

—Yo tampoco. Solo pensaba que tal vez estarías dispuesta a que lo intentáramos de nuevo. Dame una oportunidad…

En ese momento, Hope se preguntó si alguna vez le había conocido de verdad.

—No puedo —contestó por fin.

—¿Por qué no?

—Porque estoy enamorada de otra persona.

Mientras caminaba por la playa, notó el aire frío y húmedo en los pulmones, y decidió dar media vuelta. Al ver la casa en la distancia, le vino a la mente una imagen de Scottie. De haber estado con ella en ese momento, habría demostrado su decepción mirándola fijamente, con aquellos ojos dulces y tristes.

Los chicos apenas se acordaban de él. Aunque formaba parte de la familia cuando eran pequeños, Hope había leído en algún sitio que la parte del cerebro que procesa la memoria a largo plazo no está completamente desarrollada hasta los siete años, más o menos, y Scottie ya había muerto cuando tenían esa edad. Pero se acordaban de Junior, el scottish terrier que formó parte de sus vidas hasta que Jacob y Rachel fueron a la universidad. Aunque Hope adoraba a Junior, en su interior reconocía que Scottie siempre sería su favorito.

Por segunda vez durante el paseo, notó que el móvil vibraba. Aunque Jacob no había contestado todavía, Rachel ya había enviado un mensaje de respuesta: «¡Pásalo bien! ¿Hay chicos guapos? Tq», con una carita sonriente. Hope sabía que los jóvenes tenían sus propios protocolos para enviar mensajes, respuestas breves, acrónimos, ortografía y gramática incorrecta, y abundantes emoticonos. Ella seguía prefiriendo las formas anticuadas de comunicación: en persona, por teléfono o por carta. Pero los chicos eran de otra generación; había aprendido a aceptar lo que era más sencillo para ellos.

Se preguntaba qué pensarían si supieran cuál era la verdadera razón de su visita a Carolina Beach. Con frecuencia tenía la sensación de que sus hijos no podían imaginar que ella quisiera algo más de la vida que hacer crucigramas, ir a la peluquería de vez en cuando y esperar impaciente sus visitas. Para entonces, Hope se había dado cuenta de que nunca habían conocido a su auténtico yo, la mujer que había estado en Sunset Beach hacía tanto tiempo.

Su relación con Rachel era diferente a la que tenía con Jacob. Hope creía que él tenía más cosas en común con su padre. Ambos podían pasarse un sábado entero viendo partidos de fútbol; salían a pescar juntos, les gustaban las películas de acción y el tiro al blanco, y podían hablar del mercado de acciones y de inversiones durante horas. Con Hope, Jacob hablaba sobre todo de su novia, y a menudo parecía no tener más temas de conversación.

Tenía más confianza con Rachel, especialmente desde la operación de corazón. Aunque el cardiólogo que supervisó su caso les había asegurado que resolver el complicado defecto era un procedimiento bastante seguro, Rachel estaba muerta de miedo. Hope estaba igual de asustada, pero se había esforzado en transmitir confianza a su hija. En los días que precedieron a la operación, Rachel lloró a menudo ante la perspectiva de morir, y, en caso de sobrevivir, ante la idea de que le quedara una horrible cicatriz en el pecho. Consumida por la ansiedad, balbuceaba como en un confesionario: le dijo a Hope que su novio había empezado a presionarla desde hacía tres meses para tener relaciones sexuales y que seguramente aceptaría, aunque ella no quisiera tenerlas; reconoció que estaba constantemente obsesionada con su peso y que había estado atiborrándose para luego vomitar durante varios meses. Le contó que estaba angustiada casi todo el tiempo por todo: su aspecto, su popularidad, las notas, incluso por si la aceptarían en la universidad a la que quería ir, aunque faltaran años para eso. Se mordisqueaba las cutículas incesantemente, arrancándolas hasta sangrar. En ocasiones, confesó, se había planteado incluso suicidarse.

Aunque Hope sabía que los adolescentes solían tener secretos con sus padres, lo que escuchó en los días previos y posteriores a la operación la alarmó considerablemente. Cuando Rachel salió del hospital, Hope buscó una buena terapeuta y más adelante un psiquiatra que le recetó antidepresivos. De forma lenta pero segura, Rachel empezó a sentirse más cómoda consigo misma. Paulatinamente, la ansiedad aguda y la depresión disminuyeron.

Pero aquella época terrible también había marcado el inicio de una nueva fase en su relación, en la que Rachel aprendió que podía ser sincera con su madre sin sentirse juzgada, sin preocuparse de que Hope reaccionara exageradamente. Cuando Rachel fue a la universidad, parecía creer que podía contarle casi todo. Aunque Hope le agradecía su honestidad, tenía que admitir que, en algunos temas (sobre todo en lo concerniente a la cantidad de alcohol que los estudiantes ingerían cada fin de semana), un poco menos de sinceridad hubiera evitado que se preocupara tanto.

Quizá la confianza era la razón por la que Rachel se expresaba así en su mensaje. Como una amiga fiel, Rachel reflejaba su interés por las relaciones de Hope preguntando si había «chicos guapos».

—¿No has pensado nunca en salir con otra persona?

Rachel le había hecho aquella pregunta hacía cosa de un año.

—La verdad es que no.

—¿Por qué no? ¿Acaso nadie te ha pedido una cita?

—Algunos hombres se me han insinuado. Pero les dije que no.

—¿Porque eran unos cretinos?

—Para nada. La mayoría parecían muy amables.

Rachel había fruncido el ceño ante aquella respuesta.

167

—Entonces, ¿por qué no? ¿Tienes miedo? ¿Por lo que pasó entre papá y Denise?

—La verdad es que os tenía a los dos..., y mi trabajo, y eso me bastaba.

—Pero ahora te has jubilado... y ya no vivimos en casa. No me gusta pensar que siempre estás sola. Quiero decir que... ¿Y si el hombre perfecto está ahí fuera, esperando por ti?

La sonrisa de Hope dejaba entrever cierta melancolía.

—Entonces supongo que tendré que intentar encontrarlo, ¿no crees?

Por muy terrible que hubiera sido para Hope la operación de corazón de Rachel, la muerte a cámara lenta de su padre había sido en muchos sentidos muy difícil de superar.

Los primeros años después de Sunset Beach no habían sido tan malos. Su padre seguía teniendo movilidad; con cada mes que pasaba, Hope estaba más convencida de que había contraído una versión de la esclerosis de lenta evolución. Había temporadas en las que incluso parecía mejorar, pero, de pronto, en el transcurso de seis o siete semanas, fue como si alguien hubiera pulsado un interruptor: de repente, le costaba caminar, luego se tambaleaba si no tenía donde apoyarse y, finalmente, le resultó del todo imposible.

Junto con sus hermanas, Hope contribuyó en todo lo posible para ayudarle. Instalaron pasamanos en la bañera y en los pasillos. Buscaron una furgoneta de segunda mano para discapacitados con un elevador para sillas de ruedas. Albergaban la esperanza de que eso le diera a su padre la posibilidad de moverse por la ciudad, pero su capacidad para conducir duró menos de siete meses; además, su madre estaba demasiado nerviosa para llevar la furgoneta. La vendieron regalada.

En el último año de su vida, su padre no se aventuró más allá del porche delantero, a menos que fuera al médico.

Pero no estaba solo. Su familia le quería y era venerado por antiguos alumnos y compañeros de trabajo, de modo que la casa siempre estaba llena de visitas. Como es costumbre en el sur, todos traían comida. Cuando llegaba el fin de semana, la madre de Hope les rogaba a sus hijas que se llevaran algo, porque en la nevera no cabía nada más.

Sin embargo, incluso aquel periodo relativamente motivador duró poco. Llegó a su fin cuando su padre empezó a perder la capacidad de hablar. En los últimos meses de su vida, estaba enganchado a una botella de oxígeno y sufría unos violentos ataques de tos, debido a la debilidad de sus músculos, incapaces de expulsar las flemas. Hope todavía se acordaba de las innumerables veces que tuvo que golpearle en la espalda, mientras su padre se esforzaba por respirar. Había perdido tanto peso que Hope a veces tenía la sensación de que se rompería por la mitad, pero al final su padre conseguía expulsar las flemas, dando bocanadas en busca de aire después, con la cara pálida como la tiza.

Las últimas semanas fueron como un único sueño febril interminable: contrataron enfermeras que le asistían en casa, primero media jornada, luego las veinticuatro horas. Tenían que alimentar a su padre con pajitas. Estaba tan débil que tardaba casi una hora en acabar si quiera medio vaso. Lo siguiente fue la incontinencia, como consecuencia del deterioro de su cuerpo.

Hope iba a verle todos los días durante ese periodo. Puesto que hablar era todo un desafío para él, era ella quien hablaba todo el rato. Le contaba cosas de los chicos o le hacía confidencias sobre sus discusiones con Josh. Le confesó que un vecino había visto a Josh en un hotel con una agente inmobiliaria de la ciudad; y le confirmó que Josh había admitido hacía poco haber tenido una aventura: seguía en contacto con la mujer y Hope no sabía qué hacer.

Finalmente, durante uno de sus últimos momentos de lucidez, seis años después de su estancia en Sunset Beach, Hope le habló a su padre de Tru. Él mantuvo el contacto visual con los ojos de Hope mientras hablaba. Cuando llegó a la parte de la historia en la que se había derrumbado en el porche estando con él, su padre movió la mano por primera vez desde hacía semanas. Ella la cogió entre las suyas.

Su padre soltó un suspiro, largo y brusco, acompañado de unos ruidos que parecían provenir de la parte posterior de la garganta. Eran ininteligibles, pero Hope le conocía lo bastante bien como para saber lo que estaba diciendo.

—¿Estás segura de que es demasiado tarde?

Falleció seis días después.

Centenares de personas asistieron al funeral. Después todos se reunieron en su casa. Cuando se hubieron ido, ya casi de noche, la casa quedó en silencio, como si también hubiera muerto. Hope sabía que la gente reaccionaba ante el estrés y la pena de forma distinta, pero le chocó la caída en picado de su madre: de una intensidad violenta y apa-

169

rentemente imparable. Su madre sucumbió a la amargura, lloraba sin parar y empezó a beber mucho. Nunca limpiaba la casa y dejaba la ropa sucia esparcida por el suelo. El polvo recubría las estanterías; los platos por lavar se acumulaban sobre la encimera, hasta que Hope iba a limpiar. La comida se pudría en la nevera y siempre ponía la televisión a todo volumen. Entonces su madre empezó a quejarse de dolencias varias: sensibilidad a la luz, molestias en las articulaciones, dolores intermitentes en el estómago y dificultad al tragar. Siempre que Hope iba a verla la encontraba nerviosa, a menudo incapaz de acabar de expresar una idea. A veces se retiraba a su dormitorio en penumbra y cerraba con llave. El silencio tras la puerta solía ser más perturbador que sus ataques de llanto.

Con el tiempo, las cosas no fueron a mejor, sino a peor. Su madre se quedó igual de encerrada en la casa, como en su día había tenido que hacer su padre. Solo salía para ir al médico. Cuatro años después del funeral de su marido, se le programó una operación de una hernia. Se trataba de cirugía menor, y fue bien en todos los aspectos. La hernia ya no estaba y las constantes vitales habían sido estables durante toda la operación. Y, sin embargo, en el postoperatorio, su madre nunca despertó. Murió dos días después.

Hope conocía al médico, al anestesista y a las enfermeras. Todos habían participado en otras operaciones ese mismo día, antes y después de la de la madre de Hope, y ningún otro paciente sufrió consecuencias adversas. Llevaba lo suficiente en el mundo médico como para saber que a veces pasaban cosas que no siempre podían explicarse con facilidad. En parte, se preguntaba si su madre simplemente quería morir; si, de alguna forma, lo había conseguido.

La semana siguiente estaba borrosa en su memoria. Ofuscada, recordaba muy poco del velatorio o del funeral. En las semanas posteriores, ni ella ni sus hermanas disponían de las reservas emocionales necesarias para empezar a revisar las pertenencias de su madre. A veces, Hope deambulaba por la casa donde había crecido, incapaz de asimilar la idea de vivir sin padres. Aunque ya era adulta, tardaría años en dejar de pensar que podía llamarlos por teléfono en cualquier momento.

La pérdida y la melancolía fueron dejando paso lentamente a recuerdos más agradables. Empezó a recordar las vacaciones familiares y los paseos durante los que tanto había disfrutado con su padre; las cenas y las fiestas de cumpleaños; las competiciones de *cross* y los proyectos de la escuela con su madre. Su recuerdo favorito era la imagen de sus padres como pareja, la forma en que solían coquetear cuando creían que las niñas no miraban.

Sin embargo, la sonrisa solía desdibujarse igual de rápido que había aparecido, porque eso le hacía pensar en Tru y en la oportunidad que había dejado pasar de construir una vida juntos.

De vuelta en la casa, Hope se calentó las manos durante unos cuantos minutos en uno de los fuegos de la cocina. «Demasiado frío para octubre», pensó. Consciente de que la temperatura caería en picado en cuanto se pusiera el sol, consideró la posibilidad de encender el hogar (era de gas, de modo que bastaba con accionar un interruptor para ponerlo en funcionamiento), pero al final decidió subir el termostato y prepararse una taza de chocolate caliente. De niña, era lo que más le apetecía cuando tenía frío, pero al llegar a la adolescencia dejó ese hábito. Demasiadas calorías, había decidido entonces. Pero ahora ya no se fijaba en esas cosas.

Eso le recordó la edad que tenía, algo en lo que no le gustaba pensar. Aunque fuera injusto, la sociedad ponía atención a la juventud y la belleza, en el caso de las mujeres. Le gustaba pensar que no aparentaba su edad, pero reconocía que tal vez se estaba engañando a sí misma.

Aunque eso qué más daba. Había ido a la playa por razones más importantes. Mientras daba sorbitos al chocolate caliente, observó el juego de luces que reflejaba la luz del ocaso sobre las aguas y pensó en los últimos veinticuatro años. ¿Habría notado Josh alguna vez que sentía algo por otro hombre? Por mucho que hubiera intentado ocultarlo, se preguntaba si el amor secreto por otro no habría socavado de algún modo su matrimonio. ¿Habría intuido Josh que, mientras estaban juntos en la cama, Hope a veces tenía fantasías sobre Tru? ¿Habría percibido que ella siempre le había excluido de una parte de su vida?

No quería pensar en ello, pero ¿podría haber influido eso en sus numerosas aventuras? No es que estuviera dispuesta a asumir toda la culpa, ni siquiera una gran parte, por las acciones de Josh. Era un adulto con pleno control de su comportamiento, pero... ¿y si...?

Aquella duda la había atormentado desde que se enteró de su primera aventura. Sabía que no se había entregado completamente a él, del mismo modo que ahora comprendía que su matrimonio había estado sentenciado desde el instante en que decidió dar el «sí, quiero». En el momento actual, intentaba compensarle ofreciéndole su amistad, aunque no tenía el menor deseo de reavivar una relación más íntima entre ellos. En su mente, era una forma de redimirse o de expiar su culpa, aunque Josh nunca pudiera comprenderlo realmente.

Nunca le confesaría aquello; nunca había pretendido herir a nadie. Pero sin confesión no había posibilidad de perdón. Lo aceptaba, igual que aceptaba los demás errores que había cometido en su vida. En épocas menos turbulentas, se decía a sí misma que, en su mayoría, podían considerarse males menores en comparación con el secreto que había guardado ante su marido, pero había algo que no dejaba de obsesionarla.

Esa era la razón por la que había ido a la playa. El paralelismo evidente de los dos grandes errores de su vida le pareció irónico y profundo a la vez.

A Josh no le había contado nada de Tru con la esperanza de proteger sus sentimientos.

A Tru le había contado la verdad sobre Josh, aun sabiendo que sus palabras le romperían el corazón.

La caja

$\mathcal{H}$ope se despertó a la luz de un cielo de color azul turquesa que atravesaba las vaporosas cortinas blancas. Se asomó a la ventana y vio que el sol dotaba a la playa de un fulgor casi blanco. Iba a ser un día precioso, excepto por la temperatura. Un frente frío avanzaba desde el valle del Ohio; la predicción decía que duraría unos cuantos días más, con ráfagas de viento que seguramente le quitarían el aliento al pasear por la playa. En los últimos años había empezado a entender por qué Florida y Arizona eran destinos populares para jubilarse.

Estiró las piernas entumecidas, se levantó y empezó a preparar café; luego se duchó y se vistió. Aunque no tenía hambre, se preparó un huevo frito para desayunar y se obligó a comerlo. Después se puso una chaqueta y unos guantes, y fue a la terraza trasera con una segunda taza de café, para observar cómo el mundo cobraba vida lentamente.

Había poca gente en la playa: un hombre iba tras un perro, igual que solía hacer ella con Scottie, y una chica que corría a lo lejos había dejado un rastro de huellas en la orilla. La mujer tenía una forma de correr que hacía balancear su cola de caballo con un ritmo vivo. Al verla, Hope recordó cuánto le gustaba correr. Había dejado de hacer deporte cuando los niños eran pequeños; por lo que fuera, nunca había retomado el hábito. Ahora pensaba que había sido un error. Su condición física era una fuente de constante preocupación; a veces anhelaba con nostalgia la sensación de dar por descontado el hecho de estar en forma. La edad enseña tantas cosas de uno mismo, reflexionó.

Dio otro sorbo al café mientras pensaba en cómo iría el día. Ya estaba nerviosa, aunque ya se había advertido a sí misma de que no debía hacerse ilusiones. El año anterior, cuando llegó a la playa, se había sentido animada con la emoción de su plan, a pesar de las escasas probabilidades de éxito. Pero el año pasado había sido el principio y hoy sería el final...

Por fin llegaría la respuesta, de una vez por todas, a la cuestión de si los milagros realmente eran posibles.

Cuando acabó el café, volvió al interior de la casa y miró el reloj. Había llegado la hora de ponerse en marcha.

En la encimera había una radio; la encendió. La música siempre formaba parte del ritual. Ajustó el dial hasta que encontró una emisora con suaves melodías acústicas. Subió el volumen y recordó las canciones que Tru y ella escucharon en la radio la noche en que hicieron el amor por primera vez.

En la nevera encontró la botella de vino que había abierto la noche anterior y se sirvió un poco en un vaso, no mucho más de un pequeño trago. Al igual que la música, el vino formaba parte del ritual que seguía siempre que abría la caja, pero dudaba de que acabara siquiera el poco vino que había en el vaso, ya que tenía que conducir.

Llevó el vaso a la mesa y tomó asiento. La caja estaba donde la había dejado el día anterior. Tras poner el vaso a un lado, colocó ante ella la caja, que sorprendentemente pesaba mucho. Estaba hecha de madera maciza, de color chocolate y caramelo, y las bisagras de latón eran enormes. Como de costumbre, se tomó su tiempo para admirar los intricados diseños tallados en la tapa y de los laterales: estilizados elefantes y leones, cebras y rinocerontes, jirafas y guepardos. Había visto la caja en un puesto de la feria callejera de Raleigh. Al conocer su procedencia, Zimbabue, supo que tenía que comprarla.

A Josh, sin embargo, no le había impresionado tanto.

—¿Por qué quieres comprar eso? —preguntó rezongando. Acababa de comer un perrito caliente, mientras Jacob y Rachel jugaban en un castillo hinchable—. ¿Dónde piensas ponerlo?

—No lo sé —respondió Hope.

Ya en casa, llevó la caja al dormitorio y la dejó bajo la cama hasta que Josh salió hacia el trabajo el lunes. Entonces introdujo su contenido en ella y la escondió en el fondo de una caja de cartón con ropa de bebé en el desván, donde sabía que Josh nunca la encontraría.

Desde que habían estado juntos en Sunset Beach, Tru nunca había intentado ponerse en contacto con ella. Durante los primeros dos años, a Hope le inquietaba la idea de encontrar una carta en el buzón, o escuchar su voz en el contestador; cuando sonaba el teléfono por la noche, a veces se ponía en guardia, armándose de valor por si acaso. Curiosamen-

te, el alivio que sentía al comprobar que no era él siempre iba acompañado de una oleada de decepción. Y, sin embargo, él había escrito en su carta que no había sitio para tres personas en la vida que probablemente
escogería. Por muy doloroso que fuera, Hope sabía que tenía razón.

Incluso en los peores momentos de su matrimonio con Josh, jamás
había intentado contactar con Tru. Se le había pasado por la cabeza y había estado a punto en alguna ocasión, pero nunca había sucumbido a la
tentación. Habría sido fácil huir con él, pero ¿entonces qué? No podía
aceptar la idea de tener que decirle adiós por segunda vez, y tampoco quería arriesgarse a destruir su familia. A pesar de los defectos de Josh, sus
hijos seguían siendo su prioridad y necesitaban toda su atención.

Así que decidió mantener vivo su recuerdo de la única forma posible. Guardó en la caja los objetos que le hacían pensar en él; de vez en
cuando, examinaba su contenido, cuando sabía que nadie la interrumpi-
ría. Cuando ponían un programa en la televisión sobre la majestuosa
fauna africana, insistía en verlo; a finales de 1990, dio con las novelas de
Alexander McCall Smith y se enganchó inmediatamente a ellas, puesto
que el escenario de la mayoría de las historias era Botsuana. Aunque no
era Zimbabue, estaba bastante cerca. Eso la ayudó a conocer un poco
más un mundo del que no sabía nada. A lo largo de los años pudo leer
ocasionalmente algún artículo sobre Zimbabue en las principales revistas de noticias y en el *News & Observer* de Raleigh. Se enteró de la expropiación de tierras que había decidido el Gobierno y se preguntó qué
habría pasado con la granja en la que Tru había crecido. También leyó
algo sobre la hiperinflación que sufrió el país, y lo primero que pensó es
cómo eso podría afectar al turismo y si Tru podría seguir trabajando de
guía. A veces recibían catálogos de viajes por correo, y ella buscaba la
sección dedicada a los safaris. Aunque la mayoría tenían como destino
Sudáfrica, de vez en cuando había alguno organizado por el *lodge* de
Hwange. Entonces Hope analizaba las fotos, intentando comprender
mejor el mundo que él llamaba su hogar. Y después, ya en la cama, tenía
que admitir que sus sentimientos hacia Tru eran tan reales e intensos
como antaño, como cuando, por primera vez, le susurró al oído que le
amaba.

En 2006, cuando los trámites del divorcio finalizaron, Tru debía de
tener cincuenta y ocho años. Ella cincuenta y dos. Jacob y Rachel eran
adolescentes, y Josh ya estaba saliendo con Denise. Aunque habían pasado dieciséis años desde que viera por última vez a Tru, Hope tenía la
esperanza de poder arreglar las cosas. Para entonces, casi todo se podía

175

encontrar en Internet, pero la información sobre los *lodges* de Hwange no incluía datos de los guías, aparte de indicar que se contaban entre los más experimentados de Zimbabue. Había, sin embargo, una dirección de correo electrónico. La mujer que atendió su consulta le dijo a Hope que no conocía a Tru y que no trabajaba allí desde hacía años. Y lo mismo de Romy, el amigo del que Tru le había hablado. No obstante, la mujer le dio el nombre del director anterior del *lodge*, que se había ido a otro campamento hacía pocos años, junto con una dirección de correo electrónico. Hope se puso en contacto con él. El hombre dijo desconocer el paradero de Tru, pero le facilitó el nombre de otro director del campamento que había trabajado en Hwange en la década de los noventa. No añadía ningún teléfono ni dirección de correo, pero le proporcionó un domicilio postal, con la advertencia de que quizá tampoco estuviera actualizado.

Hope escribió a ese otro director y esperó ansiosa la respuesta. Tru le había advertido de que las cosas requieren su tiempo en la sabana y que el servicio de correos no siempre era fiable. Pasaron semanas sin tener respuesta, luego meses. Para entonces, Hope había perdido la esperanza de que algún día le contestara. Entonces, un buen día, apareció una carta en el buzón.

Los chicos todavía no habían vuelto del colegio. Hope desgarró el sobre y devoró las palabras garabateadas. Se enteró de que Tru se había ido de Hwange, pero el director había oído rumores de que había aceptado otro trabajo en Botsuana, aunque no estaba seguro de en qué campamento. El hombre añadía que estaba bastante seguro de que Tru había vendido la casa de Bulawayo cuando su hijo se fue a estudiar a una universidad europea. Tampoco sabía el nombre de la universidad, ni siquiera el país al que había ido a estudiar.

Con aquellas pocas pistas, Hope empezó a ponerse en contacto con algunos *lodges* en Botsuana. Había muchísimos. Envió un correo electrónico tras otro, pero no consiguió saber nada de Tru.

No se molestó en intentar contactar con universidades europeas: hubiera sido como buscar una aguja en un pajar. Al ver que se estaba quedando sin opciones, Hope probó en Air Zimbabwe, con la esperanza de encontrar a alguien que trabajara allí y cuya mujer se llamara Kim. Quizá, gracias a su ex, podría encontrar a Tru. Eso también la condujo a un callejón sin salida. Un hombre llamado Ken había trabajado allí hasta 2001 o 2002, pero dejó la empresa y nadie había sabido nada de él desde entonces.

A continuación, Hope intentó ampliar el foco. Contactó con varias agencias del Gobierno en Zimbabue para preguntar por una enorme granja que, antiguamente, había sido propiedad de la familia Walls. Había dejado aquella opción para el final, pues sospechaba que Tru habría reducido aún más el contacto con su familia después de enterarse de lo que le contó su padre biológico. Los funcionarios no fueron de demasiada ayuda, pero al final de las conversaciones Hope dedujo que la granja había sido confiscada por el Gobierno, y la tierra, redistribuida. No pudo encontrar ninguna información sobre la familia de Tru.

Como ya no se le ocurría nada más, Hope decidió facilitar a Tru la posibilidad de encontrarla, en el caso remoto de que la estuviera buscando. En 2009 se registró en Facebook y lo consultó diariamente durante mucho tiempo. Tuvo noticias de viejos amigos y de otros más recientes, de miembros de su familia y de gente que conocía del trabajo. Pero Tru nunca intentó contactar con ella.

Al caer en la cuenta de que Tru parecía haber desaparecido sin dejar rastro y de que probablemente no volverían a verse nunca, Hope pasó un bache que duró meses. Empezó a lamentarse sobre lo que había perdido en su vida. Sin embargo, este duelo era distinto, ya que la pena iba en aumento con el paso de los años. Ahora que los chicos ya eran adultos, pasaba sus días y sus noches sola. La vida se estaba yendo y se acabaría antes de darse cuenta; aunque no le gustaba, Hope empezó a preguntarse si estaría sola cuando diera su último aliento.

A veces sentía que, poco a poco, su casa se estaba convirtiendo en su tumba.

En la casa alquilada, Hope dio un sorbito de vino. Aunque era dulce y suave, sabía raro a aquella hora de la mañana. Jamás había bebido tan pronto y no creía que volviera a hacerlo. Pero aquel día se lo podía permitir.

Por muy evocadores que fueran los recuerdos, por mucho que la hubieran ayudado a mantenerse, estaba cansada de sentirse atrapada en ellos. Quería pasar los años que le quedaban despertándose por la mañana sin tener que pensar si Tru volvería a buscarla algún día. Deseaba pasar todo el tiempo posible con Jacob y Rachel. Y anhelaba, más que nada, estar en paz. Quería que pasara un mes sin sentir la necesidad de examinar el contenido de la caja que descansaba en la mesa, ante ella; en lugar de eso, prefería concentrarse en cumplir algunas de las cosas que consideraba importantes de su lista de deseos antes de morir. Ir de público al programa *The Ellen DeGeneres Show*. Visitar el castillo de Biltmore Estate por Navidad. Apostar por un caballo en el derbi de Kentucky. Ver un partido de baloncesto entre los equipos de la UNC y Duke en el estadio Cameron Indoor. No sería tan fácil cumplir ese deseo; era casi imposible conseguir entradas, pero el desafío también podía ser parte de la diversión, ¿no?

Poco después de su viaje a la playa del año anterior, en un día en el que se sentía especialmente deprimida, había cancelado su cuenta de Facebook. Desde entonces había guardado la caja en el desván, por muy fuerte que fuera el impulso de examinar su contenido. Ahora, sin embargo, la caja la estaba llamando. Finalmente, levantó la tapa.

Encima del todo estaba la descolorida invitación a la boda de Ellen. Observó detenidamente la letra y recordó quién era ella entonces y cuáles eran las preocupaciones que la atormentaban cuando llegó a la playa aquella semana. A veces deseaba poder hablar con la mujer que había sido, pero no estaba segura de qué le hubiera dicho. Suponía que le diría a la versión joven de sí misma que tendría hijos, pero ¿le diría también que criarlos no sería tan ideal como había pensado? ¿Le contaría que, por mucho que los adorara, la sacarían de quicio o la decepcionarían en incontables ocasiones? ¿Le diría que a veces la preocupación por ellos sería abrumadora? ¿O tal vez le diría que, después de tener a sus hijos, habría momentos en que desearía volver a ser libre?

¿Y que podría decirle de Josh?

Pensó que todo eso ahora no importaba. No valía la pena perder el tiempo extendiéndose en aquellas cuestiones. No obstante, la invitación le hizo pensar que la vida parecía una hilera infinita de fichas de dominó, dispuestas en la pista más grande del mundo, donde una ficha cae inevitablemente sobre la siguiente. De no haber llegado la invitación, Hope nunca habría discutido con Josh, ni hubiera pasado sola aquella semana en Sunset Beach... Para empezar, ni siquiera habría conocido a Tru. Conjeturó que la invitación era la ficha que, al caer, había puesto en movimiento el resto de los acontecimientos. La coreografía que conducía a la experiencia amorosa más profunda de su vida parecía algo inverosímil, pero a la vez parecía ser cosa del destino, escrita en él..., pero con qué fin.

Dejó la invitación a un lado y cogió el primero de los dibujos, en el que Tru había trazado un retrato de ella la mañana después de hacer el amor por primera vez. Hope era consciente de que ya no se parecía a la mujer representada en el dibujo. Su piel era suave y sin arrugas, y resplandecía con el último aliento de la juventud. En la espesa melena se apreciaban mechones más claros, sus senos eran altos y firmes, las piernas estaban tonificadas y sin imperfecciones en la piel. Tru había capturado su esencia mejor que ninguna fotografía que le hubieran hecho nunca; mientras seguía examinándola, pensaba que nunca había estado más guapa. Porque él la había dibujado tal como la veían sus ojos.

Puso el dibujo sobre la invitación y cogió el otro que Tru había realizado mientras ella estaba en la boda. Durante todos aquellos años, cuando repasaba el contenido de la caja, siempre dedicaba más tiempo a aquel segundo dibujo, en el que ambos aparecían de pie en la playa, cerca de la orilla. Al fondo se veía el embarcadero. El océano centelleaba bajo la luz el sol mientras ambos se miraban a los ojos, representados de perfil. Ella le rodeaba el cuello con sus brazos; él tenía las manos en su cintura. Nuevamente pensó que la había retratado más hermosa de lo que era en realidad, pero era la imagen de él la que le llamaba la atención. Analizó las arrugas en los ojos y el hoyuelo en la barbilla; resiguió la forma de los hombros bajo la tela de la camisa. Pero, sobre todo, le fascinaba la expresión que había dado a su propio rostro al mirarla: era la de un hombre profundamente enamorado de la mujer que tenía entre sus brazos. Miró el dibujo aún más de cerca y se preguntó si Tru habría vuelto a mirar así a otra mujer. Nunca lo sabría. Aunque una parte de ella deseaba que Tru fuera feliz, otra parte quería creer que lo que habían sentido mutuamente era único.

Dejó el dibujo a un lado. Después vino la carta que Tru le había escrito, la que encontró en la guantera del coche. El papel amarilleaba en los bordes y se había desgarrado un poco en las dobleces: aquella carta se había vuelto tan frágil como ella. Sintió un nudo en la garganta mientras trazaba una línea que conectaba su nombre en la parte superior y el de Tru al final. Volvió a leer aquellas palabras que ya sabía de memoria, pero que nunca se cansaba de leer.

Hope se levantó de la mesa y fue hacia la ventana de la cocina. Mientras dejaba vagar la mente, se dio cuenta de que podía ver a Tru caminando delante de la casita de sus padres con una caña de pescar sobre el hombro y la caja de aparejos en la otra mano; le observaba mientras él se volvía a mirarla y la saludaba con un gesto. En respuesta, Hope alargó la mano y la posó sobre el cristal.

—Nunca dejaré de amarte —susurró.

179

Pero el cristal estaba frío, y la cocina, en silencio. Parpadeó y se dio cuenta de que la playa estaba completamente desierta.

Le quedaban veinte minutos, pero había una cosa más en la caja. Era una fotocopia de la carta que le había escrito el año pasado. Había dejado el original en Kindred Spirit en su viaje anterior a la playa. Al desdoblar el papel, se dijo a sí misma que había sido una tontería. Una carta no vale nada si el destinatario nunca la recibe, y Tru nunca sabría de su existencia. Aun así, en la carta, se había hecho a sí misma una promesa que tenía la intención de mantener. Aunque solo fuera porque esperaba que le diera la fuerza necesaria para poder decir adiós definitivamente.

Esta carta está dirigida a Dios y al universo.

Necesito ayuda en lo que, supongo, será mi último intento de pedir perdón por una decisión que tomé hace mucho tiempo. Mi historia es sencilla y a la vez complicada. Para recoger con precisión todo lo ocurrido tendría que escribir un libro, y por eso me limitaré a hacer un resumen.

En septiembre de 1990, mientras estaba en Sunset Beach de visita, conocí a un hombre de Zimbabue llamado Tru Walls. En aquel tiempo, trabajaba como guía de safaris en un campamento de la reserva de Hwange. Tenía también una casa en Bulawayo, pero había crecido en una granja cerca de Harare. Tenía cuarenta y dos años y un hijo de diez llamado Andrew. Estaba divorciado. Nos conocimos un miércoles por la mañana, y el jueves por la tarde ya estaba enamorada de él.

Puede que parezca imposible, que tal vez no pueda distinguir el deseo del amor. Solo puedo decir que he considerado esa posibilidad mil veces, y la he desechado. Si le conocierais, entenderíais por qué me robó el corazón; si nos hubierais visto juntos, sabríais que nuestros sentimientos eran auténticos, sin duda. Me gusta pensar que, en el breve intervalo de tiempo que compartimos, nos convertimos en compañeros del alma, unidos para siempre. El domingo, sin embargo, todo acabó. Y fui yo quien puso fin a aquello, por razones que me han atormentado durante décadas.

Fue la decisión correcta en aquel momento; pero también la equivocada. Volvería a hacer lo mismo, pero habría hecho todo de forma distinta. Esta confusión me acompaña todavía hoy, pero he aprendido a aceptar que nunca me libraré de plantearme estas cuestiones.

Huelga decir que mi decisión le destrozó. El sentimiento de culpa continúa atormentándome. He llegado a un momento en mi vida en el que me parece importante enmendar lo que se pueda. Y aquí es donde Dios y el universo pueden ayudarme, porque mi ruego es sencillo.

Desearía volver a ver a Tru para poder disculparme ante él. Deseo que me perdone, si acaso fuera posible. En mis sueños, albergo la esperanza de que eso pueda darme paz; necesito que él sepa cuánto le quise entonces y que todavía le amo. Y quiero que sepa cuánto lo siento.

Quizás alguien se pregunte por qué no intenté ponerme en contacto con él por medios más convencionales. Lo hice: he intentado durante años dar con él, pero no lo he logrado. Aunque supongo que jamás recibirá esta carta, si eso fuera posible le preguntaría si recuerda el lugar que visitamos juntos el jueves por la tarde, justo antes de que empezara a llover.

Allí estaré el 16 de octubre de 2014. Si recuerda el lugar con la misma veneración que yo, entonces también sabrá a qué hora del día.

HOPE

Echó un vistazo al reloj: Kindred Spirit estaba esperando. Volvió a poner todo en la caja y cerró la tapa, consciente de que no la volvería a dejar en el desván y que tampoco se llevaría el contenido a casa. La dejaría allí, sobre la repisa de la chimenea. El nuevo propietario podría hacer lo que quisiera con ella. Aparte de la invitación de boda, dejaría el resto del contenido en Kindred Spirit aquella misma semana, antes de irse. Necesitaba un par de días para ocultar la identidad de ambos, pero tenía la esperanza de que otras personas pudieran disfrutar de su historia, tal como ella y Tru habían apreciado la carta de Joe a Lena. Quería que otra gente supiera que a menudo el amor se hace esperar, preparado para florecer cuando uno menos se lo espera.

181

Condujo sin sobresaltos. Hope conocía el trayecto como la palma de su mano. Cruzó el nuevo puente hacia Sunset Beach, dejó atrás el embarcadero hasta el extremo más occidental de la isla y buscó aparcamiento.

Se abrigó y avanzó lentamente por las dunas de menos altura. Se sintió aliviada al comprobar que, por mucho que hubiera cambiado la isla, la playa seguía igual. Las tormentas y los huracanes, sumadas a las corrientes marinas, alteraban continuamente los arrecifes que jalonaban la costa de Carolina del Norte, pero Sunset Beach parecía relativamente inmune, aunque el año pasado se había enterado de que ahora se podía acceder a Bird Island a pie incluso cuando no había marea baja.

La arena estaba mullida, por lo que avanzar por ella la dejó sin aliento, sintiendo las piernas de plomo. Cuando llegó al extremo oeste de Sunset Beach, miró por encima del hombro. No vio a nadie más caminando en la misma dirección, solo una franja solitaria de arena con pequeñas olas que lamían la orilla. Un pelícano marrón sobrevoló rozando la espuma de las olas. Hope se quedó observándolo hasta que no fue más que un puntito en la distancia.

Haciendo acopio de fuerzas siguió avanzando y atravesó la hondonada de arena compacta que pocas horas antes estaba sumergida. En cuanto llegó a Bird Island, el viento cesó. No había dejado de soplar en todo el trayecto, pero fue como si aquel lugar estuviera dándole la bienvenida. El aire parecía más transparente. El sol, en pleno ascenso, la obligó a entrecerrar los ojos al reflejar sus destellos sobre el mar. En medio de aquel súbito silencio, Hope comprendió que se había estado engañando a sí misma desde que llegó. No había caminado hasta allí para decir adiós. Había ido porque quería seguir creyendo en lo imposible. Porque parte de ella se aferraba de forma irracional a la creencia de que Kindred Spirit era la clave de su futuro. Había ido hasta allí día porque cada célula de su cuerpo no descartaba la posibilidad de que Tru hubiera tenido noticia de su carta y de que estuviera allí, esperándola.

La lógica le decía que era una locura, pero no podía evitar sentir que Tru podría estar allí. Con cada paso, sentía más cercana su presencia. Oyó su voz en medio del incesante rugido del océano. A pesar del aire frío, sintió que le inundaba una oleada de calor. La arena se agolpaba en torno a sus pies a cada paso, pero aceleró la marcha. Empezó a jadear en cada espiración, con el corazón desbocado, pero Hope siguió avanzando. Las gaviotas y los charranes se congregaban en grupos, mientras los zarapitos corrían a toda velocidad huyendo y adentrándose en las suaves olas de la orilla. Sintió una repentina afinidad con ellos, porque sabía que serían testigos únicos de un encuentro que llevaba preparándose veinticuatro años. La verían arrojarse a los brazos de él; oirían a Tru proclamando que nunca había dejado de quererla. La haría girar en el aire y la besaría, y se apresurarían a regresar a la casa, ansiosos por recuperar el tiempo perdido…

Una repentina ráfaga de viento la sacó de su ensueño. Una racha lo bastante fuerte como para hacerle perder el equilibrio. «¿A quién quiero engañar?», se dijo. Era una ingenua que todavía creía en cuentos de hadas. Era esclava de unos recuerdos que la mantenían prisionera. No había nadie cerca de la orilla ni acercándose en la distancia. Estaba sola. La seguridad que había sentido respecto de que Tru estaría esperándola se esfumó tan rápido como había surgido. «No estará allí», se reprendió a sí misma. No podía estar allí, porque no sabía nada de la carta.

Todavía jadeando, Hope redujo la marcha, concentrando su energía, obnubilada, en dar un paso tras otro. Pasaron algunos minutos. Diez, quince. A aquellas alturas, tenía la sensación de avanzar apenas algunos centímetros en cada paso. Por fin pudo distinguir la bandera de Estados Unidos en la distancia, enrollándose y desplegándose con la brisa. Había llegado el momento de empezar a desviarse de la orilla.

Justo más allá de la curva que trazaba la duna, divisó el buzón y el banco, más solitarios y abandonados que nunca. Se dirigió primero al banco, dejándose caer con todo su peso en cuanto llegó.

No había ni rastro de Tru.

El día se había hecho más luminoso. Con las manos, Hope se protegió los ojos del resol. El año pasado, cuando había estado allí, el cielo había estado nublado, como cuando visitó el lugar con Tru. Entonces había sentido una especie de *déjà vu*, pero ahora el sol estaba alto e inmutable, como si se burlara de lo necia que había sido.

El ángulo que dibujaba la duna bloqueaba la visión de la franja de arena que acababa de atravesar, por lo que enfocó la mirada en la dirección opuesta. La bandera. Las olas. Aves costeras y la hierba que se mecía suavemente coronando las dunas. Admiró maravillada lo poco que había cambiado el paisaje desde que su padre la llevara allí por primera vez, en contraste con lo mucho que había cambiado ella por dentro. Ya había vivido casi toda su vida, pero no había conseguido ningún logro extraordinario. No había dejado ninguna huella permanente en el mundo, ni seguramente lo haría en un futuro. Sin embargo, si el amor era lo que realmente importaba, era consciente de que había sido muy afortunada.

Decidió descansar un poco antes de iniciar el regreso. Pero primero quería ver el contenido del buzón. Sintió un cosquilleo en los dedos cuando lo abrió y cogió el montón de cartas. Las llevó al banco y utilizó la bufanda como peso para sujetarlas.

Durante la siguiente media hora, se sumergió en la lectura de lo que otras personas habían escrito. Casi todas versaban sobre alguna pérdida, como si tuvieran que ajustarse a un tema concreto. Dos de ellas eran de un padre y de una hija, que habían escrito a la esposa y madre que había muerto cuatro meses antes de cáncer de ovarios. Otra estaba escrita por una mujer llamada Valentina, que se lamentaba de la pérdida de su marido; también había una carta que describía la pérdida de un nieto, que había muerto de sobredosis. Una carta especialmente bien escrita describía los temores asociados a la pérdida del trabajo, y la posibilidad de que eso también supusiera el embargo de una casa. Tres de las cartas eran de mujeres que se habían quedado viudas recientemente. Y, aunque deseara lo contrario, todas ellas le recordaron que Tru también se había ido para siempre.

Dejó a un lado el montón que ya había leído; solo quedaban dos. Pensó que, ya que estaba allí, podría leerlas todas. Cogió otro sobre, que ya estaba abierto. Sacó la carta y la desdobló bajo la luz del sol. Estaba escrita en un papel amarillo con reglones. El nombre escrito en la parte superior atrajo su mirada, incapaz de creer lo que sus ojos estaban viendo: «Hope».

Parpadeó, con los ojos fijos en su nombre: «Hope».

No podía ser, pero... Sí, era su nombre. Se sintió mareada. Reconoció la caligrafía. Acababa de verla aquella mañana en la carta que Tru le había escrito hacía tiempo. La habría reconocido en cualquier parte, pero, si era realmente su letra, ¿dónde estaba?

¿Por qué no estaba allí?

Su mente pensó a toda velocidad. Ya nada tenía sentido, más allá de la carta que tenía en la mano. Había una fecha escrita: 2 de octubre, o sea, hacía doce días...

«¿Doce días?»

¿Había llegado doce días antes?

No entendía nada. Se sintió tan confundida que empezó a hacerse un montón de preguntas. ¿No había entendido bien la fecha? ¿Había llegado a sus manos la carta, o no era más que una coincidencia? ¿Tal vez la carta no era para ella? ¿Había reconocido realmente la caligrafía de Tru? En ese caso...

«¿Dónde estaba?»

«¿Dónde estaba?»

«¿Dónde estaba?»

Empezaron a temblarle las manos y cerró los ojos para intentar ralentizar sus pensamientos y aquella cascada de preguntas. Aspiró profunda y largamente varias veces, diciéndose a sí misma que todo era producto de su imaginación. Cuando abriera los ojos, en la parte superior de la carta vería otro nombre; cuando examinara con detenimiento la caligrafía, se daría cuenta de que no coincidía para nada con la de Tru.

Cuando creía haber recuperado un poco el control, bajó la mirada hacia el papel: «Hope».

No, estaba segura, no había confundido la letra. Era la suya, no podía ser de otra persona. Sintió un nudo en la garganta cuando por fin empezó a leer.

Hope:

El destino más importante en la vida es el que concierne al amor.

Te escribo sentado en la habitación en la que me alojo desde hace más de un mes. Es un *bed & breakfast* llamado Stanley House, y se encuentra en el casco antiguo de Wilmington. Los propietarios son muy amables, es bastante tranquilo y la comida es buena.

Sé que estos detalles pueden parecer irrelevantes, pero estoy nervioso, así que permíteme empezar con lo más obvio: supe de tu carta el 23 de agosto, y cogí un vuelo a Carolina del Norte dos días después. Sabía dónde querías que nos encontráramos y supuse que irías allí con la marea baja, pero, por razones que podré explicarte mejor más adelante, no sabía la fecha exacta en la que tú estarías allí. Solo tenía vagas referencias para deducirla, y por eso decidí quedarme en este *bed & breakfast*. Ya que tenía que quedarme en Carolina del Norte un tiempo, prefería un lugar más cómodo que un hotel, pero no deseaba complicarme la vida alquilando un apartamento. La verdad es que ni siquiera sabía cuál es el procedimiento en un país extranjero. Solo sabía que tenía que venir aquí, puesto que te prometí que lo haría.

A pesar de que no tenía demasiados datos, supuse que elegirías una fecha en septiembre. Después de todo, es el mes en el que nos conocimos. He ido a Kindred Spirit cada día durante el pasado mes. He escrutado la playa y te he esperado sin éxito, preguntándome todo el tiempo si nos habríamos cruzado, o si tal vez habrías cambiado de opinión. Pensé que quizás era una conspiración del destino para evitar una vez más nuestro encuentro. Cuando empezó octubre, decidí dejar aquí una carta, con la esperanza de que algún día supieras de ella, tal vez del mismo modo inexplicable en que yo me enteré de que me habías escrito.

Como ves, también me enteré de que querías disculparte por lo sucedido entre nosotros, por tomar aquella decisión hace ya tanto tiempo. Tal como te dije entonces, tal como sigo pensando ahora, no es necesario que te disculpes. Conocerte y enamorarme de ti fue una experiencia que volvería a vivir mil veces en mil vidas distintas, si tuviera la oportunidad.

Te perdono, puesto que ya te había perdonado desde el principio.

Tru

Tras acabar de leer la carta, Hope mantuvo la mirada fija en la hoja de papel, sintiendo los latidos de su corazón retumbando en su pecho. El mundo parecía estar cerniéndose sobre ella, derrumbándose. La carta no daba ninguna pista sobre si todavía estaba allí ni acerca de cómo contactar con él si ya había regresado a África...

—¿Ya te has ido? —gritó en voz alta—. Por favor, no me digas que ya te has ido...

Tras aquellas palabras, levantó la vista de la carta y vio la figura de un hombre a menos de cuatro metros de distancia. El sol le iluminaba por detrás, arrojando unas sombras que hacían complicado distinguir sus rasgos. Sin embargo, ella había visto su imagen tantos miles de veces durante tantos años que le reconoció. Boquiabierta, le vio avanzar con paso vacilante hacia ella, mientras esbozaba una sonrisa.

—No me he ido —dijo Tru—. Todavía estoy aquí.

El encuentro

*H*ope se quedó helada en el banco, mirándole fijamente. No podía estar pasando, no era posible que Tru estuviera realmente allí. No podía contener la avalancha de emociones que la inundaban. La estupefacción y la felicidad la dejaron en estado de *shock*, incapaz de hablar. Una parte minúscula de ella temía que, de hacerlo, aquella ilusión se haría añicos.

Tru estaba allí. Podía verlo. Había oído su voz. Los recuerdos del tiempo que habían pasado juntos se materializaron con una vívida intensidad. Lo primero que pensó era que no había cambiado mucho con los años, desde la última vez que se vieron. Seguía siendo delgado, con anchos hombros y caminar erguido. Aunque su pelo era menos espeso y se había tornado plateado, mantenía el mismo aspecto desenfadado que tanto le gustaba. Vestía igual que en aquel entonces, con una camisa de botones cuidadosamente metida por dentro de los pantalones de lona, así como con unas botas. Recordaba que aguantaba bien el frío, pero hoy llevaba una chaqueta que le llegaba hasta las caderas, aunque sin abrochar.

Tru no había avanzado más, aparentemente igual de perplejo que ella. Finalmente, rompió el hechizo.

—Hola, Hope.

Al oírle decir su nombre, sintió que el corazón le daba un vuelco.

—¿Tru? —dijo ella en un suspiro.

Él empezó a acercársele.

—Veo que has encontrado la carta que escribí para ti.

Solo entonces Hope se dio cuenta de que todavía la sostenía entre sus manos.

—Sí. —Asintió. La dobló y se la guardó de forma inconsciente en el bolsillo de la chaqueta, con la mente ofuscada por una maraña de imágenes del pasado y del presente—. ¿Ibas detrás de mí por la playa? No te he visto.

Tru señaló con el pulgar por encima del hombro.

187

—He venido caminando desde Sunset Beach, pero tampoco te he visto. Por lo menos no hasta que pude distinguir el buzón. Perdona si te he asustado.

Negó con la cabeza mientras se levantaba del banco.

—Todavía no puedo creer que estés aquí... Parece un sueño.

—No estás soñando.

—¿Cómo lo sabes?

—Porque —respondió con voz suave, con exactamente el mismo acento que recordaba— es imposible que los dos estemos soñando. Ha pasado mucho tiempo —añadió.

—Sí.

—Sigues siendo hermosa —comentó él, con un tono de admiración en su voz.

Hope sintió que se ruborizaba, una sensación que casi había olvidado.

—No tanto... —Se retiró un mechón de pelo que le tapaba la cara debido al viento—. Pero gracias.

Tru salvó el espacio entre los dos y le cogió una mano. Una cálida sensación se propagó por todo su cuerpo. Aunque Tru estaba lo bastante cerca como para besarla, no lo hizo. En lugar de eso, recorrió con un pulgar su piel, movimiento que ella percibió como una descarga eléctrica.

—¿Cómo estás? —preguntó.

Hope sintió como si cada célula de su cuerpo estuviera vibrando.

—Estoy... —Apretó los labios antes de continuar—. En realidad, no sé ni cómo estoy. Aparte de sentirme... conmocionada.

Los ojos de Tru se posaron en los de ella, haciendo que se desvanecieran los años perdidos.

—Quiero preguntarte tantas cosas —dijo.

—Yo también —susurró.

—Es fantástico volver a verte.

Mientras Tru hablaba, Hope empezó a enfocar su visión, reduciendo el ancho mundo a las dimensiones de aquel momento singular. De pronto, Tru estaba ante ella después de tantos años separados. Sin decir nada más, sus cuerpos se unieron. Tru la rodeó con sus brazos y la trajo hacia sí. De repente, Hope sintió que volvía a tener treinta y seis años y que se sumergía en el refugio de su cuerpo, ambos bañados por el sol de otoño.

Permanecieron así un buen rato, hasta que finalmente Hope se apartó para mirar a Tru con detenimiento. Aunque las arrugas de su rostro eran más profundas, el hoyuelo de la barbilla y el color de sus ojos eran los mismos que recordaba. Se sintió absurdamente aliviada por haber ido a la peluquería y haberse arreglado aquella mañana. El choque entre los recuerdos y lo que estaba pasando en ese momento enturbiaba su mente. Sintió que, inexplicablemente, los ojos se le llenaban de lágrimas. Se las enjugó, avergonzada.

—¿Estás bien? —preguntó.

—Sí, estoy bien —dijo, aspirando con fuerza—. Perdona que me haya puesto a llorar, pero yo… Yo solo… Nunca creí que vendrías.

Tru le ofreció una sonrisa burlona.

—He de admitir que la secuencia de sucesos que me ha llevado de vuelta a ti ha sido bastante extraordinaria.

A pesar de las lágrimas, Hope se rio discretamente ante su manera de expresarse. Sonaba como siempre, y eso la ayudó a recuperar la compostura.

—¿Cómo encontraste mi carta? —preguntó—. ¿Estuviste el año pasado aquí?

—No —respondió—. Ni siquiera la tuve en mis manos ni la leí. Me hablaron de ella. Pero… lo que más me importa es saber cómo estás. ¿Qué te ha pasado durante todos estos años?

—Estoy bien —contestó Hope de forma automática—. Yo… —No acabó la frase, su mente se quedó en blanco. ¿Qué se puede decir a un antiguo amante después de veinticuatro años? ¿Cuando se lleva fantaseando con ese momento desde el último adiós?—. Han pasado muchas cosas.

Eso fue todo lo que se le ocurrió.

—¿De verdad? —Tru alzó una ceja en un gesto irónico, y Hope no pudo evitar sonreír.

Siempre se habían sentido cómodos en su mutua compañía. Por lo menos, eso no había cambiado.

—No sé por dónde empezar —admitió.

—¿Y si empiezas donde lo dejamos?

—No estoy segura de qué quieres decir.

—Te propongo empezar así: supongo que te casaste…

Tenía que haberlo adivinado, puesto que Hope nunca se puso en contacto con él. Pero no había tristeza ni amargura en su tono, solo curiosidad.

—Sí —confirmó—. Josh y yo nos casamos, pero… —No estaba preparada para entrar en detalles—. No nos fue bien. Nos divorciamos hace ocho años.

189

Tru bajó la vista a la arena y luego volvió a mirarla.

—Debe de haber sido duro para ti. Lo siento.

—No tienes por qué —dijo—. El matrimonio había llegado a su fin y era el momento de separarnos. ¿Y tú? ¿Te volviste a casar?

—No —respondió—. En ese sentido, las cosas nunca funcionaron. Actualmente, no tengo pareja.

Aunque era un sentimiento egoísta, sintió una oleada de alivio.

—Pero todavía ves a Andrew, ¿no? Debe de tener unos treinta años ahora.

—Treinta y cuatro —contestó Tru—. Le veo unas cuantas veces al año. Vive en Amberes.

—¿Está casado?

—Sí —dijo Tru—. Desde hace tres años.

«Increíble», pensó Hope. Le resultaba difícil imaginárselo.

—¿Tiene hijos?

—Su mujer, Annette, está embarazada.

—Entonces pronto serás abuelo.

—Supongo que sí —confirmó—. ¿Y tú? ¿Conseguiste tener los hijos que deseabas?

—Dos. —Asintió con un gesto de cabeza—. Un chico y una chica. Bueno, en realidad ya son un hombre y una mujer: tienen más de veinte años. Jacob y Rachel.

Tru le apretó la mano con suavidad.

—Me alegro por ti.

—Gracias. Es de lo que estoy más orgullosa —dijo—. ¿Sigues haciendo de guía?

—No —respondió—. Me retiré hace tres años.

—¿Lo echas de menos?

—Para nada —contestó—. He aprendido a disfrutar de dormir más allá de la madrugada sin tener que preocuparme por si hay leones esperando a la puerta.

Hope era consciente de que la conversación era superficial, que sobrevolaba por encima de lo importante. Aun así, no era forzada, sino natural, como las que tenía con sus mejores amigas. Podían pasar meses, a veces hasta un año sin hablar, pero retomaban el hilo de la conversación exactamente donde la habían dejado la última vez. No había podido imaginar que sería lo mismo con Tru, pero aquella agradable sensación se vio interrumpida por una ráfaga de viento helada que atravesó la chaqueta y levantó la arena de las dunas. Por encima del hombro de Tru,

Hope pudo ver la bufanda agitándose sobre el banco y los bordes de las cartas que había debajo aleteando.

—Espera. Será mejor que devuelva las cartas al buzón antes de que salgan volando.

Corrió hacia el buzón. Aunque al llegar allí había sentido que le temblaban las piernas, ahora parecían rejuvenecidas, como si el tiempo discurriera hacia atrás. Y, de algún modo, era así.

Cerró la tapa del buzón y se dio cuenta de que Tru había ido tras ella.

—Quiero quedarme la carta que me has escrito —le dijo—. A menos que prefieras que no lo haga.

—¿Por qué me iba a importar? La escribí para ti.

Hope se abrigó el cuello con la bufanda.

—¿Por qué no decías en la carta que todavía estabas aquí? Simplemente, podías haber dicho: «espérame».

—No estaba seguro de cuánto tiempo iba a quedarme por aquí. No exactamente. Cuando te escribí, no sabía en qué fechas vendrías, y la carta original ya no estaba en el buzón cuando llegué.

Hope ladeó la cabeza.

—¿Cuánto tiempo pensabas quedarte?

—Hasta finales de año.

Sin estar segura de haber oído bien, no supo qué responder en un primer momento. Luego dijo:

—¿Pensabas venir aquí cada día hasta enero? ¿Y luego volver a África?

—Casi has acertado. Pensaba quedarme hasta enero. Pero aunque no nos encontráramos aquí, no iba a volver a África. Por lo menos no inmediatamente después.

—¿Adónde pensabas ir?

—Mi intención era quedarme en Estados Unidos.

—¿Por qué?

La pregunta pareció dejarle perplejo.

—Para poder buscarte —contestó al fin.

Hope se quedó boquiabierta e intentó responder algo, pero nuevamente le faltaron las palabras. Pensó que eso no tenía sentido. No merecía tanta devoción. Ella había cortado la relación. Le había visto derrumbarse y había seguido conduciendo; había elegido destruir sus esperanzas y crear un proyecto de vida con Josh.

Y, sin embargo, mientras Tru la miraba, se dio cuenta de que su amor por ella seguía intacto, aunque él todavía no supiera cuánto le había echado de menos. O cuánto le seguía importando. En su mente oyó una voz que la advertía de que debía tener cuidado, ser totalmente honesta para no volver a hacerle daño. Pero en medio de su reencuentro, la voz parecía distante, un eco que se desvanecía en un susurro.

—¿Qué haces esta tarde? —preguntó.

—Nada. ¿Qué habías pensado?

En lugar de contestar, Hope sonrió y supo exactamente adónde ir.

Emprendieron el regreso por donde habían venido, hasta llegar a la hondonada de arena que separaba Bird Island de Sunset Beach. En la distancia pudieron ver la silueta del embarcadero, aunque los detalles quedaban desdibujados debido al resplandor del sol en el agua. Las olas eran suaves y llegaban a la orilla con un ritmo regular. Más adelante, Hope advirtió la presencia de más gente en la playa, figuras diminutas que se movían por la orilla. El aire era cortante y traía consigo el aroma de los pinares; empezó a sentir un hormigueo en los dedos debido al frío.

Avanzaban con paso relajado, aunque a Tru no parecía importarle. Hope percibió que cojeaba un poco, lo suficiente como para preguntarse qué le habría pasado. Tal vez no era nada; quizás un poco de artritis, o simplemente la consecuencia de una vida activa. Pero eso le recordó que, a pesar de la historia que compartían, en muchos sentidos eran desconocidos. Ella había adorado su recuerdo, aunque no fuera exactamente igual que el hombre que era ahora.

¿O tal vez sí?

Mientras caminaba a su lado, no supo qué pensar. Solo sabía que estar con él era tan fácil y agradable como en el pasado. Al mirar de reojo a Tru, supuso que él sentía lo mismo. Al igual que ella, también se había metido las manos en los bolsillos, con las mejillas encendidas por el aire frío. Parecía feliz, como si acabara de volver a casa después de un largo viaje. Puesto que la marea estaba subiendo, caminaban justo donde empezaba la arena dura, observando las olas para evitar mojarse los zapatos.

Dejándose llevar por la conversación, las palabras salían de forma fluida, como si fuera una vieja costumbre redescubierta. Hope era la que llevaba el peso de la conversación. Le habló de la muerte de sus padres, apenas un poco del trabajo y de su matrimonio y posterior divorcio, pero sobre todo de Jacob y Rachel. Le contó innumerables historias de la infancia y adolescencia de sus hijos, y lo aterrada que se había sentido cuando tuvieron que operar a Rachel a corazón abierto. Podía ver las reacciones de preocupación o cordialidad en la cara de Tru, con plena empatía. No podía recordarlo todo, por supuesto; algunos de los detalles se le habían escapado a ella misma, pero notaba que Tru, de forma instintiva, captaba las pautas y el hilo conductor de su vida. Para cuando pasaron por debajo del embarcadero, pensó que quedaban pocas cosas de su vida como madre que Tru no supiera.

Empezaron a avanzar por la arena más blanda, para desviarse hacia el camino que salvaba las dunas. Ella iba delante. Se dio cuenta de que, a diferencia del trayecto de ida hacia Kindred Spirit, que le había resultado tan arduo, ahora apenas se había cansado al regresar. Notaba los dedos calientes y ágiles en los bolsillos. A pesar de haber hablado casi todo el tiempo, no le faltaba el aliento.

Tras bordear el camino llegaron a la calle y Hope vio un coche aparcado al lado del suyo.

—¿Es el tuyo? —señaló el coche mientras preguntaba.

—Es de alquiler —contestó Tru.

Hope pensó que tenía sentido que hubiera alquilado un coche, pero no pudo evitar darse cuenta de que estaba aparcado justo al lado del suyo, como si la misma fuerza mágica que había conjurado su reencuentro les hubiera conminado a estacionar uno al lado del otro. Le pareció que era una señal curiosamente conmovedora.

—¿Me sigues? —propuso—. Hay que conducir un rato.

—Ve tu delante.

Hope apretó el botón que desbloqueaba las puertas y se puso tras el volante. El coche estaba frío; después de arrancar el motor, puso la calefacción al máximo. Por la ventanilla vio a Tru entrar en el coche de alquiler. Hope dio marcha atrás y luego se detuvo a un lado de la calle para esperarle. Cuando vio que la seguía, quitó el pie del freno y el coche empezó a avanzar, hacia una tarde que no podía haber previsto, hacia un futuro que no podía imaginar.

Sola en el coche, su mente empezó a vagar mientras miraba de vez en cuando por el retrovisor, para comprobar que Tru la seguía y que no se trataba de una alucinación, porque parte de ella todavía no podía creer que de verdad le hubiera llegado su carta.

«Pero sí le llegó mi carta», pensó.

Tru estaba allí. Había vuelto porque se lo había pedido. Y seguía sintiendo algo por ella.

Hope aspiró profundamente y empezó a tranquilizarse a medida que notaba la calefacción del coche. Veía a Tru detrás, trazando las cur-

193

vas y cruzando el puente, hasta llegar a la autopista, donde, por suerte, la mayoría de los semáforos estaban en verde. Finalmente llegaron a la salida de Carolina Beach. Pasaron por otro pequeño puente; después de unas cuantas curvas más, Hope aparcó en la entrada de la casa que había alquilado.

Dejó sitio libre para que Tru aparcara al lado y le observó hasta que, finalmente, se detuvo. Hope salió del coche y escuchó el ruido del motor mientras se enfriaba. En el otro vehículo, él se había girado hacia atrás, buscando algo en el asiento trasero. Hope pudo atisbar su pelo plateado a través del cristal.

Mientras le esperaba, vio pasar algunos jirones de nubes que suavizaron el resplandor del sol. La brisa continuaba soplando; tras haberse calentado en el coche, de pronto notó que estaba tiritando. Se abrazó a sí misma y oyó el trino de un cardenal en los árboles; cuando lo avistó, le vino a la cabeza la carta de Joe a Lena que Tru le había leído cuando visitaron Kindred Spirit por primera vez. «Cardenales —pensó—, compañeros para toda la vida.» La idea le hizo sonreír.

Tru salió del coche con un movimiento natural, como ella recordaba que se movía en el pasado. Llevaba una bolsa de lona en la mano y entrecerró los ojos para examinar la casa.

—¿Es aquí donde vives ahora?

—La he alquilado por una semana.

Tru escrutó de nuevo la casita y se volvió hacia ella.

—Me recuerda a la de tus padres.

Hope sonrió, con una sensación de *déjà vu*.

—Eso es justo lo que pensé cuando la vi por primera vez.

El sol de otoño empezaba a caer mientras Tru la seguía hasta la puerta principal. Una vez dentro, Hope dejó el gorro, los guantes y la bufanda sobre la mesita rinconera, y colgó la chaqueta en el armario. Tru hizo lo mismo con la suya. La bolsa de lona fue a parar a la mesita, al lado de las demás cosas. Había algo reconfortante y familiar en la forma en que entraron en la casa, como si lo hubieran hecho juntos toda la vida.

Hope notó que entraba aire por las ventanas. Aunque había programado el termostato antes de salir, la casa estaba luchando contra los elementos. Se frotó los brazos para activar la circulación sanguínea. Observó a Tru mientras este echaba un vistazo a la casa y tuvo la sensación de que sus ojos seguían sin perder detalle.

—No puedo creer que estés aquí realmente —dijo—. Nunca hubiera creído que vendrías.

—Y, sin embargo, estabas esperándome en el buzón.

Ella respondió con una tímida sonrisa y se peinó con los dedos el pelo alborotado por el viento.

—Hasta ahora he sido yo la que más he hablado, así que ahora me gustaría saber cosas de ti.

—Mi vida no es tan interesante.

—Si tú lo dices... —dijo con una expresión de escepticismo en la cara. Le rozó el brazo y preguntó—: ¿Tienes hambre? ¿Quieres que prepare algo de comer?

—Solo si me acompañas. He desayunado tarde, así que tampoco estoy famélico.

—¿Qué te parece una copa de vino? Creo que esto se merece una pequeña celebración.

—Estoy de acuerdo —dijo—. ¿Necesitas ayuda?

—No, pero si no te importa encender el fuego, estaría bien. Solo hay que darle al interruptor al lado de la repisa de la chimenea. Es automático. Después ponte cómodo. Vuelvo dentro de un minuto.

Hope fue a la cocina y abrió la nevera. Sacó la botella de vino, sirvió dos copas y volvió a la sala de estar. Para entonces, el fuego ya estaba encendido y Tru se había acomodado en el sofá. Hope le dio una de las copas y puso la suya en la mesita de centro.

—¿Quieres una manta? Incluso con el fuego todavía tengo un poco de frío.

—Estoy bien —respondió.

Hope fue a buscar una colcha de la cama; luego se sentó en el sofá con la colcha por encima antes de volver a coger su copa. La chimenea empezaba a irradiar calor en la estancia.

—Ha sido una agradable sorpresa —comentó, mientras pensaba que Tru era igual de atractivo que cuando se conocieron—. Aunque tremendamente inverosímil.

Tru se rio con su típica y familiar risa grave.

—Es más que agradable. Es un milagro. —Alzó su copa y dijo—: Por... Kindred Spirit.

Tras hacer chocar las copas, ambos dieron un sorbo. Mientras dejaba la copa a un lado, Tru esbozó una sonrisa.

—Me sorprende que no hayas preferido quedarte en Sunset Beach.

—Ya no es lo mismo —respondió Hope.

«No lo ha sido desde que te conocí», añadió para sí misma.

—¿Habías estado antes aquí?

Hope asintió.

—Vine aquí por primera vez cuando me separé de Josh. —Le explicó por encima lo mal que lo había pasado entonces y cuánto la había ayudado a aclarar las ideas ir allí de vacaciones—. En aquel tiempo, era todo lo que podía hacer para mantener a raya mis emociones. Estar sola también me recordó cuánto les estaba costando a los chicos aceptar el divorcio, aunque no lo demostraran. Realmente me necesitaban, y estar aquí me ayudó a centrarme en eso.

—Me parece que has sido muy buena madre.

—Lo he intentado —respondió encogiéndose de hombros—. Pero también he cometido muchos errores.

—Creo que eso forma parte de la definición de ser padre. Sigo preguntándome si no debería haber pasado más tiempo con Andrew.

—¿Te ha dicho algo?

—No, nunca lo haría. Y, sin embargo, los años pasaron demasiado rápido. Un día era un niño pequeño, y de pronto le vi marcharse a Oxford.

—¿Te quedaste en Hwange hasta entonces?

—Sí.

—Pero luego te fuiste.

—¿Cómo lo sabes?

—Te estuve buscando —contestó Hope—. Me refiero a antes de dejar la carta en el buzón.

—¿Cuándo?

—En 2006. Tras divorciarme de Josh, probablemente un año después de mi primera visita a Carolina Beach. Recordaba el nombre del campamento en el que trabajabas y me puse en contacto con el *lodge*, entre otras cosas. Pero no pude dar contigo.

Tru parecía estar reflexionando sobre aquello, con la mirada perdida durante unos segundos. Hope tuvo la sensación de que quería decir algo, pero no podía. Tras unos instantes, se limitó a ofrecer una amable sonrisa.

—Ojalá lo hubiera sabido —dijo finalmente—. Y ojalá me hubieras encontrado.

«No sabes cómo lo deseaba», pensó Hope.

—¿Qué sucedió? Creía que trabajabas en Hwange.

—Así era —contestó Tru—. Pero estuve allí mucho tiempo y había llegado el momento de cambiar.

—¿Por qué?

—La gestión del campamento cambió. Muchos de los otros guías ya no estaban, incluido mi amigo Romy. Se retiró un par de años antes. El *lodge* pasaba por un periodo de transición. Además, con Andrew ya en la universidad, nada me retenía allí. Pensé que si quería empezar una nueva vida en otro sitio, mejor pronto que tarde. Así que vendí la casa en Bulawayo y me fui a Botsuana. Encontré trabajo en un campamento que parecía interesante.

«De modo que sí que se trasladó a Botsuana», pensó Hope.

—A mí todos me parecerían interesantes.

—En realidad, muchos lo son —confirmó Tru—. ¿Llegaste a ir a un safari? Dijiste que querías hacerlo algún día.

—No, todavía no. Pero espero poder hacerlo. —Entonces, retomando lo que Tru acababa de decir y acordándose de la cantidad de campamentos con los que había contactado, preguntó—: ¿Qué tenía aquel campamento de Botsuana que te interesara tanto? ¿Era muy conocido?

—Para nada. Es más bien un campamento de gama media. El alojamiento es un tanto rústico. Comida preparada en bolsas, en lugar de recién hecha... Cosas así. Y es más difícil ver animales. Pero oí algo sobre los leones de la reserva. Para ser más exacto, de una manada en concreto.

—Creía que veías leones todo el tiempo.

—Sí, pero no como estos. Me había llegado el rumor de que los leones habían aprendido a cazar y a derribar elefantes.

—¿Cómo es posible que unos leones cacen elefantes?

—No tenía la menor idea de cómo lo hacían. En su momento no quería creerlo, pero con el tiempo conocí a un guía que solía trabajar allí. Me dijo que no había visto con sus propios ojos cómo atacaban, pero un buen día se encontró el cadáver de un elefante. Y no quedaba duda de que los leones se habían dado un banquete nocturno con él.

Hope entrecerró los ojos en un gesto de duda.

—¿Tal vez el elefante estaba enfermo y los leones se toparon con él por casualidad?

—Eso es lo que pensé en un primer momento. Siempre se ha dicho que el león es el rey de la selva; es un mito representado incluso en esa película de Disney, *El rey león*. Pero yo sabía por experiencia que no era verdad. Los elefantes son y siempre han sido los reyes. Son enormes e imponentes, muy dominantes. Los centenares de veces que he visto a un elefante acercarse a leones, estos siempre se retiraban. Pero si el guía estaba en lo cierto, tenía que verlo con mis propios ojos. Esa idea se convir-

197

tió en una especie de obsesión. Y como Andrew ya no estaba, pensé: «¿Por qué no?». —Dio un sorbo de vino antes de proseguir—. Cuando empecé a trabajar allí, me enteré de que ninguno de los guías había visto aquellos ataques, pero todos lo creían, porque de vez en cuando aparecía un cadáver. De ser verdad, debía de tratarse de algo poco frecuente. Tenía sentido que no fuera tan fácil verlos. Incluso aunque una manada de leones pudiera derribar un elefante, sin duda preferirían presas más fáciles. Durante mis primeros años allí, esos ataques eran los que solía ver. La principal fuente de alimento de la manada era lo típico que siempre había visto en el pasado: impalas, facóceros, cebras y jirafas. Nunca me encontré con ningún cadáver de elefante. Pero a mediados de mi tercer año allí, una fuerte sequía asoló la reserva. Duró meses, y muchos de los animales habituales murieron o empezaron a migrar hacia el delta del Okavango. Pero los leones seguían allí, cada vez más desesperados. Entonces, a última hora de la tarde, mientras guiaba a unos clientes, pude presenciarlo.

—¿En serio?

Tru asintió, reviviendo el pasado. Ella le observaba mientras él hacía girar el vino en su copa.

—Era un elefante pequeño, pero los leones consiguieron separarlo del grupo y se pusieron manos a la obra. Por turnos, uno tras otro, casi como si fuera una operación militar: uno le atacaba una pierna, otro saltaba sobre su lomo; los otros lo mantenían rodeado. Como si simplemente pretendieran agotarlo con el tiempo. No había violencia, sino que fue un ataque muy metódico, calmado. La manada era cauta y todo el ataque debió de prolongarse durante treinta minutos. Entonces, cuando el elefante parecía debilitado, se unieron para atacar muchos a la vez. El elefante fue derribado; luego no tardaron en rematarlo. —Tru se encogió de hombros, con un tono de voz más suave—. Puede dar pena aquel pobre elefante, pero, en última instancia, me impresionaron los leones. Sin duda fue una de las experiencias más memorables de mi carrera de guía.

—Increíble —dijo—. ¿Estabas solo cuando pasó?

—No —contestó—. Llevaba a seis clientes en el *jeep*. Creo que uno de ellos acabó vendiendo el vídeo que grabó a la CNN. Nunca lo he visto, pero en los años siguientes me lo contaron muchas personas que sí lo vieron. El *lodge* donde yo trabajaba se hizo muy famoso durante un tiempo. Pero las lluvias por fin llegaron y concluyó la sequía. Los animales regresaron y los leones volvieron a cazar presas más accesibles.

Nunca volví a ver un ataque parecido, ni otro cadáver de elefante. Escuché noticias de un suceso similar años después, pero para entonces yo ya no estaba allí.

Hope sonrió.

—Tengo que decirte lo mismo que cuando nos conocimos: eres la persona con el trabajo más interesante del mundo.

—Tuvo sus momentos. —Tru se limitó a encogerse de hombros.

Hope ladeó la cabeza.

—¿Dijiste que Andrew fue a Oxford?

Tru asintió.

—Sin duda, acabó siendo mejor estudiante que yo. Increíblemente brillante. Sobre todo en ciencias.

—Debes de estar orgulloso.

—Lo estoy. Pero la verdad es que el mérito es más bien de él... Y de Kim, por supuesto.

—¿Qué tal está? ¿Sigue casada?

—Sí. Sus otros hijos ya son adultos. Por ironías de la vida, volvemos a vivir bastante cerca. Tras instalarme en la bahía de Bantry, ella y su marido se trasladaron a Ciudad del Cabo.

—He oído decir que es precioso.

—Sí que lo es. La costa es fantástica. Con bellas puestas de sol.

Hope se quedó mirando el fondo de la copa.

—No sabes cuántas veces he pensado en ti en todos estos años. En cómo pasabas tus días, en qué veías, en qué hacía Andrew.

—Durante mucho tiempo, mi vida no fue tan distinta de la que llevaba antes. Casi todo giraba en torno a Andrew y a mi trabajo. Cuando estaba en la sabana, salía con clientes dos veces al día, incluso tres; por la noche, tocaba la guitarra o dibujaba. Cuando estaba en Bulawayo, veía crecer a mi hijo: cómo le apasionaban las maquetas de trenes durante un año, luego el monopatín, después vino la guitarra eléctrica y, finalmente, la química y las chicas. Por ese orden.

Hope asintió y recordó las fases por las que habían pasado Jacob y Rachel.

—¿Cómo fue su adolescencia?

—Como la de la mayoría de los adolescentes: tenía su propia vida social. Amigos, una novia distinta cada año. Hubo una época en que me sentí un poco como el gerente de un hotel cuando estaba conmigo, pero entendía su deseo de independencia y lo aceptaba mejor que Kim. Creo que fue duro para ella dejar marchar a su niño pequeño.

199

—A mí me pasó lo mismo —admitió Hope—. Supongo que es algo típico de las madres.

—Supongo que la época más difícil para mí fue verlo partir a la universidad. Estaría muy lejos de casa y no podría verlo a menudo. Y tampoco él quería. De modo que aprovechaba para verlo en vacaciones o en el intervalo entre trimestres. Pero no era lo mismo. Especialmente siempre que volvía de la sabana a Bulawayo, me sentía inquieto. No sabía qué hacer con mi vida; por eso, cuando me llegó aquel rumor sobre los leones, decidí recoger mis cosas y me fui a Botsuana.

—¿Andrew fue a visitarte allí?

—Sí, pero no con tanta frecuencia. A veces creo que no debí vender la casa de Bulawayo. Él no conocía a nadie en Gaborone (yo tenía un apartamento allí), y cuando tenía tiempo quería ver a sus amigos. Por supuesto, Kim también quería pasar algún tiempo con él. A veces volvía a Bulawayo y me quedaba en un hotel, pero no era lo mismo. Él ya era un adulto. Aunque joven, me di cuenta de que estaba empezando su propia vida.

—¿Qué estudió?

—Química: decía que quería ser ingeniero. Pero, después de graduarse, empezaron a interesarle las piedras preciosas, especialmente los diamantes coloreados. Ahora es un tratante de diamantes, lo cual significa que tiene que viajar a Nueva York y Pekín con frecuencia. Era un buen chico que se convirtió en un jovencito estupendo.

—Me gustaría conocerle algún día.

—A mí también me gustaría presentártelo —contestó.

—¿Vuelve a veces a Zimbabue?

—No mucho. Pero tampoco Kim, ni yo mismo. Zimbabue está pasando por tiempos difíciles.

—Leí lo de la expropiación de las tierras. ¿Afectó a la granja de tu familia?

Tru asintió.

—Por supuesto. Hay que comprender que el país tiene un largo historial de errores, cometidos por gente como mi abuelo. Aun así, la transición fue brutal. Mi padrastro conocía a mucha gente en el Gobierno. Pensó que eso le protegería. Sin embargo, cierta mañana, un grupo de soldados y agentes del Gobierno se presentaron allí y rodearon la granja. Los agentes mostraron documentos legales donde se decía que la granja quedaba expropiada, junto con todos los bienes. Todo. Mis padrastro y mis medio hermanos tuvieron veinte minutos para recoger

sus objetos personales. Luego los escoltaron hasta el exterior de la propiedad a mano armada. Algunos de los trabajadores protestaron y fueron derribados en el acto. Y, de ese modo, la granja y todas las tierras dejaron de pertenecerles. No podían hacer nada. Eso fue en el año 2002. Yo
ya estaba en Botsuana. Me contaron que mi padrastro se vino abajo rápidamente. Empezó a darse a la bebida y se suicidó un año después.

Hope pensó en la historia de la familia de Tru. Le parecía épica y si-
niestra, casi shakespeariana.

—Es terrible.

—Sí que lo fue, y lo sigue siendo, incluso para aquellos que recibie-
ron las tierras. No sabían qué hacer con ellas ni cómo mantener el equipo. No conocían los métodos de irrigación y no hicieron la rotación de
cultivos adecuada. Ahora no se cultiva nada allí. Nuestra granja se convirtió en un campamento de *ocupas*, y lo mismo sucedió en todo el país.
Si añadimos la crisis económica…

Tru no acabó la frase.

Hope intentó imaginárselo.

—Parece que te fuiste justo a tiempo.

—Sí, pero al mismo tiempo me entristece. Zimbabue siempre será
mi hogar.

—¿Qué fue de tus medio hermanos?

Tru apuró la copa y la dejó sobre la mesa.

—Están en Tanzania. Han vuelto a dedicarse a la agricultura, pero
no es como antes. No tienen demasiadas tierras, y estas no son tan fér-
tiles como las de la granja. Pero solo lo sé porque me pidieron dinero
prestado, y no siempre pueden cumplir con los pagos para devolvér-
melo.

—Es muy amable por tu parte. Me refiero a que los ayudes.

—No pudieron elegir la familia en la que nacieron, igual que yo.
Además, creo que a mi madre le hubiera gustado que lo hiciera.

—¿Y que pasó con tu padre biológico? ¿Volviste a verle?

—No —contestó Tru—. Hablamos por teléfono un par de semanas
después de que regresara a Zimbabue, pero falleció poco después.

—¿Sabes algo de sus otros hijos? ¿Cambiaste de opinión respecto a
la idea de conocerlos?

—No —respondió—. Y estoy bastante seguro de que tampoco tenían ganas de conocerme. La carta de su abogado en que se me informaba de la muerte de mi padre lo dejaba bastante claro. Desconozco sus
motivos; tal vez fuera porque les recordaba que su madre no fue la úni-

ca mujer a la que amó su padre, o quizás estaban preocupados por la herencia, pero no encontré ninguna razón para ignorar su voluntad. Al igual que mi padre, eran unos extraños para mí.

—De todos modos, me alegro de que tuvieras la oportunidad de conocerle.

Tru volvió la mirada hacia el fuego.

—Yo también. Todavía conservo las fotografías y los dibujos que me dio. Parece que haga una eternidad —dijo.

—Ha pasado mucho tiempo —comentó Hope con voz queda.

—Demasiado —comentó él, tomando su mano, y ella supo que se refería a ellos.

Notó que se ruborizaba, aunque solo le estaba acariciando la piel con el pulgar. Era una sensación terriblemente familiar. ¿Cómo era posible que se hubieran vuelto a encontrar? ¿Qué pasaría ahora? Tenía la sensación de que el hombre del que se había enamorado entonces apenas había cambiado, pero eso le hizo pensar en cómo de diferente era su vida. Mientras él seguía siendo tan atractivo como siempre, ella notaba la edad; él parecía cómodo en su compañía, pero el simple roce de su mano desencadenaba en ella una oleada de emociones. Era abrumador, casi demasiado, por lo que Hope le apretó la mano antes de desasirse. No estaba preparada para tanta intimidad, pero le ofreció una sonrisa alentadora antes de sentarse de nuevo en posición erguida.

—Vale, a ver si lo he entendido bien. Estuviste en Hwange hasta... ¿1999 o 2000? Y luego te fuiste a Botsuana.

Tru asintió.

—En 1999. Estuve en Botsuana cinco años.

—¿Y luego?

—Creo que para contarte el resto voy a necesitar otra copa de vino.

—Voy a buscar la botella. —Cogió su copa y fue a la cocina.

Volvió un minuto después. Se acomodó de nuevo bajo la colcha y pensó que la temperatura en la sala era más agradable. Una sensación acogedora. En muchos sentidos, ya había sido una tarde perfecta.

—De acuerdo —dijo—, ¿en qué año estábamos?

—En 2004.

—¿Qué pasó?

—Tuve un accidente —contestó—. Uno bastante grave.

—¿Cómo de grave?

Tru dio un sorbo de vino mirándola a los ojos.

—Fallecí.

La muerte

$\mathcal{M}$ientras yacía en la cuneta al lado de la autopista, Tru sintió que la vida se le escapaba. Apenas era consciente de que la camioneta estaba boca abajo con la parte frontal destruida y de que uno de los neumáticos seguía dando vueltas, hasta que finalmente se detuvo; apenas advirtió la presencia de personas que corrían hacia él. No estaba seguro de dónde estaba ni de qué había pasado; tampoco sabía por qué el mundo parecía borroso. No entendía por qué no podía mover las piernas ni qué provocaba las incesantes oleadas de dolor que recorrían su cuerpo.

Tampoco, cuando por fin despertó en un hospital que no reconocía, en un país distinto, pudo recordar nada del accidente. Se acordaba de que volvía al *lodge* después de pasar unos cuantos días en Gaborone, pero no de lo que le contó la enfermera más adelante: que un camión de reparto que circulaba en sentido contrario de repente se cruzó con su furgoneta. Tru no llevaba el cinturón de seguridad, y el impacto le hizo salir despedido a través del parabrisas: aterrizó catorce metros más allá, con una fractura craneal y dieciocho huesos rotos, incluidos ambos fémures, todos los del brazo derecho, tres vértebras y cinco costillas. Unos desconocidos le cargaron en un carretón de verduras y lo llevaron a una clínica provisional de una ONG, que ofrecía a los habitantes de una aldea cercana la posibilidad de vacunarse. No contaban con el equipo ni las medicinas necesarios, y tampoco había ningún médico presente. El suelo estaba sucio, la sala estaba llena de niños que habían aprendido a ignorar las moscas que se arremolinaban alrededor de su cara y de su cuerpo. La enfermera era una chica sueca. Se sintió abrumada, sin la menor idea de qué debía hacer cuando llevaron a Tru a la sala de espera. Pero todo el mundo esperaba que hiciera algo, lo que fuera, así que fue hacia el carretón y comprobó si tenía pulso. Nada. Comprobó la arteria carótida. Tampoco notó nada. Acercó la oreja a la boca de Tru para ver si respiraba. No oyó ni notó nada. Entonces corrió en busca del estetoscopio que

203

estaba en su bolsa. Se lo puso sobre el pecho y escuchó atentamente en busca del más débil murmullo, pero no pudo oír nada. Finalmente, se dio por vencida: Tru estaba muerto.

El propietario del carretón de verduras le pidió que dejaran el cuerpo en otro lugar, para poder regresar y recuperar sus verduras antes de que se las robaran todas. Se produjo una discusión cuando se le planteó que tal vez debería esperar a la policía, pero el propietario gritó más fuerte que nadie y se impuso. Con ayuda del padre de uno de los niños, izaron el cuerpo de Tru del carretón. Los huesos crujieron como si estuvieran triturados cuando lo depositaron en una esquina en el suelo. La enfermera cubrió su cuerpo con una manta. La gente hizo sitio para el cadáver, pero, aparte de eso, ignoraron su presencia. El propietario del carretón desapareció en la carretera, mientras la enfermera siguió poniendo vacunas.

Poco después, Tru tosió.

Le llevaron al hospital de Gaborone en la caja de una furgoneta. Desde aquella aldea, tardaron más de una hora en llegar. Cuando llegó a admisiones, el médico de urgencias no pudo hacer gran cosa. Era un milagro que Tru siguiera con vida. Le dejaron en una camilla en un pasillo abarrotado de gente mientras el personal del hospital aguardaba su muerte. Pensaron que quizás aguantaría unos minutos, en todo caso no más de media hora. El sol iniciaba su descenso.

Pero Tru no murió. Sobrevivió la noche, pero ahora tenía una infección. El hospital no contaba con demasiados antibióticos y no querían desperdiciarlos. La fiebre empezó a subir y el cerebro empezó a inflamarse. Pasaron dos días, tres, y Tru seguía en algún lugar entre la vida y la muerte. Para entonces, ya habían contactado con Andrew gracias a que ocupaba el primer lugar en la lista de familiares asociada a su documento de identidad. Su hijo había volado desde Inglaterra para estar con su padre. Alertada por Andrew, Kim también acudió desde Johannesburgo, donde vivía entonces. Se organizó un vuelo de socorro sanitario y trasladaron a Tru a un hospital de traumatismos en Sudáfrica. Sorprendentemente, también sobrevivió al vuelo. Le inyectaron grandes cantidades de antibióticos mientras los médicos drenaban el fluido de su cerebro. Estuvo inconsciente durante ocho días. Al noveno le bajó la fiebre y despertó para ver a Andrew a su lado.

Permaneció en el hospital siete semanas más mientras recolocaban y enyesaban uno a uno sus huesos, hasta que se soldaron. Después de eso, todavía no podía caminar, veía doble y lo dominaba una sensación permanente de vértigo. Lo trasladaron a un centro de rehabilitación.

Estuvo allí casi tres años.

En la casa, la luz del fuego se reflejaba temblorosa en los ojos de Hope, como si fueran dos velas. Tru volvió a pensar que era tan bella como siempre. Tal vez más que en aquel entonces. En las suaves arrugas de los ojos podía ver sabiduría, así como una serenidad ganada con esfuerzo. Su rostro estaba lleno de elegancia.

Tru sabía que su vida no había sido fácil. Aunque Hope no había entrado en detalles sobre su matrimonio con Josh, supuso que evitaba hablar del tema no solo para intentar no herir sus sentimientos, sino también para no hacerse daño a sí misma.

Mientras tanto, Hope le miraba como si le estuviera viendo por primera vez.

—Dios mío —dijo Hope—. Es… una de las cosas más terribles que he oído nunca. ¿Cómo sobreviviste?

—No lo sé.

—¿Estabas muerto de veras?

205

—Eso es lo me dijeron. Llamé a la enfermera de la clínica de vacunas un año después del accidente: me juró que no presentaba constantes vitales. Dijo que, cuando tosí, la mitad de los pacientes de la sala empezaron a gritar. En ese momento no pude evitar reírme.

—No le veo la gracia.

—No —confirmó él—. No fue gracioso. —Se tocó la sien, donde el pelo ya era blanco—. Tenía un traumatismo cerebral. Algunos trozos del cráneo se introdujeron en el cerebro. Durante mucho tiempo, las conexiones no funcionaron bien. Cuando por fin desperté e intenté hablar con Andrew o con los doctores, creía estar diciendo una cosa, pero en realidad estaba diciendo algo completamente distinto. Creía que decía «buenos días», pero los médicos oían «las ciruelas gritan en las barcas». Era tremendamente frustrante, porque mi brazo derecho estaba tan triturado que tampoco podía escribir. Con el tiempo, algunas conexiones empezaron a establecerse correctamente. Fue un proceso lento. No obstante, incluso cuando pude decir frases con sentido, tenía fallos ridículos de memoria. Se me olvidaron algunas palabras, normalmente las que denominan las cosas más simples. Tenía que decir «esa cosa que se usa para comer, esa cosita plateada que tienes en la mano», en lugar de «tenedor». Mientras tanto, los médicos tampoco estaban seguros de si mi parálisis era temporal o permanente. Mi espina dorsal seguía inflamada debido a las vértebras rotas. Aunque me pusieron varillas de metal, la inflamación tardó mucho en desaparecer.

—Oh, Tru… Ojalá lo hubiera sabido —dijo Hope, con voz trémula.

—No podías hacer nada —señaló Tru.

—Da igual —dijo ella, levantando las rodillas por debajo de la colcha—. En esa época estaba intentado encontrarte. Nunca se me ocurrió preguntar en los hospitales.

Tru asintió con la cabeza.

—Ya me lo imagino.

—Me habría gustado poder estar allí contigo.

—No estaba solo —dijo Tru—. Andrew venía a verme siempre que podía. Kim también me visitaba de vez en cuando. Y, además, Romy se enteró de lo sucedido. No sé cómo lo hizo. Tardó cinco días en autobús en llegar al centro de rehabilitación y se quedó una semana a mi lado. Pero todas esas visitas no fueron fáciles para mí. Especialmente durante el primer año. Tenía mucho dolor, no podía comunicarme y sabía que todos estaban igual de asustados que yo. Sabía que se hacían las mismas preguntas: ¿volvería a caminar? ¿Podría volver a hablar con normalidad? ¿Sería capaz de vivir solo? Ya era bastante duro, como para encima percibir su preocupación.

—¿Cuánto tardaste en mejorar?

—La visión doble mejoró al cabo de un mes, pero todo siguió desenfocado durante unos seis meses más. Pude incorporarme en la cama después de tres o cuatro meses. Después pude mover los dedos de los pies, pero algunos de los huesos de mis piernas no se habían soldado bien, así que hubo que volver a romperlos y escayolarlos. Luego vinieron las operaciones en el cerebro, la espina dorsal y… Fue una experiencia que preferiría no repetir.

—¿Cuándo te diste cuenta de que podrías volver a caminar?

—Mover los dedos de los pies fue un buen comienzo, pero me pareció que tardaba una eternidad en poder mover los pies. Caminar era impensable, al menos al principio. Tuve que aprender de nuevo a sostenerme en pie, pero los músculos de las piernas estaban atrofiados y los nervios todavía no transmitían bien las señales. Sufría intensas descargas de dolor que me recorrían todo el nervio ciático. A veces hacía ejercicios en unas barras paralelas, pero de pronto me encontraba con que no podía mover la pierna que había quedado rezagada. Era como si la conexión entre mi cerebro y las piernas se hubiera cortado de repente. Pasado un año del accidente, por fin pude recorrer la habitación sin ayuda. Solo eran unos tres metros y arrastraba el pie izquierdo un poco…, pero me eché a llorar. Era la primera vez que veía la luz al final del túnel. Sabía que, si seguía trabajando, algún día podría salir de la clínica.

—Debe de haber sido una pesadilla.

—En realidad, todavía me resulta duro recordarlo. Ahora parece tan lejano… Todos aquellos días, semanas, meses y años parecen fundirse en el recuerdo.

Hope le miró con detenimiento.

—No me habría dado cuenta si no me hubieras explicado todo esto. Pareces… el mismo de entonces. Advertí la cojera, pero es tan leve…

—Tengo que seguir activo, lo cual significa mantener una rutina de ejercicios bastante estricta. Camino mucho. Eso me ayuda con el dolor.

—Entonces ¿sigues teniendo dolor?

—Un poco, pero si hago ejercicio noto una gran diferencia.

—Tiene que haber sido muy duro para Andrew verte así.

—Todavía le cuesta hablar sobre mi aspecto cuando me vio en el hospital en Botsuana. O acerca de su preocupación durante el vuelo y mientras esperaba a que me despertara en el hospital de Sudáfrica. Se quedó conmigo durante mi estancia en el hospital. Siempre pienso que fue de gran ayuda que Kim y Andrew no perdieran la cabeza. De no haber organizado aquel vuelo con asistencia médica, no me cabe duda de que no habría sobrevivido. Pero una vez en el centro de rehabilitación, Andrew siempre se mostraba más optimista que yo, cuando venía a verme. Como solo me visitaba cada dos o tres meses, a él le parecía que mejoraba a pasos agigantados. Pero yo tenía otra percepción.

—¿Has dicho que estuviste allí tres años?

—Durante el último no estaba interno. Todavía tenía varias horas de terapia diarias, pero me sentía como si hubiera salido de la cárcel. Casi no había salido de allí en dos años. Espero no volver a ver un tubo fluorescente en mi vida.

—Todo esto me hace sentir tan mal.

—No tienes por qué —respondió—. Ahora estoy bien. Y aunque parezca increíble, conocí a gente maravillosa. El fisioterapeuta, el logopeda, los médicos y las enfermeras. Personas extraordinarias. Pero es extraño recordar ese periodo de mi vida; a veces tengo la sensación de que hice una pausa de tres años. Supongo que, de alguna manera, así fue.

Hope aspiró lentamente, como si estuviera absorbiendo el calor del fuego. Luego dijo:

—Has demostrado una fortaleza que probablemente yo no hubiera tenido en tu caso.

—No te creas. No pienses ni por un segundo que no me afectó. Tuve que tomar antidepresivos durante casi un año.

—Es bastante comprensible —dijo—. Estuviste traumatizado en todos los sentidos.

Durante un rato, ambos se quedaron con la mirada posada en el fuego. Hope acercó los pies a las piernas de él por debajo de la colcha. Tru tenía la sensación de que ella seguía intentando ordenar en su mente todo lo que le había contado y comprender que habían estado a punto a perder la oportunidad de reencontrarse. De vez en cuando, le asaltaba aquella idea… y le parecía incomprensible: habían estado a punto de no volver a verse, algo demasiado desgarrador para aceptarlo… Pero todo lo que estaba sucediendo ese día parecía insondable. Estar sentados juntos en el sofá en ese momento era algo surrealista y extremadamente romántico, hasta que el estómago de Tru emitió un audible rugido.

Hope se rio.

—Parece que estás hambriento. —Se deshizo de la colcha—. Yo también empiezo a tener hambre. ¿Te apetece una ensalada de pollo? ¿O verduras? Si lo prefieres, también puedo cocinar salmón o gambas.

—Una ensalada me parece perfecto —contestó.

Hope se puso en pie.

—Empezaré a prepararla.

—¿Puedo ayudarte? —preguntó Tru, estirándose.

—No necesito demasiada ayuda, pero no me importaría que me hicieras compañía.

Hope dejó la colcha sobre el sofá y se llevaron las copas de vino a la cocina. Mientras Hope abría la nevera, Tru se apoyó en la encimera, observándola. Sacó una lechuga romana, tomates *cherry* y pimientos troceados de varios colores. Tru reflexionó sobre lo que ella le había contado aquella tarde. Las decepciones no la habían endurecido con ira o amargura, sino que más bien le habían hecho entender que, en la vida, las cosas no siempre salen como uno quiere.

Hope le ofreció una sonrisa, como si supiera lo que estaba pensando. Buscó en un cajón un cuchillo pequeño y sacó una tabla para picar.

—¿Estás segura de que no quieres ayuda? —preguntó Tru.

—No tardaré mucho, pero podrías coger los platos y los tenedores. Están en el armario, debajo del fregadero.

Siguiendo sus indicaciones, colocó los platos cerca de la tabla para picar y vio cómo cortaba las verduras. Después, Hope dispuso la ensalada en un cuenco y la aliñó con un poco de zumo de limón y aceite de oliva, antes de poner dos raciones en sendos platos. Finalmente, añadió una medida de ensalada de pollo preparada a cada plato. En los últimos veinticuatro años, se había imaginado mil veces una escena como la que estaba viviendo en esos momentos.

—*Voilà*.

—Tiene un aspecto delicioso —comentó, mientras la seguía hasta la mesa.

Tras dejar los platos, Hope señaló el refrigerador.

—¿Quieres más vino? —preguntó.

—No, gracias. Ahora dos copas es mi límite.

—El mío es más bien uno —contestó ella mientras cogía el tenedor—. ¿Te acuerdas de cuando cenamos en Clancy's? ¿Y luego volvimos paseando y tomamos un poco de vino en la casita de mis padres?

—¿Cómo iba a olvidarlo? —dijo—. Fue la noche en que empezamos a conocernos. Me dejaste sin aliento.

Hope asintió, con un leve rubor en las mejillas. Luego se dispuso a comer y él la imitó.

Tru hizo un gesto con la cabeza para señalar la caja de madera que había sobre la mesa.

—¿Qué hay ahí dentro?

—Recuerdos —contestó Hope, con cierto tono de misterio—. Te los enseñaré después, pero ahora me gustaría que siguieras hablándome de ti. Nos habíamos quedado en 2007, ¿no? ¿Qué pasó después de que acabaras la rehabilitación?

Tru vaciló un instante, como reflexionando qué contarle.

—Encontré trabajo en Namibia. De guía. En un *lodge* bien gestionado en una enorme reserva, con una de las mayores poblaciones de guepardos del continente. Namibia es un país hermoso. La costa de los Esqueletos y el salar de Sossusvlei son… algunos de los lugares más sobrenaturales del planeta. Cuando no estaba trabajando o no iba a Europa a ver a Andrew, hacía turismo, explorando todo lo que podía. Me quedé allí hasta que me jubilé; después me mudé a Ciudad del Cabo. Más exactamente a la bahía de Bantry. Está en las afueras, justo en la costa. Tengo un apartamento pequeño con unas vistas espectaculares. Y se puede ir a pie a los cafés, a las librerías y al mercado. Me va bien.

—¿Nunca pensaste en vivir en Europa para estar más cerca de Andrew? Tru negó con la cabeza.

—Voy de vez en cuando. Además, por motivos de trabajo, él tiene que viajar a Ciudad del Cabo regularmente. Si pudiera, se mudaría allí, aunque a Annette no le gusta la idea. La mayoría de su familia vive en Bélgica. Pero mi hijo está enganchado a África, igual que yo. Es difícil de entender si no se ha crecido allí.

Hope le miraba maravillada.

—Tu vida me parece increíblemente romántica. Aparte de aquel terrible periodo de tres años, claro.

—He vivido la vida que quería. Bueno, casi siempre. ¿No pensaste nunca en volver a casarte? ¿Después del divorcio?

—No —respondió—. Ni siquiera me apetecía salir con nadie. Me decía a mí misma que era por los chicos, pero…

—Pero…

En vez de responder, movió la cabeza de un lado a otro.

—No tiene importancia. Primero acabemos con tu historia. Ahora que estás jubilado, ¿qué haces con tu tiempo?

—No gran cosa. Pero disfruto de poder pasear sin tener que llevar un rifle.

Hope sonrió.

—¿Tienes algún *hobby*? —Apoyó la barbilla en la mano, en una pose femenina, mientras ponía toda su atención en él—. ¿Aparte de dibujar y tocar la guitarra?

—Voy al gimnasio casi todas las mañanas, una hora. Después suelo hacer una excursión o dar un largo paseo. También leo mucho. Creo que he leído más libros en los últimos tres años que en los sesenta y tres anteriores juntos. Todavía no he sucumbido a la tecnología y no me he comprado un ordenador, pero Andrew sigue insistiendo en que tengo que ponerme al día.

—¿No tienes ordenador?

—¿Qué haría con él? —Parecía realmente desconcertado.

—No sé… Leer los periódicos, comprar cosas que necesites, escribir correos… ¿Estar conectado con el mundo?

—Quizás algún día. Sigue gustándome más leer el periódico en papel, tengo todo lo que necesito. Y, la verdad, no hay nadie a quien quiera escribir un correo electrónico.

—¿Sabes qué es Facebook?

—He oído hablar de esa página web —admitió Tru—. Como te acabo de decir, leo el periódico.

—Tuve una cuenta en Facebook durante unos años. Por si querías ponerte en contacto conmigo.

Tru no respondió enseguida, sino que se quedó mirándola, pensando hasta dónde debía hablar, consciente de que todavía no estaba preparado para contárselo todo.

—Pensé en la posibilidad de intentar encontrarte —dijo finalmente—. Más veces de las que te imaginas. Pero no sabía si seguías casada, o si te habías vuelto a casar, o si estarías interesada en saber de mí. No quería irrumpir en tu vida. Y de veras no sé si me sabría defender con el ordenador. O con Facebook. ¿Cómo es el dicho? ¿«No puedes enseñarle nuevos trucos a un perro viejo»? —Sonrió—. Ya fue todo un gran paso hacerme con un móvil. Y lo hice solo para que Andrew pudiera localizarme cuando quisiera.

—¿Tampoco tenías móvil?

—Nunca pensé que lo necesitara, hasta hace poco. No hay cobertura en la sabana. Además, el único que utilizaría el número para llamarme es Andrew.

—¿Y Kim? ¿Ya no hablas con ella?

—No con tanta frecuencia. Ahora Andrew ya es adulto, así que tampoco tenemos tanto de que hablar. ¿Y tú? ¿Sigues hablando con Josh?

—A veces —respondió Hope—. Tal vez demasiado.

La expresión de la cara de Tru denotaba perplejidad.

—Hace algunos meses, me propuso que volviéramos a intentarlo. Él y yo, juntos otro vez.

—¿No te interesó?

—Ni lo más mínimo —contestó—. Y me sorprendió un poco que tuviera el descaro de pedírmelo.

—¿Por qué?

Mientras acababan la ensalada, Hope compartió algunos detalles más de su vida con Josh. Sus aventuras y la batalla que fue el divorcio, su posterior matrimonio y divorcio con otra mujer, y hasta qué punto todo eso le había pasado factura. Tru escuchaba, aunque solo podía percibir un rastro de la angustia que las acciones de Josh habían dejado tras ellas. No se lo dijo, pero pensó que su exmarido era un necio. El hecho de que ella fuera capaz de perdonarle le llamó la atención, pero solo era otra virtud más de las que admiraba en ella.

211

Permanecieron en la mesa de la cocina, completando las lagunas y haciéndose preguntas sobre el pasado de cada uno. Cuando por fin llevaron los platos al fregadero, Hope puso la radio y dejó que la música siguiera sonando en la cocina mientras regresaban al sofá. El fuego seguía encendido y arrojaba un resplandor ambarino que llenaba la estancia. Tru la miró mientras ella se sentaba y se arropaba con la colcha, pensando que no quería que ese día acabara nunca.

Hasta que se enteró de la carta que Hope había dejado para él en Kindred Spirit, en ocasiones había llegado a pensar que ya había muerto dos veces, no solo una.

Al volver a Zimbabue en 1990, había pasado tiempo con Andrew, pero recordaba que se sentía insensible al mundo, incluso cuando jugaba al fútbol, cocinaba o miraba la televisión con su hijo. Cuando regresó a la sabana, el trabajo de guía le servía de distracción, pero ella siempre estaba en su mente. Cuando detenía el *jeep* para que los clientes fotografiaran al animal de turno, a veces imaginaba que Hope estaba sentada a su lado, maravillándose al ver su mundo, igual que él seguía maravillándose por lo que habían compartido brevemente.

Las noches eran lo peor. No conseguía concentrarse lo suficiente como para dibujar o tocar la guitarra. Tampoco socializaba con los demás guías, sino que se quedaba en la cama mirando el techo. Con el tiempo, su amigo Romy empezó a preocuparse hasta el punto de atreverse a mencionarlo, pero pasó mucho tiempo antes de que Tru pronunciara el nombre de Hope.

Tardó meses en retomar los antiguos hábitos, pero, incluso entonces, era consciente de que ya no era el mismo. Antes de conocer a Hope, había salido con mujeres de vez en cuando; después, perdió el interés por aquellas citas. Y eso no cambió nunca. Era como si aquella parte de él, el deseo de compañía femenina o la chispa de la atracción por otro ser humano, se hubiera quedado en la arena de la orilla de Sunset Beach, en Carolina del Norte.

Fue Andrew quien finalmente consiguió que volviera a dibujar. Durante una de las visitas de Tru a Bulawayo, su hijo le preguntó si estaba enfadado con él. Cuando Tru se agachó a su lado y le preguntó por qué se le había ocurrido algo así, Andrew murmuró que no había recibido un dibujo desde hacía meses. Tru le prometió volver a dibujar, pero casi todas las noches en que cogía lápiz y papel solo hacía retratos de Hope. Normalmente, recreaba de memoria algo que habían hecho juntos: la visión de ella mirándole mientras él traía a Scottie en brazos aquel primer día en la playa, o su aspecto arrebatador la noche del ensayo de la boda. Solo tras haber avanzado en los dibujos de Hope, ponía su atención en algo que pudiera gustarle a Andrew.

Los dibujos de Hope le llevaban semanas. Quería que los dibujos capturaran a la perfección sus recuerdos, que plasmaran aquellas imágenes con precisión y cuidado. Cuando por fin se sentía satisfecho, guardaba el dibujo y empezaba con el siguiente. Con los años, el proyecto se convirtió en una especie de obsesión: inconscientemente, llegó a creer que si recreaba la imagen de Hope a la perfección, ella volvería a su lado. Hizo más de cincuenta dibujos detallados. Cada uno de ellos recogía un recuerdo distinto. Cuando acabó, los dispuso por orden cronológico, como una crónica de su tiempo juntos. Entonces empezó a dibujarse a sí mismo, tal como él imaginaba su aspecto en aquellos mismos momentos. Al final hizo que encuadernaran los dibujos en un libro: los de sí mismo, a la izquierda; los de Hope, a la derecha. Pero nunca se lo había enseñado a nadie. Había concluido un año después de que Andrew se fuera a la universidad. En total, había necesitado casi nueve años para completar su obra.

Esa fue otra de las razones por las que sentía que, cuando acababa el siglo, la vida había perdido gran parte de su sentido. Recorría su casa sin nada que hacer, ojeaba el libro cada noche y se regodeaba pensando que todos los que le importaban en su vida ya no estaban. Su madre. Su abuelo. Kim. Andrew. Hope. Estaba solo, pensó, y siempre lo estaría. Fue una época difícil. Era distinto, pero podía compararla con el tiempo que pasó recuperándose del accidente.

Botsuana y la búsqueda de los leones, tal como él mismo se refería a la manada a la que se atribuían aquellos ataques excepcionales, le habían hecho bien; pero siempre tenía el libro de dibujos a mano, entre sus posesiones más preciadas. Tras el accidente, el libro era lo único que realmente deseaba tener cerca, pero no le pidió a Andrew que se lo trajera. Nunca le había hablado de él, y no quería mentirle, tampoco a Kim. En lugar de eso, le pidió a su exmujer que contratara a alguien para guardar todo lo que tenía en Botsuana en cajas y que buscara un trastero. Kim satisfizo su deseo, pero Tru pasó gran parte de los siguientes dos años preocupado por si el libro se había perdido o había quedado dañado. Lo primero que hizo después de salir del centro de rehabilitación fue un viaje rápido a Botsuana. Contrató a unos cuantos jóvenes para que le ayudaran a abrir caja por caja hasta encontrar el libro. Aparte de tener algo de polvo, estaba en perfectas condiciones.

213

Sin embargo, la obsesión de revivir en imágenes los días que habían compartido perdió intensidad poco después. Por su propio bien, sabía que no podía seguir soñando con la idea de que algún día volverían a estar juntos. No podía saber que, en aquella época, Hope había estado intentando dar con él.

De haberlo sabido, a pesar de sus achaques, habría removido cielo y tierra para acudir a su lado. Y hubo un momento en que estuvo a punto de hacerlo.

Estaba anocheciendo en Carolina Beach.

Hope y Tru, cuyos cuerpos se rozaban de vez en cuando, estaban sentados en el sofá, hablando, haciendo caso omiso de la luz menguante mientras profundizaban en sus respectivas vidas. Las copas de vino, vacías hacía ya un buen rato, dieron paso a tazas de té, y las generalidades se convirtieron en detalles íntimos. Observando a Hope de perfil entre las sombras alargadas, Tru apenas podía creer que estuvieran juntos. Ella era, y siempre había sido, su sueño.

—Tengo que hacerte una confesión —dijo por fin—. Hay algo que no te he contado. Algo que sucedió antes de que aceptara el trabajo en Namibia. Quería decírtelo antes, pero cuando me contaste que habías intentado buscarme...

—¿De qué se trata?

Tru miró fijamente el fondo de su taza.

—Estuve a punto de volver a Carolina del Norte. Para buscarte. Justo después de la rehabilitación: compré un billete e hice la maleta; incluso llegué al aeropuerto. Pero cuando llegó el momento de pasar por el control de seguridad... No pude. —Tragó saliva, como si estuviera recordando la sensación de quedarse paralizado—. Me avergüenza decir que al final, simplemente..., volví al coche.

Hope tardó un poco en comprender lo que eso significaba.

—¿Quieres decir que, cuando yo te estaba buscando, tú también intentaste encontrarme?

Tru asintió, con una sensación de sequedad en la garganta, consciente de que Hope estaba pensando en los años que habían perdido, no una, sino dos veces.

—No sé qué decir —dijo Hope lentamente.

—No creo que haya nada que decir, aparte de que todo esto me rompe el corazón.

—Oh, Tru —dijo Hope, con los ojos húmedos—. ¿Por qué no subiste a aquel avión?

—No sabía si podría encontrarte. —Movió de un lado a otro la cabeza, como negando sus propias palabras—. Pero la verdad es que tenía miedo de lo que podría pasar si realmente te encontraba. Me imaginaba que te vería en un restaurante, o por la calle, o tal vez en el patio de tu casa; irías de la mano de otro hombre, o estarías riéndote con tus hijos, y después de todas las cosas por las que acababa de pasar, había una parte de mí que sabía que no sería capaz de soportarlo. No es que no quisiera que fueras feliz, porque sí lo deseaba. Lo deseé cada día en los últimos veinticuatro años, aunque solo fuera porque yo no era feliz. Era como si me faltara algo que nunca podría conseguir. Pero tenía demasiado miedo de hacer algo al respecto, y ahora, tras haber oído tu historia, solo puedo pensar que tenía que haber sido más valiente cuando realmente tocaba. Porque eso significaría que no habría perdido los últimos ocho años de mi vida.

Cuando acabó de hablar, Hope desvió la mirada antes de apartar la colcha. Se levantó del sofá y fue hacia la ventana. Su rostro quedaba en sombra, pero Tru pudo ver sus mejillas brillar con las lágrimas, bajo la luz de la luna.

—¿Por qué el destino siempre parece estar conspirando contra nosotros? —preguntó, volviéndose para mirarle por encima del hombro—. ¿Crees que hay un plan superior, algo que no podemos siquiera desentrañar?

—No lo sé —respondió Tru con voz ronca.

Los hombros de Hope parecieron desplomarse mientras se volvía de nuevo hacia la ventana. Siguió mirando la oscuridad sin hablar hasta que finalmente soltó un largo suspiro. Regresó al sofá y se sentó junto a él.

De cerca, pensó Tru, su rostro era el mismo que el que había dibujado en todos aquellos retratos.

—Lo siento, Hope. Más de lo que imaginas.

Ella se secó las lágrimas.

—Yo también.

—¿Qué pasará ahora? ¿Quieres estar sola?

—No —dijo—. Es lo último que desearía.

—¿Puedo hacer algo por ti?

En lugar de responder enseguida, se acercó más a él y recolocó la colcha por encima de sus piernas. Alargó la mano para asir la de Tru, y él la acarició, disfrutando de la suavidad de su piel. Recorrió la forma suave de

215

sus huesos, como de pajarillo, pensando maravillado que la última vez que había tenido entre sus manos la de una mujer, había sido la de ella.

—Quiero que me cuentes cómo supiste de mi carta —dijo—. La que dejé en Kindred Spirit. La que, por fin, permitió que nos volviésemos a encontrar.

Tru cerró los ojos un instante.

—Es algo difícil de explicar de forma que tenga sentido, incluso para mí.

—¿Por qué?

—Porque —se dispuso a explicar— todo empezó con un sueño.

—¿Soñaste algo relacionado con la carta?

—No —respondió—. Soñé con un lugar. Una cafetería… Un lugar real, justo por debajo de la colina donde vivo. —Le ofreció una sonrisa melancólica—. Voy allí cuando tengo ganas de estar con gente. Además, tiene unas vistas fantásticas de la costa. Normalmente me llevo un libro y paso un par de horas por la tarde. El propietario me conoce y no le importa el tiempo que me quede. —Se inclinó hacia delante, con los codos en las rodillas—. El caso es que me desperté una mañana y sabía que había soñado con aquel lugar, pero, a diferencia de otros sueños, las imágenes no se desvanecieron. Seguía viéndome a mí mismo sentado a una mesa, como si fuera un vídeo. Llevaba un libro conmigo y había un vaso de té con hielo sobre la mesa, cosas que normalmente me acompañan. Era por la tarde y lucía el sol, algo también habitual. Pero, en el sueño, advertía que una pareja entraba en el local y se sentaba a una mesa cercana. Aparecían desenfocados. No podía oír su conversación; sin embargo, sentí la imperiosa necesidad de hablar con ellos. Solo sabía que tenían algo importante que contarme. Así pues, me levanté de la mesa y empecé a acercarme. Sin embargo, con cada paso que daba, su mesa parecía alejarse cada vez más. Recuerdo que sentía que el pánico iba en aumento: tenía que hablar con ellos; en ese momento, me desperté. No era exactamente una pesadilla, pero me dejó inquieto el resto del día. Una semana después fui al café.

—¿Por el sueño?

—No —contestó—. Para entonces ya lo había olvidado. Como te dije antes, suelo comer allí con frecuencia. Aunque era un poco tarde para almorzar, comí algo y después me tomé un vaso de té helado mientras leía un libro sobre la guerra de los Bóers. En ese momento, una pareja entró en el restaurante. Casi todas las mesas estaban libres, pero se sentaron justo en la de al lado.

—Parecido al sueño —comentó Hope.

—No —dijo Tru negando con la cabeza—, todo hasta ese instante era exactamente igual que en el sueño.

Hope se inclinó hacia delante, sus rasgos suavizados por la luz del fuego. Afuera, la noche se cernía en la ventana, cada vez más oscuridad, mientras Tru seguía contando su historia.

Como todo el mundo, Tru había experimentado algunas veces en su vida un *déjà vu*. Sin embargo, cuando alzó la vista del libro, visualizó el sueño de la semana anterior con total claridad. Por un momento, el mundo se difuminó en el borde exterior de su visión, casi como si estuviera dentro del sueño.

Sin embargo, ahora podía ver a la pareja con nitidez. La mujer era rubia y delgada, atractiva; debía de tener algo más de cuarenta años. El hombre que estaba sentado frente a ella debía de ser un poco más mayor: era alto, de cabello oscuro y llevaba un reloj de oro que refulgía con la luz del sol. Tru se percató de que también podía oírlos. Pensó que, de forma subliminal, había escuchado algún fragmento de su conversación: esa debía de ser la razón por la que había levantado la vista del libro. Estaban hablando de los safaris que habían contratado y les oyó mencionar su plan de visitar no solo la enorme reserva del parque Kruger, de Sudáfrica, sino también el Mombo Camp y el Jack's Camp, ambos en Botsuana. Comentaban cómo sería el alojamiento y los animales que podrían ver, temas sobre los que Tru había oído hablar de sobra en los últimos cuarenta años.

No reconoció a la pareja. Siempre había tenido buena memoria para las caras: estaba seguro de que no los conocía. No tenía ninguna razón para sentirse interesado por ellos; sin embargo, no podía apartar la mirada. No solo debido al sueño. Había algo más, pero hasta que no reparó en el suave deje del acento de la mujer, no sintió aquella sacudida que trajo esa sensación de *déjà vu*, que se confundía con sus recuerdos de otro tiempo y de otro lugar.

«Hope», pensó enseguida. La mujer hablaba exactamente igual que Hope.

Desde su visita a Sunset Beach, había guiado a miles de clientes. Algunos eran de Carolina del Norte, y había algo único en su acento: en comparación con otros estados sureños, quizás una forma más suave de alargar las vocales.

«Tienen algo importante que contarme.»

Antes de darse cuenta ya se había puesto en pie y se había acercado a su mesa. Normalmente, nunca se le ocurriría interrumpir a unos extraños mientras almorzaban, pero sintió que no tenía elección. Era como una marioneta accionada por una cuerda.

—Perdónenme —comenzó Tru—, odio interrumpirles, pero ¿no serán ustedes de Carolina del Norte? —preguntó.

Si alguno de los dos se sintió molesto con su interrupción, no lo demostró.

—¿Por qué lo dice? De hecho, sí, somos de allí —respondió la mujer, y sonrió expectante—. ¿Nos conocemos?

—No creo.

—Entonces, ¿cómo puede saber de dónde venimos?

—He reconocido el acento —respondió Tru.

—Pero es evidente que no es un Tar Heel, un nativo de Carolina del Norte.

—No —contestó—. Soy de Zimbabue. Pero pasé algún tiempo en Sunset Beach en una ocasión.

—¡Qué pequeño es el mundo! —exclamó la mujer—. Tenemos una casa allí. ¿Cuándo estuvo de visita?

—En 1990 —contestó Tru.

—Eso es mucho antes de que tuviéramos la casa de la playa —comentó la mujer—. La compramos hace dos años. Soy Sharon Wheddon, y este es mi marido, Bill.

Bill alargó la mano, y Tru se la estrechó.

—Tru Walls —dijo—. Les oí hablar sobre Mombo Camp y Jack's Camp. Antes de jubilarme, solía ser guía de safaris. Les puedo asegurar que ambos son extraordinarios. En Mombo hay gran cantidad de fauna. Pero son campamentos diferentes. Jack's está en el Kalahari. Es uno de los mejores lugares del mundo para ver suricatas.

Mientras Tru hablaba, la mujer le miraba atentamente, con la cabeza un poco ladeada y el ceño fruncido en un gesto concentrado. Abrió la boca, pero la volvió a cerrar antes de inclinarse por encima de la mesa.

—¿Ha dicho que se llama Tru Walls y que es de Zimbabue? ¿Y que solía ser guía?

—Sí.

Sharon volvió la mirada de Tru a Bill.

—¿Te acuerdas de lo que encontramos la primavera pasada? ¿Cuando nos quedamos en la casa de la playa y dimos aquel largo paseo? ¿Y que bromeaste, porque iríamos a África?

Mientras hablaba, Bill empezó a asentir lentamente.

—Ah, sí. Es verdad.

Sharon miró a Tru con una expresión encantada.

—¿Ha oído hablar de Kindred Spirit?

Al oír aquello, Tru se sintió repentinamente mareado. ¿Cuánto hacía desde que había escuchado el nombre del buzón? Aunque había pensado mil veces en aquel lugar durante todos esos años, hasta entonces era algo que, de algún modo, creía que solo compartían Hope y él.

—¿Se refiere al buzón? —dijo con una especie de graznido.

—¡Sí! —exclamó Sharon—. ¡No puedo creerlo! Cariño, ¿te lo puedes creer?

Bill negó con la cabeza, aparentemente tan sorprendido como su mujer, mientras ella daba palmaditas de emoción.

—Cuando estuvo en Sunset Beach, conoció a una mujer llamada... ¿Helen? ¿Hannah? —Arrugó la frente—. No, Hope, eso era, ¿no?

El mundo más allá de la mesa se hizo borroso y el suelo de pronto dejó de parecer seguro.

—Sí —tartamudeó por fin—. Me parece que ahora me llevan ventaja.

—¿Por qué no se sienta con nosotros? —preguntó Sharon—. Tengo que hablarle de una carta que había en Kindred Spirit.

Cuando concluyó, la casa estaba sumida en la oscuridad; la única fuente de luz era el fuego. Tru solo podía distinguir la débil música que salía de la radio de la cocina. Los ojos de Hope brillaban con el resplandor del fuego.

—Dos días después ya estaba aquí, en Carolina del Norte. Obviamente, no recordaban todos los detalles de la carta, lamentablemente tampoco la fecha, ni siquiera el mes en el que estarías aquí, pero mi nombre y mi origen bastaron para que recordaran lo esencial.

—¿Por qué no empezaste a buscarme en cuanto llegaste a Carolina del Norte?

Tru guardó silencio un momento.

—¿Te das cuenta de que durante la semana que pasamos juntos nunca me dijiste el apellido de Josh?

—Por supuesto que lo hice —respondió ella—. Tuve que hacerlo.

—No —contestó Tru con una sonrisa casi triste—. No lo hiciste. Y yo nunca te lo pregunté. Tampoco sabía los apellidos de tus hermanas. Ni siquiera me di cuenta hasta que regresé a África, aunque eso entonces no importaba, claro. Después de veinticuatro años, sin saber ningún apellido de la familia, no tenía mucho por donde empezar a buscar. Conocía tu nombre de soltera, pero enseguida me di cuenta de que Anderson es un apellido bastante común, incluso en Carolina del Norte. Además, no tenía ni idea de dónde vivías, ni siquiera de si todavía estabas en Carolina del Norte. Solo recordaba que Josh era un cirujano ortopédico, por lo que llamé a todas las consultas y hospitales de esa especialidad hasta Greensboro, preguntando por doctores con ese nombre, pero no conseguí averiguar nada.

Hope apretó los labios.

—Entonces, ¿cómo pensabas encontrarme hace años? ¿Cuándo casi subiste a aquel avión?

—En aquel momento no había llegado a cuestionarme el cómo. Supongo que habría contratado a un detective privado. En caso de que no hubieras aparecido antes de fin de año, ese era mi plan. Pero... —Sonrió—. Sabía que vendrías. Sabía que te encontraría en Kindred Spirit, porque dijiste que estarías allí. Todos los días del mes de septiembre me levanté pensando que te encontraría ese día.

—Y cada día era una decepción.

—Sí —dijo—. Pero, al mismo tiempo, la probabilidad de encontrarte al día siguiente crecía.

—¿Y si hubiera decidido venir en julio o agosto? ¿No te preocupaba que nos hubiéramos cruzado?

—La verdad es que no —contestó—. No creía que quisieras venir en verano, por la cantidad de turistas. Suponía que elegirías un día parecido a aquel en el que visitamos el buzón, cuando fuera más probable que pudiéramos tener algo de intimidad. Pensé que seguramente vendrías en otoño o en invierno.

Hope le ofreció una sonrisa compungida.

—Siempre me has conocido, ¿no?

En respuesta, Tru le cogió una mano y se la besó.

—Creía en nosotros.

Hope notó que volvía a ruborizarse.

—¿Te gustaría leer mi carta?

—¿Todavía la conservas?

—Tengo una copia —dijo—. Está en la caja que hay encima de la mesa.

Cuando Hope hizo amago de levantarse del sofá, Tru alzó las manos como para intentar detenerla. Se levantó y cogió la caja de madera tallada de la mesa de la cocina. Estaba a punto de dejarla sobre la mesa de centro cuando Hope negó con la cabeza.

—No —dijo—. Ponla en el sofá. Entre nosotros dos.

—Pesa mucho —comentó, y volvió a tomar asiento.

—Es de Zimbabue —dijo—. Ábrela. La carta está en el fondo.

Tru levantó la tapa. Arriba del todo vio la invitación de boda. Pasó la mano por encima con una mirada inquisitiva. Debajo estaban los dibujos, así como la carta que él le había escrito. En el fondo había un sobre ordinario en blanco. La visión de los dibujos y la carta le afectó de forma extraña.

—Guardaste todo —murmuró, casi sin dar crédito a lo que veía.

—Por supuesto —respondió Hope.

—¿Por qué?

—¿Acaso no lo sabes? —Le rozó el brazo con suavidad—. Aunque me casara con Josh, seguía enamorada de ti. Lo sabía cuando juré mis votos. Mis sentimientos hacia ti eran... apasionados, pero... serenos. Porque así es como me hiciste sentir aquella semana. Serena. Estar contigo era como volver a casa.

Tru tragó saliva sintiendo un nudo en la garganta.

—Yo tenía la misma sensación. —Bajó la vista a la carta—. Perderte fue como si la tierra se resquebrajara bajo mis pies.

—Léela —dijo, señalando el sobre con la cabeza—. Es corta.

Tru devolvió los demás objetos a la caja antes de sacar la carta del sobre. La leyó lentamente, dejando que las palabras retumbaran en su mente, oyendo la voz de Hope en cada línea. Sintió que se le llenaba el pecho con aquella tácita emoción. Deseaba besarla, pero no lo hizo.

—Tengo una cosa para ti.

Se levantó y fue hasta la mesa rinconera al lado de la puerta. Rebuscó en la bolsa de lona y sacó el libro con sus dibujos encuadernados. Regresó al sofá y se lo dio. «Kindred Spirit», rezaban las letras doradas de la cubierta.

Hope miró alternativamente el libro y después a Tru, un par de veces; le podía la curiosidad. Él se acercó mientras ella deslizaba los dedos por las letras.

—Casi me da miedo abrirlo —dijo.

—No tiene por qué —la animó Tru.

Y Hope, finalmente, abrió aquel libro. En la primera página había un retrato de Hope en un extremo del embarcadero, un lugar en el que él nunca la había visto. Era un dibujo que parecía capturar su esencia perfectamente. Sin embargo, como no jugaba ningún papel en su historia conjunta, lo había dispuesto como una especie de portada.

Tru permaneció en silencio mientras Hope giraba la página y examinaba una imagen de él caminando por la playa, a mano izquierda; a la derecha, aparecía Hope, cierta distancia tras él. Scottie corría en dirección a la duna.

Las siguientes dos páginas los representaban la mañana en que se conocieron; en los dibujos, él tenía a Scottie en brazos. La preocupación que había sentido ella podía verse en su expresión. A continuación, se los veía de regreso a la casita; luego venían dibujos de ambos tomando café en la terraza. Las imágenes se combinaban como una serie de fotogramas de una película. Le llevó mucho tiempo llegar al final. Cuando finalmente cerró el libro, Tru advirtió el rastro que había dejado una lágrima al resbalar por la mejilla de Hope.

—Lo has reflejado todo —dijo.

—Sí —dijo—. Bueno, por lo menos, lo intenté. Es para ti.

—No —dijo ella—. Esto es una obra de arte.

—Somos nosotros —concluyó él.

—¿Cuándo...?

—Me llevó años —respondió Tru.

Hope volvió a deslizar la mano sobre la cubierta.

—No sé qué decir. Pero no puedo aceptarlo. Es... un tesoro.

—Siempre puedo hacer otro. Y desde que lo acabé, he soñado con el día en que volvería a verte. Con estos dibujos, te demostraría que habías seguido viviendo en mi alma.

Hope continuaba con el libro en el regazo, aferrándolo como si no quisiera soltarlo nunca.

—Incluso está aquel momento en la playa, después de que te contara que Josh me había pedido que me casara con él, cuando me abrazaste...

Tru esperó a que ella encontrara las palabras.

—No puedo contar las veces que he pensado en ello —continuó por fin en voz baja—. Mientras caminábamos, intentaba encontrar la manera de decírtelo. Me sentía tan confusa y asustada. Podía sentir el vacío que empezaba a formarse, pues sabía que íbamos a despedirnos. Pero quería que fuera con nuestras propias condiciones, fueran las que fueran. Me pareció que Josh me había arrebatado aquello...

Tru detectó un tono de ruego en su voz.

—Pensé que entendía cuánto daño te había hecho aquel día, pero ver el dibujo de ti mismo en ese instante es desolador. La expresión de tu cara, cómo te has dibujado a ti mismo...

A Hope le temblaba la voz. No consiguió acabar la frase. Tru tragó saliva, confirmando la verdad que había en esas palabras. Había sido uno de los recuerdos más dolorosos de plasmar de todo el libro. De hecho, tuvo que protegerse en más de una ocasión.

—Y, entonces, ¿sabes que hiciste? No iniciaste una discusión, ni te enfadaste, ni exigiste nada. En lugar de eso, tu reacción instintiva fue abrazarme. Consolarme, aunque tendría que haber sido al revés. No me lo merecía, pero sabías que lo necesitaba. —Intentó mantener la compostura—. Eso es precisamente lo que me pareció haber perdido cuando me casé con Josh: tener a alguien que pudiera consolarme cuando las cosas no iban bien. Y hoy, en el buzón, cuando estaba paralizada y no sabía qué hacer o decir, volviste a arroparme en tus brazos. Porque sabías que me sentía como si me hubiera caído de un precipicio y que necesitaba que me recogieras. —Movió la cabeza de un lado a otro en un triste ademán—. No sé si Josh llegó a abrazarme así alguna vez: con esa... empatía. Tu abrazo me hizo pensar de nuevo en todo lo que rechacé aquel día, cuando me alejé en el coche.

Tru la observaba sin moverse, pero después cogió la caja y la puso sobre la mesa. Posó la mano sobre el libro de dibujos, lo liberó de las manos de Hope y lo colocó al lado de la caja antes de rodearla con un brazo. Hope se reclinó en él. Tru le besó el pelo suavemente, igual que tantos años atrás.

—Ahora estoy aquí —susurró—. Estábamos enamorados, pero no era nuestro momento. Y todo el amor del mundo no puede alterar eso.

—Lo sé —dijo ella—, pero creo que hubiéramos estado bien juntos. Creo que nos habríamos hecho felices mutuamente...

Tru vio cómo Hope cerraba los ojos; después volvió a abrirlos lentamente.

—Y ahora es demasiado tarde —dijo en un tono de voz desconsolado.

Tru le hizo alzar la barbilla con un dedo. Hope le miró a la cara. A Tru su rostro se le antojó el más bello que había visto nunca. Él se inclinó hacia ella... y sus labios se unieron. Hope le ofreció su boca, cálida y ávida.

—Nunca es demasiado tarde para abrazarte —murmuró.

Tru se levantó del sofá y le tendió la mano. La luna ya estaba en lo alto, arrojando un rayo de luz plateada que atravesaba la ventana y competía con el resplandor del fuego. Ella se puso en pie, lentamente. Él le besó la mano que tenía entre las suyas. Lánguidamente, Tru la atrajo hacia sí y la rodeó con sus brazos, mientras ella le pasaba los suyos por el cuello. Hope apoyó la cabeza sobre su hombro, y él notó su aliento en la clavícula, mientras pensaba que eso era todo lo que quería. Ella era todo lo que había deseado siempre. Había sabido que era la mujer de su vida desde que la conoció. Desde entonces, no podría haber otra.

Desde el porche, oyó el tintineo distante de las campanillas movidas por el viento. El cuerpo de Hope se cimbreó contra el suyo, atractivo y cálido. Él se dejó llevar por todo lo que sentía.

Hope abrió la boca por debajo de sus labios. Su lengua buscó la de él, húmeda y caliente, con una sensación inmutable después de tanto tiempo, eterna y elemental. Tru la abrazó con más fuerza, fundiendo su cuerpo con el de ella. Deslizó una mano por la espalda hasta llegar a sus cabellos, y luego volvió a recorrerla, acariciándola en sentido descendente. Había esperado tanto tiempo ese momento, reviviéndolo en tantas noches solitarias. Cuando dejaron de besarse, Hope posó la cabeza en su pecho, temblando.

Tru oyó su respiración entrecortada. Alarmado, se dio cuenta de que estaba llorando. Cuando se separó de ella para mirarla, Hope evitó sus ojos y volvió a enterrar la cabeza en su pecho.

—¿Qué pasa? —preguntó Tru.

—Lo siento —respondió ella—. Lo siento muchísimo. Desearía no haberte dejado nunca; haberte encontrado antes, que hubieras cogido ese avión…

Había algo en su voz, un temor que no había previsto.

—Ahora estoy aquí —insistió él—, y no me voy a ir.

—Es demasiado tarde —repitió con la voz quebrada—. Lo siento, pero ahora es demasiado tarde. No puedo hacerte esto.

—Todo está bien —susurró Tru, percibiendo una primera oleada de pánico. No sabía qué pasaba ni qué había hecho que pudiera disgustarla—. Entiendo por qué te fuiste. Y tienes dos hijos maravillosos… Hope, todo está bien. Comprendo la elección que hiciste.

—No es eso. —Negó con la cabeza. Sus palabras eran desesperadas, cansadas—. Es demasiado tarde.

—¿De qué estás hablando? —exclamó Tru, asiéndola de los brazos para apartarla un poco—. No entiendo qué estás intentando decirme. Por favor, háblame, Hope. —Desesperado, intentó leer su expresión.

—Tengo miedo… y no sé cómo se lo contaré a los chicos…

—No hay nada que temer. Estoy seguro de lo entenderán.

—No podrán —afirmó Hope—. Recuerdo lo duro que fue para mí.

Tru sintió un escalofrío recorriéndole el cuerpo. Se obligó a respirar profundamente.

—No te entiendo...

Hope empezó a llorar con fuerza, sollozando con la respiración entrecortada, aferrándose a él para sostenerse.

—Me muero —dijo finalmente—. Tengo esclerosis, como mi padre, y ahora me estoy muriendo.

Al oír aquellas palabras, la mente de Tru se quedó vacía. Solo era capaz de pensar en las sombras que arrojaba el fuego, que casi parecían tener vida. Aquella frase resonó en su cabeza...: «Tengo esclerosis, como mi padre, y ahora me estoy muriendo».

Cerró los ojos, intentando mantenerse fuerte, pero sentía que le abandonaban las fuerzas. Ella le apretó con fuerza y susurró:

—Oh, Tru... Lo siento... Todo es culpa mía...

Tru notó una especie de presión detrás de las cuencas de los ojos mientras escuchaba de nuevo su voz: «Me estoy muriendo...».

Hope le contó que el deterioro de su padre la había desgarrado por dentro; que había perdido tanto peso en los últimos meses que incluso ella le podía llevar hasta la cama. Era una enfermedad implacable e incontenible, que al final le robó hasta el aliento. Tru no sabía qué decir cuando Hope se meció y sollozó apoyada en él. Se esforzó en hacer todo lo posible por no derrumbarse.

Más allá de las ventanas, el mundo era de color negro, una noche fría. Tru se sentía así por dentro. Había esperado toda una vida a Hope... y la había encontrado, pero le sería arrebatada de nuevo demasiado pronto. Su mente era un torbellino y sentía que el dolor le inundaba. Recordó la última línea de la nota que él le había escrito después de su invitación a visitar Kindred Spirit por primera vez: «Ya veo que me aguarda una sorpresa contigo de guía».

No sabía por qué le habían venido a la cabeza aquellas palabras, o qué se suponía que significaban en ese preciso momento, ni tampoco le parecía que tuvieran sentido alguno. Hope era su sueño, lo único que quería, y le acababa de decir que se estaba muriendo. Sintió que estaba a punto de hacerse añicos. Se aferraron el uno a otro y lloraron, con el sonido del llanto amortiguado en el refugio de la casa silenciosa.

225

Día a día

—Supe que tenía esclerosis incluso antes de que me hicieran el primer test diagnóstico —dijo Hope.

Había tardado un buen rato en dejar de llorar. Cuando el llanto por fin se calmó, Tru también tuvo que secarse su propia cara. Después había ido a la cocina para preparar otro té y le trajo una taza a Hope, ahora sentada en el sofá. Tenía las rodillas dobladas hacia el tórax, envueltas en la colcha.

Tomó la taza con ambas manos y dijo:

—Recuerdo lo que me dijo mi padre sobre cómo fue la enfermedad al principio del todo. Solo una sensación general de abatimiento, como un resfriado, con la diferencia de que no mejoraba. Fui yo quien le propuse a mi doctora el diagnóstico, pero se mostró escéptica, porque este tipo de esclerosis normalmente no es hereditaria. Solo en uno de cada diez casos hay algún indicio de antecedentes familiares. Pero cuando me hice las pruebas y vi que tardaban en darme los resultados, lo supe.

—¿Cuándo te enteraste?

—En julio del año pasado. Hace poco más de un año. Solo llevaba jubilada seis meses. Y estaba ansiosa por iniciar una nueva vida. —Entonces, adivinando cuál sería la siguiente pregunta, añadió—: Mi padre vivió casi siete años desde el diagnóstico. Creo que estoy mejor que él, como mínimo por ahora. Quiero decir que está progresando más despacio que en su caso, pero estoy segura de que he empeorado desde que lo supe. Esta mañana he tenido que esforzarme para llegar a Kindred Spirit.

—No puedo imaginar cómo debe de ser enfrentarse a esto, Hope.

—Es horrible —admitió—. Y todavía no he decidido cómo voy a contárselo a los chicos. Eran tan pequeños cuando mi padre murió que casi no se acuerdan de él. Tampoco recuerdan cómo afectó su deterioro a toda la familia. Sé que cuando por fin se lo diga, van a reaccionar igual que yo. Se sentirán aterrados y van a querer pasar mucho tiempo vigilándome, pero no quiero que sacrifiquen su vida por mí. Yo tenía treinta y seis años cuando me enteré de lo de mi padre, pero ellos acaban de empezar a vivir su propia vida. No quiero eso. Han de seguir con sus vidas. Sin embargo, cuando se enteren, eso será imposible. La única razón por la que no me derrumbé cuando mi padre se puso enfermo era por que los niños eran pequeños y necesitaban toda mi atención. No me quedaba elección. Pero ya te he contado cómo fue lo de mi padre... Lo duro que fue verle morir.

—Sí, ya me lo has contado —asintió Tru.

—Ese fue uno de los motivos por los que dejé esa carta en el buzón el año pasado. Porque me di cuenta de que...

Al ver que no acababa la frase, Tru le cogió la mano.

—Te diste cuenta de que...

—Me di cuenta de que, aunque era demasiado tarde para nosotros, quizá no lo era para pedirte perdón. Y necesitaba hacerlo. Porque te vi parado en medio de la calle y simplemente seguí alejándome. Tenía que vivir con eso, lo cual ya era bastante doloroso, pero... una parte de mí también quería tu perdón.

—Te perdoné desde el primer instante —repuso él, envolviendo con ambas manos la suya, acunándola como si fuera un ave herida—. Te lo dije en mi carta: conocerte fue una experiencia que habría repetido mil veces, si hubiera podido, incluso sabiendo que no tenía futuro. Nunca estuve enfadado contigo por tu elección.

—Pero te hice daño.

Tru se acercó aún más y alzó una mano para rozarle la mejilla.

—La tristeza es el precio que siempre hay que pagar por el amor —dijo—. Eso lo aprendí con mi madre, y cuando Andrew se fue. Es la naturaleza de las cosas.

Hope pensó en silencio sobre sus palabras. Alzó la vista para mirarle a los ojos.

—¿Sabes qué es lo peor? —dijo en un tono apagado—. ¿De saber que te estás muriendo?

—No, no lo sé.

—Que tus sueños empiezan a morir también. Cuando me diagnosticaron la enfermedad, una de las primeras cosas que se me pasó por la cabeza es que seguramente nunca sería abuela. Mecer a un bebé para que se duerma, o pintar con mis nietos siguiendo los números en la mesa de pícnic, o darles un baño. Me parecía que esas pequeñas cosas, cosas que no han podido suceder y que seguramente no ocurrirán, son lo que más echo de menos. Sé que eso no tiene sentido, pero no puedo evitar pensar en ello.

Tru siguió callado mientras reflexionaba sobre sus palabras.

—Cuando estaba en el hospital —respondió finalmente—, me sentí igual. Mis sueños eran hacer montañismo en Europa y cursar un curso de pintura. Me sentí profundamente deprimido cuando me di cuenta de que tal vez nunca podría hacerlo. Pero lo más curioso fue que, cuando empecé a recuperarme, ya no me interesaba hacer montañismo ni pintar. Supongo que desear lo que probablemente no podremos conseguir es inherente a la naturaleza humana.

—Sé que tienes razón, pero... Realmente deseaba ser abuela algún día. —Hope consiguió reírse por un momento—. Suponiendo que Jacob y Rachel se casen, por supuesto. Y dudo que eso suceda a corto plazo. Me parece que les gusta disfrutar de su independencia.

Tru sonrió.

—Me dijiste que la caminata de esta mañana te costó, pero no me lo pareció durante el regreso.

—Me sentía bien —confirmó ella—. A veces me pasa. Y me siento bien físicamente casi todo el tiempo, si no me paso con la actividad. No me parece haber notado muchos cambios últimamente. Quiero creer que lo tengo asumido. Es como una iluminación. Eso hace que me resulte más fácil decidir qué es importante para mí y qué no lo es tanto. Sé qué quiero hacer con mi tiempo, y lo que prefiero evitar. Pero todavía hay días en los que me siento triste y asustada. Especialmente por los chicos.

—A mí me pasaría lo mismo. Cuando estaba en el hospital, la expresión aterrada de Andrew cuando se sentaba a mi lado me rompía el corazón.

—Esa es la razón por la que de momento lo mantengo en secreto —comentó Hope—. Ni siquiera mis hermanas lo saben. Ni mis amigos.

Tru se inclinó hacia ella y apoyó su frente en la de Hope.

—Es un honor que hayas querido compartirlo conmigo —susurró.

—Pensé decírtelo antes —confesó—. Después de que me contaras lo de tu accidente. Pero estaba disfrutando tanto del momento que no quería estropearlo.

—No lo has estropeado —dijo Tru—. Prefiero estar aquí contigo que en ningún otro sitio. Y a pesar de lo que acabas de decirme, este ha sido uno de los mejores días de mi vida.

—Eres un hombre tierno, Tru. —Sonrió con tristeza—. Siempre lo has sido.

Hope ladeó levemente la cara para darle un beso; el roce de su barba desencadenó una sensación de *déjà vu*.

—Me has dicho que dos copas de vino es tu límite, pero creo que ahora me gustaría tomar otra. ¿Te importaría acompañarme? Hay otra botella en la nevera.

—Iré por ella —dijo Tru.

Mientras él estaba en la cocina, Hope se pasó las manos por la cara en un gesto que denotaba cansancio; apenas podía creer haber revelado su secreto. Odiaba habérselo contado a Tru, pero, una vez pronunciadas aquellas palabras, sabía que sería capaz de volver a hacerlo. Ante Jacob, Rachel y sus hermanas. Podría contárselo a sus amigos. Incluso a Josh. Pero nadie reaccionaría como Tru, que, de algún modo, había conseguido apaciguar sus temores, aunque solo fuera momentáneamente.

Tru regresó de la cocina con un par de copas y le dio una a Hope. En cuanto volvió a sentarse, alzó un brazo para que ella se acurrucara en él. Permanecieron en silencio un rato, con la mirada fija en el fuego. La mente de Hope bullía con todo lo que había pasado ese día: el regreso de Tru, el libro de dibujos, la revelación de su secreto. Se sentía casi incapaz de asimilarlo todo.

229

—Debería haber subido a aquel avión —dijo Tru en medio del silencio—. Debería haberte buscado con más ahínco.

—Yo también tenía que haber seguido intentándolo —repuso ella—. Pero lo más importante es saber que pensabas en mí todos estos años.

—Para mí también. Igual que este día… Lo que ha pasado supera todo lo que había soñado.

—Pero me estoy muriendo.

—Yo creo que estás viviendo —dijo con sorprendente firmeza—. Y vivir el día a día es lo único que todo el mundo puede hacer. No puedo garantizar que estaré vivo dentro de un año o de un mes. Ni siquiera si estaré vivo mañana.

Hope apoyó la cabeza sobre el brazo de Tru.

—Es lo que se suele decir, y sé que tiene sentido. Pero es diferente cuando sabes a ciencia cierta que te queda poco tiempo. Si mi padre sirve de referencia, me quedan cinco, tal vez cinco años y medio. Y el último año no será tan bueno.

—En cuatro años y medio tendré setenta años.

—¿Y qué?

—No sé. Puede pasar de todo, y esa es precisamente la clave. Lo que sí sé es que me he pasado los últimos veinticuatro años soñando contigo.

Deseando cogerte de la mano, y hablar, y escucharte, y cocinar juntos, y compartir la cama contigo. Yo no he tenido una vida como la tuya. He estado solo, y cuando supe de tu carta, me di cuenta de que estuve solo porque te estaba esperando. Te quiero, Hope.

—Yo también te quiero.

—Entonces no perdamos más tiempo. Por fin ha llegado nuestro momento. El tiempo para nosotros. Lo que nos depare el futuro no tiene importancia.

—¿A qué te refieres?

Tru le besó el cuello suavemente. Hope sintió que la sangre se agolpaba en su estómago, igual tantos años atrás. Le apartó de la cara algunos mechones de pelo y murmuró:

—Cásate conmigo. O si lo prefieres, no nos casemos, pero quédate conmigo. Vendré a vivir a Carolina del Norte y nos instalaremos donde quieras. Podemos viajar, pero tampoco es necesario. Podemos cocinar juntos, o comer siempre fuera. Todo eso me da igual. Solo quiero abrazarte y amarte con cada suspiro, a partir de ahora. No me importa cuánto dure ni la evolución de la enfermedad. Solo quiero estar contigo. ¿Harías eso por mí?

Hope se quedó mirándole fijamente, desconcertada, antes de esbozar por fin una sonrisa.

—¿Lo dices en serio?

—Haré lo que quieras —dijo—. Siempre que pueda estar contigo.

Sin decir una palabra, Hope le cogió de la mano, se levantó del sofá y le condujo al dormitorio. Esa noche se redescubrieron el uno al otro. Sus cuerpos se movieron con el recuerdo de otra época, con ternura y familiaridad, y al mismo tiempo con una novedad imposible. Cuando acabaron de hacer el amor, Hope se quedó mirando a Tru, que yacía a su lado, con la misma expresión de profunda satisfacción que veía reflejada en sus ojos. Toda su vida había estado echando de menos aquella expresión.

—Me gustaría —susurró Hope.

—¿El qué? —preguntó.

Ella se acercó a él y le besó en la nariz, luego en los labios.

—Me gustaría… casarme contigo —murmuró.

Epílogo

*T*uve dificultades para acabar la historia de Tru y Hope. No quería hacer un inventario del interminable calvario de Hope en su lucha contra la esclerosis, ni de las innumerables estrategias que Tru puso en práctica para intentar aliviar su deterioro. Sin embargo, escribí un capítulo adicional narrando la semana que ambos pasaron en Carolina Beach, así como la conversación de Hope con sus hijos, su boda el mes de febrero del año siguiente y el safari del que disfrutaron en su luna de miel. Acabé ese capítulo con una descripción de su excursión anual a Kindred Spirit, donde dejaron el sobre de papel manila en el buzón, para compartir su historia con otras personas. Pero al final descarté aquellas páginas, porque durante mis conversaciones con ellos me quedó claro que la historia que deseaban compartir era muy simple: se habían enamorado, habían estado separados durante años, pero encontraron la manera de reencontrarse, en parte gracias a la magia de Kindred Spirit. No quería desviar la atención de aquel relato que era casi como una fábula.

Con todo, su historia no me parecía completa. El escritor que llevo dentro no podía evitar pensar que había un vacío en lo que respecta a la vida de Tru, en los años previos al reencuentro con Hope. Por esa razón, en los meses inmediatamente anteriores a la fecha prevista de publicación, llamé a Tru para estar seguro de que daba su visto bueno a un nuevo viaje a Zimbabue. Quería conocer a Romy, un hombre que tenía un papel secundario, casi intrascendente en la historia de amor de Tru y Hope.

Romy se había retirado a una pequeña aldea del departamento de Chegutu, en el norte de Zimbabue. El viaje resultó ser toda una historia en sí misma. La presencia de armas era habitual en aquella parte del país, y me preocupaba que pudieran secuestrarme, pero el chófer que contraté tenía buenas relaciones con las tribus que controlaban el área; eso garantizó un viaje seguro. Menciono este hecho simplemente como

231

recordatorio de la anarquía que ahora reina en un país, que, sin embargo, es uno de los lugares más impresionantes del mundo.

Romy era delgado y de cabello cano. Tenía la piel más oscura que la mayoría de los aldeanos. Le faltaba uno de los incisivos, pero, al igual que Tru, seguía moviéndose con una sorprendente agilidad. Conversamos sentados en un banco hecho de ladrillos de ceniza y de lo que antaño fue la caja de una furgoneta *pickup*. Tras presentarme, le hablé del libro y le expliqué que deseaba saber más cosas de su amigo Tru Walls. Lentamente, en su rostro se dibujó una amplia sonrisa.

—Eso quiere decir que la encontró, ¿no?

—Creo que se encontraron el uno al otro.

Romy se agachó para coger un palo del suelo.

—¿Cuántas veces ha estado en Zimbabue?

—Esta es mi segunda vez.

—¿Sabe qué les pasa a los árboles cuando los derriban los elefantes? ¿Sabe por qué no se ven árboles tumbados por todos lados?

Negué con la cabeza, intrigado.

—Las termitas —dijo—. Se lo comen todo, hasta que no queda nada. Es bueno para la sabana, pero malo para cualquier cosa hecha de madera. Por eso este banco está hecho de ladrillos de ceniza y metal. Porque las termitas comen y comen, y nunca se sacian.

—No estoy seguro de qué quiere decir.

Romy posó los codos en sus huesudas rodillas y se inclinó hacia mí, todavía con el palo en la mano.

—Tru era así cuando volvió de Estados Unidos... Como si algo se lo estuviera comiendo por dentro. Siempre le había gustado ir a su aire, pero después de aquel viaje era más como si... Siempre estaba solo. Se quedaba en su cuarto, dibujando, pero ya no me enseñaba los dibujos. Durante mucho tiempo, no supe qué le pasaba, solo que cada mes de septiembre volvía a sumirse en la tristeza.

Romy rompió el palo por la mitad y dejó caer los trozos en el suelo.

—Entonces, una noche de septiembre, tal vez cinco o seis años después de aquel viaje, le vi sentado fuera. Estaba bebiendo. Yo estaba fumando y decidí unirme a él. Se volvió hacia mí, y su cara... Nunca le había visto así. Le pregunté: «¿Qué tal estás?», pero no respondió. No me dijo que me fuera, así que me quedé sentado a su lado. Después de un rato, me ofreció un trago. Siempre tenía buen whisky. Su familia era rica, ya lo sabe.

Asentí.

—Finalmente, me preguntó qué había sido lo más difícil que había hecho en mi vida. Le dije que no lo sabía, la vida está llena de experiencias difíciles. ¿Por qué quería saberlo? Dijo que él sí lo sabía..., que nada podría ser nunca tan duro como eso.

Romy exhaló resollando antes de continuar.

—No fueron sus palabras... Fue la manera de hablar. Había tanta tristeza, tanto dolor... Como si las termitas se hubieran comido su alma. Y entonces me habló de aquel viaje a Estados Unidos... y de aquella mujer, de Hope.

Romy se giró para mirarme a la cara.

—He amado a algunas mujeres en mi vida —prosiguió con una sonrisa, que de pronto se esfumó—. Pero cuando me contó aquella historia, supe que nunca había amado a nadie de esa forma. Y cuando me explicó cómo se despidieron...

Romy bajó la vista al suelo.

—Empezó a llorar, como si estuviera destrozado. Y sentí en mi interior el dolor de su corazón. —Movió la cabeza de un lado a otro—. Después de eso, siempre que estaba con él, pensaba que seguía sintiendo ese dolor, pero que, simplemente, intentaba ocultarlo.

Romy se quedó en silencio. Durante un rato, permanecimos allí sentados, observando cómo caía el crepúsculo sobre la aldea.

—Nunca volvió a hablar de ello. Yo me jubilé poco después y no volví a ver a Tru hasta pasado mucho tiempo, hasta que tuvo el accidente. Fui a visitarle al hospital. ¿Lo sabía?

—Sí —respondí.

—Tenía un aspecto horrible, horroroso. ¡Pero los médicos afirmaban que estaba mucho mejor que antes! Mezclaba las palabras constantemente, de modo que fui yo quien más habló. Estaba intentado animarle, contarle chistes, y le pregunté si vio a Jesús o a Dios cuando murió. Él esbozó una sonrisa triste. Casi se me rompe el corazón. Y entonces me contestó: «No, vi a Hope».

Cuando regresé de Zimbabue, conduje hasta la playa en la que ahora viven Tru y Hope. Me había costado casi un año documentarme y escribir el libro, y me resistía a seguir entrometiéndome en su vida. No obstante, me sorprendí a mí mismo caminando cerca de la orilla, pasando cerca de su casa. No los encontré.

Era media tarde. Seguí caminando por la playa, llegué hasta el embarcadero y decidí recorrerlo hasta el final. Había gente pescando, pero encontré un sitio libre en uno de los extremos. Me quedé mirando fijamente el océano, percibiendo la brisa en mi pelo, consciente de que contar su historia me había cambiado.

No los había visto desde hacía muchos meses y los echaba de menos. Me consolaba saber que estaban juntos, como debía ser. Más tarde, mientras pasaba por delante de su casa por segunda vez, en mi camino de regreso, mis ojos se desviaron automáticamente hacia allí. Pero no pude verlos.

Ya estaba cayendo la tarde. El cielo era una combinación de tonos violetas, azules y grises, pero en el horizonte la luna empezaba a alzarse sobre el mar, como si hubiera pasado el día escondida en el fondo del océano.

El crepúsculo fue cargándose de oscuridad y me sorprendí a mí mismo escrutando de nuevo la playa. Podía ver su casa en la distancia. En la playa casi no quedaba nadie, peor vi que Tru y Hope habían salido para disfrutar del anochecer. Mi corazón dio un vuelco al verlos y volví a pensar en todos los años que habían estado separados. Pensé en su futuro, en los paseos que echarían de menos y en las aventuras que nunca serían realidad. Pensé en el sacrificio y en los milagros. Y también pensé en el amor que siempre sintieron el uno por el otro, como estrellas en el cielo diurno, invisibles, pero siempre presentes.

Estaban al final de la rampa, la que estaba construyendo Tru la primera vez que le vi. Hope estaba en su silla de ruedas, con una manta sobre las piernas. Tru estaba de pie a su lado, con una mano apoyada suavemente sobre el hombro de ella. Ese gesto encerraba toda una vida de amor. Se me hizo un nudo en la garganta. Mientras los observaba, Tru debió de notar mi presencia en la distancia, porque se volvió hacia donde estaba.

Me saludó agitando la mano. Aunque le devolví el saludo, supe que era una especie de despedida. Tuve claro que no volveríamos a hablar, a pesar de que los consideraba mis amigos.

Por fin había llegado su momento.

Nota del autor

$\mathcal{Q}$ueridos lectores:

Aunque mis novelas normalmente se ciñen a ciertas pautas previsibles (la trama suele desarrollarse en Carolina del Norte, se centran en una historia de amor, etc.), intento que los temas sean variados, al igual que los personajes o los recursos literarios, de forma que cada libro resulte interesante. Siempre me ha encantado la estrategia literaria de la «autoinserción», donde el autor interviene en una obra de ficción, a veces como un narrador autobiográfico apenas solapado, como Vonnegut en *Matadero Cinco*, o de forma incidental, como el personaje de Stephen King en *La torre oscura: volumen VI*, donde un diario absolutamente ficticio desempeña un papel en la historia (en la novela se menciona incluso la muerte del autor en 1999). Uno de mis novelistas favoritos, Herman Wouk, escribió una novela a la edad de noventa y siete años, *The Lawgiver*, en la cual él mismo se ve involucrado de forma ficticia en un desastroso intento de rodar una película en Hollywood acerca del desasosiego de su mujer en la vida real, Betty. Esta estrategia de incluir varios niveles, escribir una «historia dentro de una historia», en la que el autor se ve implicado, siempre me pareció interesante: es algo así como el equivalente novelístico de las obras renacentistas en las que los pintores, de forma traviesa, se incluyen a sí mismos en ellas. Espero que el final del libro que escribí con mi propia voz añada una dimensión interesante a una obra que, en otros aspectos, no deja ser una historia clásica de amantes cuyo amor les ha sido negado durante mucho tiempo.

Aunque el «descubrimiento» de la historia de Tru y Hope es del todo ficticio, la inspiración y el escenario de la novela emanan directamente de mi propia experiencia. Mi primer viaje a África fue en 2010. En esa visita, me enamoré perdidamente de los países que tuve la suerte de visitar, por los paisajes rotundamente espectaculares, sus diversas y fascinantes culturas, el turbulento pasado político y la curiosa sensación de intemporalidad que experimenté. Desde entonces, he regresado a África en varias ocasiones, aprovechando para explorar distintas regiones y visitar un entorno natural en vías de rápida desaparición. Estos viajes me cambiaron la vida, ampliando mi sensibilidad sobre estos lugares tan alejados de mi sobria existencia en una pequeña población de Carolina del Norte. En cada uno de ellos conocí a docenas de guías de safari, cuyos amplios conocimientos y fascinantes historias personales me proporcionaron la inspiración creativa necesaria para finalmente hacer nacer a un personaje cuyo destino estaba muy determinado por haberse criado en África.

Carolina Beach también ocupa un lugar especial en mi corazón. En muchas ocasiones me he retirado allí para disfrutar de sus placeres sencillos y reconstituyentes, cuando necesitaba cierta introspección o tomarme un descanso. Especialmente fuera de temporada, las playas barridas por el viento y el ritmo tranquilo de los que allí residen, constituyen el antídoto perfecto para el estrés de la vida cotidiana: largos paseos por extensiones de arenas desiertas, comida sencilla en locales sin pretensiones y el incesante rugido de las olas del océano. Se lo recomiendo a todo aquel que desee una alternativa más tranquila a las típicas vacaciones en un complejo turístico.

Por último, tengo que decir que Kindred Spirit existe realmente: se encuentra en la reserva natural de Bird Island, cerca de Sunset Beach, Carolina del Norte. Como escritor veterano de cartas, sentí una atracción natural hacia el buzón solitario que me sirvió como ubicación central de la historia. Quizás algún día el lector encuentre la manera de visitar este pintoresco destino y compartir sus propias historias y pensamientos...

NICHOLAS SPARKS

Agradecimientos

Para mí, la creación de cualquier novela es un poco como imaginarme el nacimiento de una nueva vida: un proceso que incluye expectativas, temor, profundo agotamiento y, finalmente, una gran satisfacción... Es una experiencia que me alegro de no haber tenido que afrontar solo. A mi lado, a cada paso del camino, desde la gestación hasta el nacimiento, se encuentra mi agente literaria de toda la vida, Theresa Park, que no solo está dotada de un talento y una inteligencia asombrosos, sino que también ha sido mi mejor amiga durante el último cuarto de siglo. El equipo de Park Literary & Media es, sin lugar a dudas, el más impresionante, experto y visionario del gremio: Abigail Koons y Blair Wilson son los artífices de mi carrera internacional; Andrea Mai siempre encuentra innovadoras fórmulas de colaboración con distribuidores como Target, Walmart, Amazon y Barnes & Noble; Emily Sweet gestiona la miríada de redes sociales, los permisos de comercialización y las alianzas con marcas; Alexandra Greene proporciona un apoyo legal y estratégico esencial; y Pete Knapp y Emily Clagett se aseguran de que mi obra siga teniendo relevancia para un público en constante evolución.

En la editorial en la que han hecho su debut todos mis libros, desde *El cuaderno de Noah*, se han producido muchos cambios a lo largo de las décadas, pero durante los últimos años me he sentido afortunado por el impulso que han recibido mis obras de la mano de Michael Pietsch, director de Hachette Book Group. El editor Ben Sevier y la editora jefe de Grand Central Publishing, Karen Kosztolnyik, son dos de las más recientes y anheladas incorporaciones al equipo: han aportado ideas frescas y una nueva energía. Echaré de menos a Dave Epstein, vicepresidente de Ventas a Minoristas de Grand Central Publishing, que, junto con su jefe, Chris Murphy, y Andrea Mai, de PLM, me ayudó a configurar la estrategia de ventas para mis últimos libros. Dave, te deseo muchos días placenteros de pesca en tu jubilación. Gracias a Flag y Anne Twomey por dotar de magia y elegancia a la sobrecubierta de cada uno de mis libros, año tras año. Gracias también a Brian McLendon y a mi extremadamente paciente publicista, Caitlyn Mulrooney-Lyski, por cuidar con tanto esmero las campañas de *marketing* y publicidad de mis libros; aprecio muchísimo, además, la atención dedicada y la eficaz colaboración de Amanda Pritzker con el equipo de Park Literary.

Mi publicista de toda la vida en PMK-BNC, Catherine Olim, es mi audaz protectora y asesora sincera, cuyos consejos valoro grandemente. Los ases de las redes sociales Laquishe «Q» Wright y Mollie Smith me ayudan a estar en contacto diariamente con mis fans, y me han animado a encontrar mi propia voz en este mundo siempre cambiante de la comunicación virtual; os estoy agradecido por vuestra lealtad y guía durante todos estos años.

En mis aventuras en la gran y en la pequeña pantalla, he contado con el mismo equipo de representantes durante más de veinte años: Howie Sanders (ahora en Anonymous Content), Keya Khayatian, en UTA, y mi afanoso abogado especializado Scott Schwimer (Scottie, espero que te guste tu tocayo en este libro). Cualquier autor se sentiría afortunado por contar con este equipo de ensueño para sus proyectos en Hollywood.

Y, finalmente, quiero dar las gracias a mi equipo en casa: Jeannie Armentrout; mi asistente, Tia Scott; Michael Smith; mi hermano, Micah Sparks; Christie Bonacci; Eric Collins; Todd Lanman; Jonathan y Stephanie Arnold; Austin y Holly Butler; Micah Simon; Gray Zurbruegg; David Stroud; Dwight Carlblom; David Wang; mis contables, Pam Pope y Oscara Stevick; Andy Sommers; Hannah Mensch; David Geffen; Jeff Van Wie; Jim Tyler; David Shara; Pat y Billy Mills; Mike y Kristie McAden; a mis amigos de toda la vida, entre ellos Chris Matteo, Paul DuVair, Bob Jacob, Rick Muench, Pete DeCler y Joe Westermeyer; mi gran familia, incluidos Monty, Gail, Dianne, Chuck, Dan, Sandy, Jack, Mike, Parnell, y todos mis primos, sobrinos y sobrinas; y, por último, a mis hijos, Miles, Ryan, Landon, Lexie y Savannah... Con una oración de agradecimiento quiero destacar vuestra presencia en mi vida, cada día, con cada suspiro.

Nicholas Sparks

Nació en Estados Unidos en la Nochevieja de 1965. Su primer éxito fue *El cuaderno de Noah*, al que siguió *Mensaje en una botella*, que han sido llevadas al cine al igual que otros de sus éxitos como *Noches de tormenta*, *Querido John* y *La última canción*. Es autor de 20 obras que han sido traducidas a más de 50 idiomas.

www.nicholassparks.es